BERNHARD SETZWEIN
DER NEUE TON

Bernhard Setzwein

Der neue Ton

Roman

edition lichtung

1. Auflage 2012

94234 Viechtach   Postackerweg 10
www.lichtung-verlag.de

Umschlag: Hannes Puchner
Herstellung: Friedrich Pustet, Regensburg
ISBN 978-3-929517-50-7

»Endlich erinnert man sich
an das Land Walthers von der Vogelweide!«
Egon Friedell

»Ihr seid die Ritter von der Landstraße. […]
Ihr müßtet euch hinsetzen
und das moderne Epos des Lebens schreiben.«
Marieluise Fleißer

I.

Das Museum
zur Geschichte der Böhmischen Masse

»… denn irgendwo dort, in einer Tiefe
von einigen hundert Metern, befindet sich
die Leiche des pannonischen Meers,
das noch nicht tot ist …«
Danilo Kiš

»WO HAT DIE GESCHICHTE IHREN ANFANG, no, Pepin, was meinst du?«

Pepin Vondraček schreckte auf. Was war los? Er sollte etwas meinen? Und dann gleich noch zu einer solch schwerwiegenden Frage? Da stritten sich schlauere Köpfe, als er einer war. Er hatte eh nur höchst widerwillig zugestimmt, als es von Mucha geheißen hatte, ausgerechnet er solle Vančura bei diesen Schreibarbeiten helfen. Aber was blieb ihm anderes übrig? Als Gemeindearbeiter war er schließlich dem Bürgermeister gegenüber weisungsgebunden. Und so saß er nun an Vančuras Küchentisch, vor ihm dieser Laptop, und wartete auf das, was ihm das Dokterchen diktieren würde. Statt dessen kam der mit »no, Pepin, was meinst du?« daher. Auf den Schreck hin mußte Pepin erst mal einen Schluck aus der Bierflasche nehmen. Das einzige Gute an dem Job war nämlich, daß es bei Vančura nie allzu trocken herging. Das wußte jeder in Hlavanice. Waren ihm auch gleich alle neidig gewesen. »Was, du arbeitest jetzt bei Vančura in der Küche?! Na, dann mal Prost!« Die ahnten ja nicht, auf was man da alles gefaßt sein mußte.

›Wo hat die Geschichte ihren Anfang? Der stellt dir vielleicht Fragen, Mann oh Mann.‹ Pepin hob die Flasche, setzte an, überlegte, nahm die Flasche noch einmal von den Lippen und murmelte, »weiß auch nicht«. Dann zog er an.

»Ich würde sagen, wir fangen mit der Tethyssee an«, schlug Vančura vor.

»Tätissee«, entfuhr es Pepin, zusammen mit einem langgezogenen Rülpser, »jawohl.« Schnell riß er sich zusammen.

So gefiel es ihm. Klare Ansage, klarer Auftrag. Er stellte die Flasche ab und ließ auch schon die Finger über der Tastatur des Laptops kreisen. Vančura mußte aber erst noch überlegen. Das war auch der Grund, warum er nicht so gerne selber schreiben wollte und dankbar war, daß er Pepin als Schreibkraft hatte. Fürs Überlegen brauchte er freie Hand. Außerdem waren seine Augen mittlerweile zu schlecht für den kleinen Bildschirm. Sollte ruhig Pepin tippen. Vančura widmete sich dem Nachdenken und Nachschlagen. Denn über die Küche verteilt lagen überall Bücher. Auf der Anrichte, auf der Fensterbank, auf dem Tisch, teilweise drei, vier übereinander, das eine jeweils in der Kuhle des anderen.
»Das sind alles unsere Quellen«, hatte Vančura, als sie ihre Arbeit aufgenommen hatten, gleich als erstes erklärt, und es klang ungeheuer seriös und bedeutend. Vančura sah also in den Quellen nach und hatte anscheinend die zündende Idee:
»Schreib: ›Im Jungpaläozoikum ragte die Böhmische Masse als Insel aus der Tethyssee …‹«
Pepin malträtierte die Tastatur des Laptops. »Paaa--läääh-- … Paläh …«
»Ohh--zo--iih--kum … ragte die Böhmische Masse«, wiederholte Vančura, »als Insel aus der … hast du das?«
»… aus der …«
»Tethyssee!«
Pepins verzweifeltes Gesicht näherte sich dem Bildschirm. »Mist!« Er hämmerte gleich mehrmals mit seinen Wurstfingern auf die Entferntaste ein. »Tä--tiiissss--see mit ›ä‹?«
»Tethys! … du Hornochse. Tee, Eh, Tee, Ha, Ypsilon, Es!«
Pepin zog die Finger weg, als ob er sie sich an den Tasten verbrannt hätte. Vančura war leicht aufbrausend, ja, er wußte es selber. Und Pepin schnell eingeschnappt. Da mußte man Obacht geben. Nicht daß der noch vorzeitig das Handtuch warf. Vančura versuchte ihn zu beruhigen, indem er erklärte:

»Das Tethysmeer war ein Ozean im Osten von Pangäa. Und Pangäa, was soviel bedeutet wie Allerde, Ganzkontinent, mußt du dir als eine riesige Landmasse vorstellen, zu einer Zeit, als Afrika noch mit Amerika, Europa und der Antarktis zusammenhing.«

»Ich hab meiner Lebtag lang noch nicht mit so was zu tun gehabt.« Am liebsten hätte Pepin diesem Ding vor ihm einen Renner gegeben, oder noch besser eins auf die Klappe, sei die nämlich zu, schalte das Gerät ab, hatte ihm die Jirásková erklärt. Mucha hatte seine Sekretärin angewiesen, sie solle einen der ausrangierten Laptops aus der Rathausverwaltung bei Vančura vorbeibringen und Pepin – »na, Sie wissen schon, der vom Bauhof, der immer so jammert, daß er's im Kreuz hat, jetzt kriegt er seinen Schreibtischjob« – dem solle sie kurz erklären, wie er mit dem Gerät umzugehen habe. ›Mein Gott, wo soll man bei so einem anfangen?‹ dachte sich die Jirásková, als sie Pepin vor sich sah, noch nicht einmal seine orange Warnweste hatte er abgelegt. »Pfleglich umgehen, hören Sie!« hatte sie ihm immer wieder eingebleut, weil sie wußte, wie die Kerle vom Bauhof normalerweise ihr Arbeitsgerät behandelten. Tritte und Flüche zum Beispiel, wenn die Rüttelplatte wieder nicht ansprang. Gelegentliche Macken hatte der Laptop zweifelsohne, sonst hätten die Verwaltungsleute ihn ja nicht ausgemustert. »Ab und zu hängt er sich auf«, hatte die Jirásková Pepin erklärt. Woraufhin der erschrak. »Was tut der?«

Irgendwann hatte sie es aufgegeben und war einfach gegangen. Im Vorzimmer des Bürgermeisters ging es ohne sie drunter und drüber. Dort wurde sie dringender gebraucht als hier. Also übernahm es der Doktor, Pepin alles zu erklären. Und zwar nicht einmal, nicht fünfmal, sondern jedes Mal wieder, wenn Pepin kurz davor war, die Nerven zu verlieren. »Beruhig dich wieder, Pepin! Du weißt, wir machen es dem Ruhme der Heimat zuliebe. Du bist doch auch für die Heimat, hab ich recht?«

Pepin schnaubte verächtlich. Er wußte genau, was jetzt kam. Die Geschichte, die er schon so oft gehört hatte. Warum sie hier überhaupt saßen und was ihr Auftrag war. Hlavanice brauchte unbedingt ein touristisches Highlight. Irgendein Alleinstellungsmerkmal, dessentwegen Fremde hierher kommen würden. Einen Badesee hatte man ja leider nicht, wenn man von dem mickrigen Löschweiher in der Ortsmitte absah, auch keinen zum Besucherbergwerk ausbaubaren Erzstollen (obwohl hier in der Gegend sehr wohl früher Silber abgebaut worden war), die Idee zu einem Dinosaurierpark war im Magistrat sofort abgeschmettert worden, und für eine Sommerrodelbahn fehlten die landschaftlichen Voraussetzungen. Allein eine zur Pilgerstätte umzufunktionierende Dichterdatscha – nach dem Vorbild des Fährhauses von Ota Pavel an der Berounka bei Bránov – stand irgendwann einmal in Aussicht, aber »da müssen sie sich noch ein wenig gedulden, bis ich mir die Radieschen von unten anschaue«, war jedes Mal Vančuras Kommentar an dieser Stelle, denn um sein Häuschen schließlich ging es dabei.

Nein, das einzige, woraus sich momentan Kapital schlagen ließ, war die Ruine im Schloßpark, das ehemalige Hlavanicer Schloß. Vor geraumer Zeit hatte der Blitz in den Dachstuhl eingeschlagen, genau an jenem heißen Sommernachmittag, als sich ganz Hlavanice zu einem Dorffest unten beim Vereinsheim, am Ufer der Pivoňka, eingefunden hatte. Pepin und Jožo hatten zum Fischessen geladen, nachdem ihnen in den Morgenstunden dieses 14. Juni ein legendärer Waller an die Angel gegangen war. Zwei Meter fünfundzwanzig lang war der Bursche und zweieinhalb Zentner brachte er auf die Waage, der konnte nur gemeinschaftlich verschnabuliert werden. Leider war dann dieses Unwetter mitten in das Freudenfest hineingefahren. Ein trockener Blitzschlag entzündete den Dachstuhl des Schlosses, der folgende Wolkenbruch löschte ihn. Nach diesem Schadensfall wurde das Gebäude neu eingedeckt. Schließlich steht das Ensemble unter Denkmalschutz. Eine Tatsache, die man dem bayerischen Bauunternehmer Zacharias Multerer tunlichst verschwiegen hatte, als der noch vor der Geschichte mit dem Blitzschlag über einen Strohmann auf nicht ganz legale Weise Schloß und umliegenden Park aufgekauft hatte, um das ganze Areal in einer Hühnerfabrik umzuwandeln. Ging natürlich nicht. Wegen des Denkmalamtes. Die Hlavanicer, insbesondere deren gewiefter Bürgermeister Mucha, hatten ihn hereingelegt. Seitdem kümmerte sich Multerer um die Liegenschaft, immerhin sein Eigentum, überhaupt nicht mehr, wie um zu beweisen, daß er den längeren Atem haben würde. Die Hlavanicer wußten ja auch nichts damit anzufangen. Bis Mucha seine Idee hatte.

»Was ist das beinahe Einzige, was Hlavanice auszeichnet?« hatte er Vančura in seine Pläne eingeweiht. Der verstand erst gar nicht. »Nun, seine Lage, was sonst! Was liegt mitten in Europa? Die Böhmische Masse natürlich! Und was liegt mitten in der Böhmischen Masse, sozusagen als Mitte der Mitte und Zentrum von allem? Hlavanice selbstverständlich!« Und als Vančura immer noch nicht reagierte, ließ Mucha die Katze aus dem Sack. »Wir eröffnen hier in Hlavanice ein ›Museum zur Geschichte der Böhmischen Masse‹. Und zwar im Schloß.«

Dazu müsse es aber erst einmal renoviert werden, hatte Vančura eingewendet. Und dafür sei wohl kaum Geld da im Stadthaushalt. »Das lassen Sie nur meine Sorge sein«, hatte Mucha diesen Punkt beiseite gewischt. Um dafür um so eifriger an einem anderen weiterzumachen. »Wir müssen jetzt schon Fakten schaffen, Vančura.«

»Soll heißen?«
»Auch wenn das Museum noch kein Gebäude hat, seine Gestalt können wir durchaus schon planen. Und schon einmal ein Magazin aufbauen. Verstehen Sie, was ich meine?«
»Nicht ganz.«
»Sie als Mann des Wortes überlegen sich schon mal, welche Aspekte für ein solches ›Museum zur Geschichte der Böhmischen Masse‹ wichtig sind. Welche Geschichten, welche Quellen. Machen Sie Vorschläge, welche Art von Exponaten man ausstellen könnte. Und vor allem: Was zu diesen Exponaten an Schrifttafeln anzubringen ist. Welche Geschichte dazu erzählt werden muß.«
»Und deshalb sitzen wir hier«, leierte Pepin die für ihn schmerzliche Conclusio der Vorgeschichte nach, die er jetzt schon oft genug von Vančura gehört hatte.
»Genau!«
»Wenn du mich fragst, Dokterchen, dieses Museum ist ein einziges Hirngespinst. Das mit dem Schloß wird doch nie was! Abbrennen lassen hätten sie es sollen. Dem Multerer seine Hühnerfabrik hätte jedenfalls mehr Arbeitsplätze gebracht.«
»Vonwegen! Da läuft auch längst alles maschinell, in so einer Hühnerfabrik. Und außerdem: Du mußt grad reden! Hättet ihr, Jožo und du, mal schön den Waller zum Tierpräparator gebracht, anstatt ihn mit all den anderen bis auf die letzte Gräte zu verputzen. Dann hätten wir jetzt unser erstes Exponat. Gleich im Eingangsbereich … das Fabeltier der Böhmischen Masse … der zwei Meter zehn lange Waller!«
»Zwei Meter fünfundzwanzig, wenn schon!«
»Außerdem hätten wir vom Waller ganz geschmeidig überleiten können zu den Haien.«
»Wieso Haie?«
»Weil hier in Böhmen einmal Haie herumgeschwommen sind.«

Pepin gähnte. Schien nun doch etwas erschöpft. »Von Haien hör ich das erste Mal.«

»Na, da siehst du mal wieder, wozu es unser Museum braucht. Zur Aufklärung: Jawohl, hier sind früher einmal Haie geschwommen.«

Das war jetzt zuviel für Pepin. Er klappte den Laptop endgültig zu. »Dokterchen, ich glaub, wir machen jetzt mal 'ne Pause.«

»Aber wir waren doch gerade erst am Anfang. Wie die Böhmische Masse als Insel aus dem Tethysmeer herausragt.«

»Jaja, is' schon recht. Wie lange ist das her?«

»Pi mal Daumen ... 150 Millionen Jahre.«

»Und da willst du mir weismachen, daß es plötzlich auf einen Tag mehr oder weniger ankommt?«

Pepin stand auf, zog sich seine Warnweste an, die er über die Stuhllehne gehängt hatte, nahm das Käppi aus der Seitentasche, setzte es sich auf. Tippte an den Schildrand der Mütze zur Verabschiedung. Wollte schon gehen, drehte noch mal um, trank den letzten Rest aus der Bierflasche aus. »Wann beginnen wir eigentlich, Dokterchen, mit der Geschichte des Bierbrauwesens auf dem Boden der Böhmischen Masse?«

»Kommt schon noch. Erst muß die Tethyssee abgeflossen sein.«

»Ah, ja.« Pepin tippte sich noch einmal an das Käppischild und verließ wortlos das Haus.

Vančura ging zurück an den Küchentisch. Alles mußte er selber machen. Er klappte den Laptop auf. Mit einem Tastendruck war der Bildschirm wieder hell. Er überlegte eine Weile. Blätterte ein wenig in den Büchern, die um ihn herumlagen, sah sich die Tastatur an und begann – mühsam im Zweifingersystem – zu tippen:

EXPONAT EINER BIERFLASCHE, MIT DEM ETIKETT EINER BÖHMISCHEN BRAUEREI

Wie Kollege Kiš, Danilo Kiš, geboren in Subotica im Jahre 1935, bereits völlig zu Recht bemerkt hat, ist nichts tot, weder das Pannonische Meer noch die Tethyssee, allenfalls zusammengedrückt, zusammengepreßt von immer neuen Schichten von Erde und Gestein, von Sand, Ton und Schlamm, von Menschen-, Tier- und Pflanzenleichen, von Leichen menschlicher Taten und Leichen menschlicher Gedanken, alles eingelagert und zusammengepreßt in Sedimenten, aber deshalb trotzdem noch lange nicht tot, ein Rieseln, Rinnen und Rutschen gäbe Kunde von diesem unterirdischen Leben, wer will und guten Willens ist, kann sich selbst davon überzeugen, allerdings muß man schon mit den Lauschern eines Hundes begabt sein und in einem günstigen Augenblick das Ohr an den Erdboden pressen, um jenes kaum hörbare Geräusch zu vernehmen, wie wenn Flüssigkeit von einem Gefäß in ein anderes rinnt, zum Beispiel von einer Flasche in ein Krügel, und dieses Geräusch dringt von ganz unten durch Schichten und abermalige Schichten herauf, es dringt aus dem Mesozoikum herauf, ja, aus dem Paläozoikum herauf, durch Schichten von Sand und dichtem Lehm, von Quarz und Gneis, Muscheln und Schnecken, durch die Gerippe von Seeungeheuern, Seegras und Algen, selbstverständlich alles zusammengedrückt und zusammengepreßt, durch Schichten von Schädeln und Schulterblättern, durch Schichten von Silber und Gold, aber auch Chitin und Sklerotin, den Bausteinen von Insektenflügeln, mein Gott, diese Aber- und Abertonnen von zusammengepreßten Exoskeletten als Folge des Massenaussterbens während des Perm, als – zum einzigen Mal während der Erdgeschichte! – selbst die Insekten hinweggerafft wurden, diese kilometerhohen Ablagerungen von knisternden Insektenleibern, normalerweise sind ja nur die Landwirbeltiere ausgestorben, aber damals im Perm eben auch die Insekten, niemand weiß warum, und das alles ist gespeichert im Rieseln, Rinnen und Rauschen tief drin im Inneren der Böhmischen Masse, und insbesondere des Wassers, das sich dort aufhält, dobrá voda, Kenner behaupten ja, das Bier der Böhmischen Masse sei ein ganz besonderes, und wenn dem so ist (und wir hegen eigentlich nicht den geringsten Zweifel daran), dann kann dies nur vom Wasser der Böhmischen Masse herrühren, von diesem besonderen Wasser, diesem besonders guten Wasser, dobrá voda!, das durch all diese Schichten und GeSchichten aufsteigt, in denen alles gelöst ist, was an Blut, Tränen und Schweiß die Jahrhunderte zuvor in den Boden eingesickert ist, das Wasser steigt, wer weiß, aus irgendwelchen Hohlräumen und unterirdischen Kavernen auf, in denen noch Reste des Salzwassers der ehemaligen Tethyssee schwappen, von den Bierbrauern wird dieses weiche Wasser Böhmens ganz besonders geschätzt, sämtliche Härte hat Platz genommen im Granit und alles Weiche, so scheint es, ist im Wasser geblieben, welche perfekte Aufgabenteilung, und das seit 200 oder auch schon 300 Millionen Jahren, das reicht ja zurück bis zum Superkontinent Pangäa, als Mitteleuropa und Afrika noch aneinanderhingen, mit anderen Worten, bei jedem Schluck Böhmischen Massebieres trinken wir auch ein paar Tropfen oder vielleicht auch nur Atome Afrika mit, wir trinken die Savanne mit und trinken den Stolz eines afrikanischen Löwen mit, die Schnelligkeit der Antilope und den Mut vor wilden Tieren eines Massaikriegers, das alles trinken wir mit, und deshalb: Etwas mehr Ehrfurcht bitte beim Öffnen einer Bierflasche, bei diesem göttlichen Zischgeräusch, wenn der Odem der Erdgeschichte entweicht, etwas mehr

Andacht beim Zusammenfallen des Bierschaumes im Glas, Sie hören nämlich das Knistern des Massenaussterbens der Insekten während des Perm.

GUT 1.000 KILOMETER WEITER ÖSTLICH stand am frühen Morgen dieses 23. Septembers eine Begegnung von größter Emotionalität an: Die Bacherin sollte ihren geliebten Benz wiedersehen. Über zwei Wochen war er spurlos verschwunden gewesen. Abhanden gekommen war ihr der Wagen während eines Dorffestes, in das sie, Lober und Bohumil Černý, mit hinterhältiger Absicht, wie es ihnen leider zu spät bewußt wurde, verwickelt worden waren. Nach östlicher Sitte hatte man sie in ein überbordend gastfreundliches Bacchanal hineingezogen, Lungenwurst und Wein wurden aufgetischt, sauer eingelegte Krautköpfe und ein schwer definierbares Destillat von niederschmetternder Wirkung, *Warzabytsch's Balsam* nannten die Einheimischen es. Es waren wohl einige dieser K.o.-Tropfen zu viel gewesen, die sie getrunken hatten, jedenfalls als sie ihre Reise, die sie schon durch die halbe Mitte Europas geführt hatte, fortsetzen wollten, mußten sie, mit einem Schlag wieder nüchtern, feststellen: Der Benz war weg. Bacherins geliebter, beinahe 40 Jahre alter Benz! Genauso gut hätte man ihr auch gleich das Herz bei lebendigem Leibe herausreißen können.
In jenem Dorf, wo dies alles geschehen war, zeigte man immerhin soviel Mitgefühl, daß man die berühmte Bildhauerin, ihren komischen, wortkargen Begleiter im laubfrosch-grünen Pullover sowie den noch viel berühmteren Fotokünstler Bohumil Černý bereitwillig mit dem einzig vorhandenen Dorftaxi an das eigentlich vorgesehene Ziel ihrer Reise brachte, nämlich in die große Bezirksstadt noch weiter im Osten. Dort kannte die Bacherin wenigstens einen Freund

und Helfer, ihren Andy. Der bot sich auch sogleich an, der Sache nachzugehen und den Benz wieder aufzustöbern, denn seiner Meinung nach liege hier ein tragisches Mißverständnis vor. Niemand könne die Absicht gehabt haben, der Bacherin ihren Benz zu klauen. Allenfalls seien diejenigen, die hier die Hand im Spiel gehabt hätten, etwas zu sehr vom Stern geblendet gewesen.

»Von welchem Stern denn?« fragte die Bacherin.

»Na, von dem auf der Kühlerhaube deines Wagens natürlich«, antwortete Andy.

Wenn diese Leute gewußt hätten, daß dieser Benz der Bacherin gehöre, dann hätten sie ihn schon am nächsten Tag und zwar frisch gewaschen und gewienert und aufgetankt wieder zurückgebracht, versicherte Andy mit einem Pathos und einer Überzeugtheit, wie sie auch nur östlich des 17. Längengrades zu finden sind. Schließlich sei ja überall bekannt, daß sie, die international bekannte Bildhauerin und Künstlerin, eine Freundin des Landes und des in diesem Lande erfundenen BuBaBuismus sei und daher auch jenes Happening initiiert habe, von dem sämtliche Zeitungen voll gewesen seien, selbst in den Abendnachrichten sei es gelaufen, daß sie beide nämlich, Andy und die Bacherin, die Bezirksmetropole als das weltweit einzige »Monument der Einfachheit« ausgerufen hätten, ausgerechnet jene Stadt des Landes also, die noch ein halbes Jahr zuvor in einem US-amerikanischen Magazin bei einer Umfrage nach den Städten mit der größten Beliebtheit und Lebensqualität weltweit den allerletzten Platz belegt hatte, noch hinter Akademgorodok, Seveso und dem nordkoreanischen Anju-Shi.

Andy jedenfalls wollte das alles wieder in Ordnung bringen. Er bot der Bacherin und Lober an, jene Trabantenwohnwabe zu beziehen, in der normalerweise er hauste. Ein Angebot, das die beiden gerne annahmen, zumal Lober aktuell auch

noch eine gewisse Unpäßlichkeit auszukurieren hatte. Gleich am Tag der Ankunft in der Bezirksstadt war er von einem Halbwüchsigen mit einem einzigen gezielten Kickboxschlag in eine minutenlange Ohnmacht versetzt worden, und das auch nur deswegen, weil dem Kerl und seinen zwei Kumpels aus irgendeinem Grund Lobers Handy nicht gefallen hatte, das er ihnen eh umstandslos und ohne jede Gegenwehr als Wegezoll und Lösegeld fürs Weiterleben angeboten hatte. Die Tage des Wartens auf den Benz kamen ihnen also gerade recht, Lober mußte auch nach und nach erst wieder einfallen, wer er überhaupt war, der Kickboxschlag hatte ihn ordentlich durcheinandergeschüttelt. Auch hätte ihm das Handy, das bei dieser Auseinandersetzung völlig zu Bruch ging, unbedingt noch etwas zu sagen gehabt, und er mußte jetzt überlegen, was. (War es vielleicht sogar Franzka gewesen, die sich bei ihm hatte melden wollen? Ach, Franzka … Lober lag in Andys Trabantenwohnwabe und träumte von Franziska, die einzig und allein er Franzka nennen durfte.)
Zu seiner Mission der Benz-Befreiung war Andy zusammen mit Bohumil Černý aufgebrochen. Sicher konnte es nicht verkehrt sein, einen alten Haudegen wie ihn dabei zu haben, an dem sich selbst die Chefvernehmer des ehemaligen Geheimdienstes die Zähne ausgebissen hatten. Bohuš, schon vom Aussehen her eine Mischung aus Rübezahl und einem Eremiten der russisch-orthodoxen Kirche, würde sicher selbst den hartgesottensten Mitgliedern welcher Autoschiebermafia auch immer ins Gewissen reden können. Und dann war da noch Andy selbst, der als geradezu prominente Figur des Landes gelten mußte, eine Art Sprecher der guten Sache, was im Osten ja nie etwas anders hieß als: der Volkessache. Womit er sich diesen Status erworben hatte, blieb unklar, und die Bacherin, die ihn immerhin »einen guten alten Freund« nannte, machte auch nur vage Andeutungen gegenüber

Lober und Černý. Vielleicht daß er ein Rockstar gewesen war, Frontmann einer Band namens »Steinerne Laute« oder einer der führenden BuBaBuisten, womit allerdings gleich die nächste Frage auftauchte, was nämlich der BuBaBuismus überhaupt sei.

Alles, was burlesk, balagan und opera-buffa-mäßig ist! Und somit auch die Geiselbefreiung des Benz (eine reine BuBaBuismus-Aktion war sie!). Knappe zwei Wochen blieb Andy aus. Černý habe schon nach dem dritten Tag aufgegeben und das Weite gesucht, erzählte Andy später. Er habe sich einfach an den Straßenrand gestellt und den Daumen rausgehalten. Er, der alte Slowaken-Hobo, der sein ganzes Leben lang immer nur als Anhalter und Mitfahrer auf Güllewägen und Sickergrubenräumern weiter gekommen sei. Er müsse nach Hlavanice, lasse er der Bacherin ausrichten, erzählte Andy, dann sei er in einem Lkw-Führerhaus verschwunden, um noch einmal aus dem Seitenfenster herauszurufen, man sehe sich dann wieder in Brudern. Wenigstens die Bacherin verstand die Botschaft.

Jedenfalls mußte Andy die Verhandlungen alleine weiterführen. Mit Engelszungen habe er auf seine Partner eingeredet, tat er vor der Bacherin wichtig. Diese Frau und große Künstlerin könnt ihr nicht einfach beklauen wie irgendwelche West-Fuzzis, habe er zu ihnen gesagt, und daß das eine Frage der Ehre sei, wie man mit einer solchen Freundin des Landes, die die Bacherin ohne Zweifel sei, umgehe. Genau damit habe er sie letzten Endes gepackt, bei der Ehre nämlich, weil die zähle immer noch im Osten, auch wenn alles andere längst schon den Bach runtergegangen sei. Jedenfalls hätten sie den Benz herausgerückt. Was ihnen nicht leicht gefallen sei, das müsse die Bacherin honorieren, schließlich wären sie mit dem Gefährt auf sämtlichen Ethnofestivals des gesamten Karpatenraums die unbestrittenen Stars gewesen.

»Stimmt doch, sag selber?«
Die Bacherin sagte erst einmal gar nichts. Alles, was sie tat, war, einmal langsam um den wiederaufgetauchten Wagen herumzugehen, dabei die Schar von Kindern verscheuchend, die feixend und johlend um das Auto herumbreakdancten, um sich schließlich hinzustellen, die Hände auf die Hüften zu stützen und in Richtung Andy mit einem Ton tiefster Empörung festzustellen: »Das ist nicht meiner.«
Natürlich war es ihrer. Zugegeben: kaum wiederzuerkennen. Statt des alten Olivgrüns war er in ein bonbon-farbenes Rosa umgesprüht worden, auf der Kühlerhaube prangte ein an Kitsch kaum mehr zu überbietendes Bild einer Madonnenfigur und auf Fahrer- und Beifahrertüre orthodoxe Ikonenmalereien, so schien es jedenfalls, des blattgold-ähnlichen Hintergrundes wegen, aber sah man genauer hin, waren da keine Heiligen dargestellt, sondern irgendwelche transnistrischen oder huzulischen Hordenanführer, vielleicht auch Vlad der Pfähler oder Dschingis Khan.
Die Bacherin öffnete die Fahrertür, sah ins Innere. Auch dort alles umgebaut und verändert … bis auf die Tachoanzeige, die war die alte: noch immer die auf- und absteigende Leuchtsäule, man las die Geschwindigkeit anhand der danebenstehenden km/h-Angaben gewissermaßen vom Diagramm ab. Es mußte also doch ihr geliebter alter Benz sein. Aber was hatten sie nur aus ihm gemacht? Das Plastiklenkrad war durch eines aus Mahagoni ersetzt. Über die Autositze waren weiße Häkeldecken geworfen, am Fahrzeughimmel war ein martialisches Krummschwert befestigt, mit Kabelbindern, die einfach durch ins Dach gebohrte Löcher gezogen worden waren. Entlang der Seitenfensteroberkanten hingen Borten mit kleinen Tschinellen, vom Rückspiegel baumelte ein Schrumpfkopfimitat aus Plastik, dem noch ein Stück von der blutigen Wirbelsäule aus dem mit einem offensichtlich

recht unscharfen Messer abgetrennten Hals hing. Es hätte noch so vieles an höchst aparten Applikationen zu entdecken gegeben … wenn der Bacherin nicht schon längst die Augen geträut hätten. – Sie richtete sich wieder auf. »Das ist nicht mein guter alter Benz«, wiederholte sie noch einmal, und es klang, als würde sie gleich richtig zu heulen anfangen, »auch wenn er es einmal gewesen sein sollte.«
Derjenige, an den sie diese Anklage richtete, war natürlich Andy. Schließlich war er es gewesen, der sich dafür verbürgt hatte, ihren Wagen wieder heil aufzutreiben, und zwar ohne daß ihm das geringste Karosserieteil gekrümmt werde. Nun gut, eine gewisse Metamorphose habe er zweifelsohne durchgemacht, gab Andy zu und versuchte doch auch, der Bacherin das Positive der Sachlage näherzubringen, »du bist doch auch immer für Verwandlung«. Daß man den Entführern nicht einfach nur böse Absicht unterstellen könne, zeige die Flasche Selbstgebrannter, die sie extra noch auf den Beifahrersitz gelegt hätten, als kleines Zeichen und Nichts-für-ungut-Geste, und im übrigen lasse man ihr, der Bacherin, zum Schluß noch ausrichten, sie möge doch bitte dieses nun absolute Unikat von einem Benz in Ehren halten und möglichst pfleglich behandeln.
Die Bacherin schnaubte wie eine Stute, der man das Fohlen wegnimmt. »Mein Auto … pfleglich behandeln!« Sie stieg ein und schmiß die Fahrertüre mit solcher Vehemenz zu, daß in einem Dick-und-Doof-Film augenblicklich Front- und Heckhaube aufgeklappt sowie alle vier Räder abgesprungen und davongerollt wären. »Steckt euch eure Ehre in den Arsch!« schrie sie, nachdem sie das Seitenfenster heruntergekurbelt hatte. Aber es klang schon wieder so, daß die anderen wußten, das war der Aufruf zum Einsteigen und das Signal zum Aufbruch.
Und so fuhren sie also los, um dieses Land endlich hinter sich zu lassen und wieder heimzukehren. Andy allerdings

würde nur ein Stück weit mitfahren, bis zur nächstgrößeren Stadt.

»Und dann?« fragte die Bacherin.

»Zum Flughafen?«

»Und dann?«

»Mal sehen.«

»Wie mal sehen?«

Er könne es sich aussuchen, wo er hinfliege. Andy griff in die Innentasche seiner Windjacke und zog ein ganzes Bündel aufgerissener Briefkuverts hervor. Er fächerte sie auf wie das Blatt eines Kartenspiels und wedelte damit. Das seien alles Einladungen. Momentan sei eine gute Zeit für osteuropäische Barbaren wie ihn. Man sei gefragt wie noch nie. So wie es einmal eine Zeit gegeben habe, als bei jeder Konferenz ein Vorzeigeindianer habe auftreten müssen, im vollen Federschmuck versteht sich, und irgendein paar Sätze sagen über Mutter Erde und daß man Geld nicht essen könne oder etwas in der Art, so müsse heute unbedingt ein osteuropäischer Barbar auf der Tagesordnung auftauchen, am besten in einer verdreckten Windjacke mit ausgebeulten Taschen, dürfe ruhig auch eine halbvolle Schnapsflasche herausschauen, das erwarte man sogar beinahe. Und gleich einmal ein paar Anekdoten raushauen über die Zeit beim Militär, bei der sowjetischen Armee, man stelle sich vor, am besten oben am Nordmeer in irgendeinem atomar verseuchten U-Boot-Hafen, mein Gott, macht sich das gut innerhalb der Tagungsdramaturgie. Oder auch wie man als Akademiker in der Schweinezuchtkolchose habe arbeiten müssen. Und am besten immer ketterauchen, so wie der Schlot Danilo Kiš, übrigens wunderbarer Vorzeigebarbar, leider viel zu früh verstorben. Gut mache sich auch ein klobiges Brillengestell mit besonders dicken Gläsern, durch die hindurch man einen Essay über Mitteleuropa oder das alte Kakanien verlesen müsse, der am besten auf einer uralten Dissidentenschreibmaschine getippt worden sei … aber das mit der Brille, fügte Andy nach einer Pause noch an, das schlage mittlerweile schon wieder um, stelle er fest, dicke Brillengestelle kämen jetzt schon von den Topdesignern aus Paris und London, vor denen sei ja überhaupt gar nichts sicher, er warte ja nur, bis die ersten zerbeulten Windjacken auf den Laufstegen in Mailand und New York auftauchten und als letzter Schrei angepriesen würden.

Die Bacherin mußte schon wieder lachen, das gefiel Andy. Sie fragte, welche Konferenzen das denn seien, und er wedelte noch einmal mit seinen Einladungsschreiben und sagte: Er habe alles im Angebot. Da gebe es beispielsweise ein internationales Maultrommlertreffen in der Nähe von Wien, am Ufer der Donau, im Gasthaus zum Friedhof der Namenlosen. Na klar, das kenne sie, rief die Bacherin dazwischen. Überhaupt die Donau, ließ sich Andy nicht lange unterbrechen, der ideale Tagungsstrom, allein schon der vielen Anrainerstaaten wegen, in denen vor nicht allzu langer Zeit noch finsterster Steinzeitkommunismus geherrscht habe, das liebe der Tagungsplaner in Bonn und in Potsdam, in St. Pölten und in Zürich. Da sei der gesunde Schuß osteuropäisch-balkanesisch-karpatisches Barbarentum garantiert. Das Beiwörtchen »international« könne man sich eigentlich sparen, das sei eh klar, daß all diese Bildhauersymposien und Mitte-Europa-Wochen international seien. In Regensburg zum Beispiel komme das internationale Papierschifferlsyndikat zusammen, um gefaltete Friedensbotschaften für die Brüder und Schwestern am Unterlauf auf die übrigens gar nicht blauen Wogen des Flusses zu setzen, während man in Esztergom den bereits zehnten Motorhauben-Painter-Workshop abhalte, diesmal zum Thema »Balmung und Fließbecherpistole: Das Nibelungenlied als Motivvorlage«. Auf einer der wunderschönen Wehrkirchen in Siebenbürgen veranstalte ein bislang überhaupt noch nicht in Erscheinung getretenes Bonner *Institut für transnistrische Transfigurationen und walachische Wallungen* ein Zigeunerkapellenwochenende unter dem Motto »45 Jahre bleierne Stille: eine Austreibung mit Posaunen und Trompeten«, durchaus auch mit Beteiligung Berliner und Petersburger Punkbands sowie New Yorker Freejazzer, Cross-over sei schließlich das Stichwort. Und natürlich Lyrik dazu. Lyrik passe schließlich überall. Lyrik und Jazz sei zwar mittlerweile ein uralter Hut, nicht aber Lyrik und Tuba, Lyrik und ohrenbetäubend lauter Mittelalter-Grunge, kombiniert mit Dudelsack und elektronischem Drum-Set, aber auch Lyrik mit Airbrush, Lyrik mit Mitternachtstreffen an keltischen Wackelsteinen sowie Lyrik mit frühmorgendlicher Vogelstimmenexkursion.

Lyriker dabei sein mußten unbedingt auch bei dem Sonderzug, den man schon vor Jahren auf das Schienennetz Mitteleuropas gesetzt habe, um an jedem größeren Bahnhof Halt zu machen und die Dichterschar aus den wenig komfortablen Schlafwagenabteils zu scheuchen, damit sie eines ihrer Werklein noch in der Bahnhofshalle unter dem Blitzlichtgewitter der versammelten Tagespresse rezitieren, Lyrik mit Bahnhof gehe nämlich auch ausgezeichnet. Das Ganze sei eine Aktion des bis dahin überhaupt noch nie in Erscheinung getretenen *Middle East European Writers Congress* gewesen, eine Aktion, die man demnächst wieder aufleben lassen möchte, allerdings noch eine Spur entschleunigter. Weil eins muß man sich merken: Lyrik immer als Entschleunigungsprogramm verkaufen! Das komme bei all den Gehetzten da draußen supergut an: Lyrik und Langsamkeit. Jedenfalls: Der *Writers Congress* möchte das Ganze noch einmal neu auf die Beine stellen, und zwar auf die Beine von gut zwei Dutzend Mauleseln, denn der

Poetenzug solle sich diesmal in Form einer Karawane von Zigeunerwagen durch Europa bewegen, pro Planwagen ein gemischtes Doppel, eine Autorin beziehungsweise ein Autor aus Westeuropa immer zusammen in den Eselskarren gespannt mit einem oder einer aus Osteuropa. Man erwarte natürlich seitens der Veranstalter, daß die Autoren für die Dauer des Unternehmens – man habe einmal rundweg zwei Jahre veranschlagt, Maultiere können mitunter störrisch sein – ein elektronisches Eselskarrentagebuch führen, das ständig über Satellitenverbindung ins Netz eingespeist und dort mitgelesen werden könne. Geplant sei ein Stopp des Zuges in Mürzzuschlag, wo im Sommer wieder das Zwetschgenknödelsymposium abgehalten werde, nicht nur mit Fachvorträgen zu Themen wie »Alte k.u.k.-Rezepturen als ethno-kultureller Bindekitt neu zu integrierender EU-Mitgliedsstaaten«, sondern auch mit kulinarisch-literarischen Soiréen, weil Lyrik mit Candle-light und Zwetschgenknödel-Sorbet gehe auch immer, wie sich herausgestellt habe.
So verging die Zeit und die Fahrt, und ehe Andy noch ein paar weitere seiner verlockenden Einladungen näher ausbreiten konnte – »ich glaube, ich nehm doch das slowakische Karsthöhlentreffen zum Thema *Jedes Gedicht eine Stirnlampe,* da soll sogar Miodrag Gvozdenovic anwesend sein, der alte Grottenolm, der sich schon drei Jahrzehnte nicht mehr in der Öffentlichkeit gezeigt hat, naja, die Tagungsteilnehmer werden, wie es heißt, keinen einzigen Funken Tageslicht sehen« –, ehe er also weiter in die Details gehen konnte, erreichte man schon das vorläufige Ziel, nämlich den Flughafen der nächstgrößeren Stadt. Die Bacherin fuhr vor das Terminal und warf, wenn auch hellauf lachend, Andy bei laufendem Motor aus dem Wagen. »Flieg Vogel, flieg, und mach's gut!« Der solchermaßen Hinauskomplimentierte verabschiedete sich aufs innigste von seiner Bacherin – »mein Augenstern,

eines Tages bind ich dir alle Obusse von Stanislaus zu einem Margaritenstrauß, den kannst du dann zupfen, ich komme, ich komme nicht, bis eine letzte Verbindung übrigbleibt, und an deren Endhaltestelle warte ich auf dich«. Für Lober auf der Rückbank hatte er lediglich ein Augenzwinkern, ein »Bu-ba-bu«, »Ahoj« und »Servus« parat, ja er war schon ausgestiegen, als er sich noch eimal zur Beifahrertüre hereinbeugte und nach hinten rief: »Und nicht vergessen, mein guter alter Freund: Die Staubfrage ist gelöst!«
Da hatte Lober jetzt was zum Nachdenken, als es wieder monoton über Autobahnen dahinging, auf deren Mittelstreifen angepflockte Ziegen weideten. Die Staubfrage gelöst? War sie das wirklich? Nur weil Lober – wie lange war das eigentlich schon her? – seinen Staubsaugervertreterjob von einer Minute auf die andere an den Nagel gehängt hatte? Seinen Musterkoffer, wo hatte er ihn doch gleich wieder abgestellt und einfach stehenlassen?
»Leo Popper, also der Vater von Ota Pavel, ist ja noch mit einem Holzköfferchen losgezogen, zu Fuß, von Pilsen bis Rokycany, und das ist eigentlich ein Tagesmarsch.«
War es möglich, daß die Bacherin Gedanken lesen konnte? Wieso kam sie jetzt auf Ota Pavel? Über ihn war schon in Andys Wohnwabe einen Abend lang das Gespräch gegangen. Die Bacherin hatte ein Buch von ihm entdeckt, das Andy übersetzt hatte. »Pavel ist der Größte«, da waren sich die Bacherin und Andy sofort einig gewesen. Nur Lober hatte wieder keinen blassen Schimmer, wer Ota Pavel war, und konnte folglich nicht mitreden. Andy klärte ihn auf. Und erzählte auch die Geschichte von Ota Pavels Vater, der Staubsaugervertreter gewesen war. – – Staubsaugervertreter! Bei diesem Wort, als es in Andys Wohnwabe fiel, war Lober so vieles wieder eingefallen, was vor seiner Ohnmacht gewesen war. Jetzt sagte er zur Bacherin: »Mein Köfferchen,

das übrigens nicht aus Holz war, steht wahrscheinlich immer noch irgendwo im Neubaugebiet von Hauzenberg.«

Wieder schien es die Bacherin gar nicht zu interessieren, was Lober zu erzählen gehabt hätte. Sie war jetzt bei ihrem Pavel. Und dessen Vater. »Es dauerte nicht lang, und Popper war Verkaufsmeister ... tschechischer Verkaufsmeister, erst in Westböhmen, dann in der ganzen Tschechoslowakei. Ich meine, wer Leuten einen Staubsauger verkauft, die überhaupt keinen Stromanschluß im Haus haben, der muß schließlich Verkaufsmeister werden. Die Firma *Electrolux* hatte in jedem Land Tabellen, wie beim Eishockey oder beim Fußball. Da konnte jeder ablesen, wo er steht. Hat's das bei dir auch gegeben?« stellte die Bacherin jetzt doch glatt eine Frage.

»Bei der Firma *Nachschaff*? Ja, das hat es auch gegeben. Ich war immer abstiegsgefährdet. Fahrstuhlmannschaft sozusagen. Unterer Bayerischer Wald als Verkaufsgebiet, das bedeutet eh dritte Liga. Freiwillig macht das keiner.«

»Von den Provisionen, die Leo Popper einstrich, konnte er sich bald einen eigenen Wagen kaufen, einen amerikanischen Sechszylinder. Sechsundzwanzig Liter auf hundert Kilometer.«

»Ohne eigenen Pkw brauchst du bei *Nachschaff* gar nicht anfangen. Wir arbeiten eh letzten Endes wie Selbständige. Scheinselbständige natürlich. Die Fahrten, die Unterhaltskosten, das wälzen die alles auf dich ab!«

»Einen Chauffeur hatte er natürlich auch.«

»Wer?«

Lober war einen Moment nicht bei der Sache gewesen.

»Na, der Popper-Papi. Damals hatten feine Herrschaften noch einen Chauffeur.«

»Das hätte ich mir mal leisten sollen«, schnaubte Lober.

»Und was mach ich die ganze Zeit für dich?« beschwerte sich die Bacherin nicht ganz ernst gemeint. »Übrigens, wenn ich

dich darauf aufmerksam machen darf: Wir nähern uns der Staatsgrenze.«
Und damit auch einem Problem. Man würde nun gleich auf das Gebiet der EU einreisen. Mit einer scharfen Kontrolle war zu rechnen. Zumindest die Pässe würden die Grenzer ganz genau anschauen. Das Dumme war nur: Lober hatte keinen Paß mehr. Sämtliche Papiere sowie ein eh nur Geringes an Barschaft waren ihm längst abhanden gekommen.
»Das geht nicht«, stammelte er jetzt und schaute zur Bacherin hinüber, die mit starrem Blick auf den Grenzübergang zurollte. Aus zusammengekniffenen Augen fixierte sie ihr Ziel.
»Was geht nicht?« fragte sie, ohne den Blick zu wenden.
»Wir können da nicht hinfahren.«
»Warum?«
»Weil … weil … Ich bin niemand.«
»Glaub doch das nicht!«
Jetzt war sie auch schon auf Höhe des Grenzbeamten. Die Bacherin kurbelte das Seitenfenster herunter und es tauchte ein Kopf mit Schirmmütze auf. Das normalerweise regungslose Grenzpostengesicht verzog sich zu einem breiten Grinsen. Er pfiff durch die Zähne und sagte etwas, was Lober nicht verstand, was aber irgendwie anerkennend klang. Der Grenzer sah sich die Innenausstattung des Wagens ganz genau an: die Tschinellenborten, die Häkeldecken, das Krummschwert am Fahrzeughimmel, das Schrumpfkopfimitat und das Mahagonilenkrad. Er winkte einen Kollegen herbei, der im Näherkommen anscheinend erst einmal den Airbrush-Dschingis-Khan auf der Karosserie begutachtete. Der erste winkte aufgeregt, er solle sich das Innere anschauen, das erst schieße den Vogel endgültig ab. Schließlich tauchte das Gesicht des zweiten Beamten neben der Bacherin im Seitenfenster auf. Sie hatte in der Zwischenzeit ins Handschuhfach gegriffen und reichte dem Grenzer zwei Ausweise hin: Sonst würde

diese Gafferei ja nie ein Ende nehmen. Der Mann nahm die Pässe, blätterte darin, allerdings ohne einen einzigen Blick auf die Seiten zu werfen, seine Augen schweiften vielmehr von der Frontscheibe bis hinten in den Fahrzeugfond, wo – und das hatte wahrscheinlich noch nicht einmal die Bacherin entdeckt – auf der Hutablage ein in kleinen Silikonfladen stehender und somit festklebender Plastik-Siegfried mit einem feuerspeienden Drachen kämpfte. Der Grenzbeamte grinste und blätterte, und blätterte und grinste. Die Bacherin hielt ihre offene Hand hin, ob sie vielleicht wieder die Pässe, die anscheinend sowieso niemanden interessierten, zurückhaben könne. Der Mann gab sie ihr, tippte grinsend an sein Mützenschild und winkte zur Weiterfahrt.

»Was war das denn jetzt?« fragte Lober.

»Eine Frechheit war das!« sagte die Bacherin. »Jetzt hab ich mir so viel Mühe gegeben, und die schauen nicht einmal richtig in den Paß hinein.«

»Wieso, was steht denn da drin?«

»Na schau halt!« Sie streckte ihm »seinen« Ausweis hin. Er sah sich das Dokument an. Es enthielt tatsächlich ein Paßfoto von ihm. Allerdings war es auf den Namen »Felix Lanthaler« ausgestellt. »Felix, der Glückliche«, sagte die Bacherin. Und Lober dachte: Kann diese Frau eigentlich hexen?

EXPONAT EINER ZERLESENEN AUSGABE DES BUCHES VON DALE CARNEGIE, »WIE MAN FREUNDE ERWIRBT«

Er war zum Verkaufen geboren so wie Krieger vor tausend Jahren zum Töten geboren waren, es war einfach seine Natur. Leo Popper, Papi von Ota Pavel, der hätte sogar Eskimos eine Eiswürfelmaschine und Schwarzafrikanern, die am Äquator leben, Höhensonnen angedreht, er war schlicht der Weltmeister im Verhökern und der Champion der Haustürgeschäfte. Nicht immer hatte die Ware, die er verkaufte, sein Niveau. Vor dem Krieg, als er noch Vertreter der Firma *Electrolux* gewesen war, da trat er regelrecht als Dandy auf und fuhr im Sechszylinder-*Buick* zu seiner Kundschaft, zu der unter anderem Dr. Edvard Beneš zählte, dem er einen Kühlschrank verkauft hat. Vielleicht hat ihn Beneš aber auch gar nicht als Kühlschrank benutzt, sondern als Tresor, später dann im Londoner Exil, als einen geheimen Aktenschrank, worin er seinen Dekrete aufbewahrte. Diesem Gedankenspiel gab sich Leo Popper gerne hin, später als er nicht mehr so viel zu tun hatte und sich die Zeit damit vertrieb, sich vorzustellen, daß in dem von ihm verkauften Aktenkühlschrank jahrelang Papiere der tschechoslowakischen Exilregierung aufbewahrt wurden und daß es ohne diese Tresortarnung vielleicht gar keine Beneš-Dekrete gäbe. Aber das waren, wie gesagt, Grillen, die Leo Poppers Zeitvertreib dienten, weil nach dem Krieg war seine Glückssträhne als Vertreter vorbei. Ihm gelang nichts mehr, schreibt sein Sohn Ota Pavel, sei es, weil er nicht mehr so jung war und nicht mehr auf die Frauen wirkte, sei es, weil ihm die Zeit im KZ seine Vertreterbegabung und Lust an Hausierergeschäften restlos ausgetrieben hatte. Eine Idee allerdings hatte er noch, und einmal stürzte er sich noch auf den Platz, was angeblich so eine Redewendung war, auf dem Gebiet der Böhmischen Masse: sich auf den Platz stürzen, das heißt, der Arbeit eines Handelsreisenden nachgehen. Und die Idee, mit der sich Leo Popper auf den Platz stürzte, war nach Hosenträgerschnallen und Krätzesalbe die eines phänomenalen Fliegenfängers. Der werde sich als »Weltbombe« herausstellen, verkündete der Vater der übrigen Familie. Und Sohn Ota, mittlerweile auch schon siebzehn, achtzehn Jahre alt, sollte gleich mithelfen.

Langsam würde es Zeit, daß auch er in die Profession des Handelsreisenden eingewiesen werde, meinte der Vater, der Filius könne durchaus auch seinen Teil beitragen zum Leo-Popper'schen Weltimperium im Fliegenfängerhandel ... *Leo Popper & Sohn,* Motto der Geschäftsidee: »Die Ungezieferfrage ist gelöst«. Es folgte ein Kurzlehrgang in Sachen Handelsreisen. Was braucht man als Vertreter? Erstens: ein gewinnendes Wesen. Zweites: ein gewinnendes Wesen, und drittens: vor allem anderen ein gewinnendes Wesen! Wie legt man sich ein solches zu? Indem man Dale Carnegies phänomenales Erfolgsbuch liest »The Leader in You: How to Win Friends and Influence People«. Mit diesem Buch in der Hand war schon Leo Popper zum Spitzenhandelsvertreter, zum Mann mit den weltweit meisten Kaufabschlüssen in Sachen Kühlschränke und Staubsauger der schwedischen Firma *Electrolux* geworden, und das war es daher auch, was Leo Popper seinem Sohnemann Ota als erstes in die Hand drückte: einen blauen Anzug nämlich und Carnegies Bibel, natürlich in tschechischer Übersetzung. »Das wenn du anziehst und das wenn du liest, wirst du unschlagbar werden, mein Junge, dann kann dir keine Hausfrau widerstehen, wenn du ihr an der Haustüre deine Offerte machst, Leo Poppers phänomenaler Fliegenfänger, und selbst die vierschrötigsten Kneipenbesitzer werden dir was abkaufen, mit Dale Carnegies Weisheiten im Hinterkopf wie zum Beispiel ›Vergessen Sie nie, daß für jeden Menschen sein Name das schönste und wichtigste Wort ist‹, also immer schön aufs Klingelschild schauen und die Kundschaft gleich mit Namen begrüßen, mit solchen Weisheiten im Gepäck, mein Junge, schreiben sich die Abschlüsse wie von selbst.« Dale Carnegie, Selfmademan aus Amerika, der hatte es einfach drauf. Nicht von Anfang an, aber mit der Zeit. So wie er sein Buch ja auch nicht einfach runtergehauen hat, wie er selber schreibt, sondern wachsen hat lassen, ausgehend von einem kleinen Vortrag »Wie man Freunde gewinnt und Menschen beeinflußt«, gedacht für die Erwachsenenbildung im »Christlichen Verein Junger Menschen« in der 125. Straße in New York, und dann ist schließlich ein Mega-Bestseller von 50 Millionen verkauften Exemplaren daraus geworden. Am Anfang war er ja noch ein ziemlicher Loser, dieser Carnegie, wie er selber zugibt. Hauste zusammen mit Kakerlaken in irgendwelchen miesen Buden. Wenn es doch nur damals schon ein Buch wie sein eigenes gegeben hätte, schreibt er. Aber so mußte er alles selber herausfinden. Zum Beispiel wie man Lastwägen verkauft, ohne die geringste Ahnung von Motoren zu haben. Null Kapitschko von rein gar nix, nicht einmal, ob der Motor bei diesen Dingern vorne oder hinten zu finden ist? Und trotzdem dreht er den bärbeißigsten, erfahrensten Truckern Lastwägen an! Wie schafft man so etwas? Gewinnendes Wesen! Sowie Kapitel drei aus dem Teil eins: »Grundregeln für den Umgang mit Menschen«: »Man muß den Fisch mit einem Köder locken, der ihm schmeckt.« Solche und ähnliche Weisheiten veröffentlichte Carnegie 1937, und innerhalb kürzester Zeit war sein Buch in sämtliche Sprachen übersetzt, natürlich auch ins Tschechische. Man fragt sich, wie Mitteleuropa jahrhundertelang ohne dieses Buch hatte auskommen können. Hätte mal besser Kaiser Rudolf diesen Ratgeber gelesen, dann hätte er es nicht nötig gehabt, Alchemisten aus dem Goldmachergäßchen oben am Prager Hradschin lebend in Eisenkäfige einschmieden zu lassen und sie im Burggraben in irgendwelche Baumwipfel zu hängen, bis sie verfaulen und von Aasvögeln aufgefressen werden, bloß weil es ihnen, trotz aller gegenteiligen Beteuerungen, nicht gelungen war, dem Kaiser das Geheimrezept zur Herstellung von Gold zu liefern. Kapitel eins aus Teil vier: »Wie Sie am besten vorgehen, wenn Sie etwas beanstanden müssen.« Oder die Hussiten! Warum haben sie John Wyclif gelesen und nicht Dale Carnegie? Dann hätten sie nicht das katholische Kreuzfahrerheer 1427 bei Tachov und 1431 bei Taus auf die Bäume jagen müssen und warten, bis die armen, vom Papst aufgehetzten Kerle entkräftet den Stamm herunterrutschen und ihnen dann den Schädel einschlagen. Sie hätten für ihre Ideen auf andere Art werben sollen. Bei Carnegie wär's gestanden. »Jeder gute Schaufensterdekorateur weiß um die Wirkung einer attraktiv und spannend gestalteten Auslage.« Und am Weißen Berg 1620 hätte man sich auch ruhig der Sätze aus Kapitel eins, »Wer den Honig will, muß der Biene Sumsum leiden«, in Erinnerung rufen können, wo es heißt: »Möchten Sie gerne den ein oder anderen Menschen aus Ihrem Bekanntenkreis ein bißchen ändern, ein bißchen umerziehen und bessern? In Ordnung. Ich bin ganz mit Ihnen einverstanden. Aber warum beginnen Sie nicht bei sich selbst?« Gute Frage! Und was hätten erst all die Deutschen getan, wenn sie nicht »Mein Kampf« von Adolf Hitler, sondern »Wie man Freunde gewinnt« von Dale Carnegie gelesen hätten? »Die Geschichte der Böhmischen Masse wäre in weiten Teilen anders verlaufen, wenn es dieses großartige Buch schon früher gegeben hätte, mein Sohn«, das wird Leo Popper sicherlich zu Ota Pavel gesagt haben, als er ihm seine Ausgabe von »Jak získávat přátele a působit na lidi« übergab, mit einer Feierlichkeit, als ob sie die Bundeslade selber sei. Ota nahm sie, steckte sie in eine Schublade, wo er sie nicht mehr ansah, und schrieb als Antwort darauf, daß fast alle Mitglieder seiner Familie in Konzentrationslagern umgekommen waren, das Bändchen »Der Tod der schönen Rehböcke«. Hierzu vielleicht mehr in einer späteren Vitrine.

1.200 KILOMETER WEITER WESTLICH steuerte ebenfalls jemand auf eine Grenze zu, in diesem Fall war es die österreichisch-italienische oben am Brenner. Werner und Franziska fuhren im offenen Cabriolet. Zwar war es jetzt, Ende September, schon etwas kühl für solchen Leichtsinn, aber Werner war der Meinung, das gehöre sich so: Nach Italien mit dem Kopf im Fahrtwind unter azurblauem Himmel. Daß er heute eher blei-grau war und sich die Temperaturen – noch dazu auf 1.300 Metern über Meereshöhe – dem einstelligen Bereich annäherten, durfte da nicht irritieren. Franziska fröstelte. Und ärgerte sich, warum sie nicht auf der Autobahn geblieben waren. Dann wären sie jetzt schon längst über den Alpenkamm und drüben im vielleicht doch wärmeren Südtirol. Aber nein, es hatte natürlich die alte Brennerpaßstraße sein müssen, denn das Abfahren von der Autobahn, das Aufklappen des Verdecks und das Hinaufkriechen über die kurvenreiche Landstraße waren für Werner ja nicht verhandelbar.
Man fuhr doch nicht in der Kolonne der Allerweltstouristen über die Europabrücke, sondern als wahrer Connaisseur der Italianità selbstverständlich im offenen Cabriolet über die alte Brennerpaßstraße. Drei-, viermal im Jahr fuhr Werner diese Strecke, schließlich hatte er ein Haus in der Toskana. Genaugenommen war es kein Haus, sondern ein altes Weingut. Daß es zum Verkauf stand, darauf hatte ihn einer seiner Kunden aufmerksam gemacht, einer der toskanischen Top-Winzer, die Werner mit der neuen Produktlinie seiner Kunststoffkorken belieferte. Natürlich hatte dieser Top-Winzer beste Verbindungen und erfuhr immer als erster, wenn irgendwo ein kleiner Weinbauer aufgeben mußte. Und so war Werner zu seinem Feriendomizil gekommen.
Dorthin würden sie jetzt in Zukunft immer zu zweit fahren. So stellte Werner sich das vor. Zwar hatte Franziska leise anzufragen gewagt, ob nicht vielleicht auch einmal ein anderes

Reiseziel reizvoll wäre. Werner hatte sie verdutzt angeschaut, wie man nur auf eine solche Idee kommen könne. Und da Franziska auf seine vor leiser Empörung vibrierende Frage, »ja, wo willst du denn hinfahren, Schatz, wenn nicht in die Toskana?«, auch nicht gleich etwas einfiel, war das Thema erledigt und die Entscheidung gefällt: Natürlich würden sie, so oft es nur ginge, in die Toskana fahren.
Ach, wie ganz anders war es mit Lober gewesen. Der war nie so bestimmend aufgetreten. Mit dem konnte man auch mal zu keiner Entscheidung kommen. Ihn wenn sie gefragt hätte, »Europabrücke oder alte Brennerpaßstraße?«, dann hätte er sie eine Weile lang lieb angesehen, um schließlich zu bedenken zu geben: Können wir nicht einfach zu Hause bleiben? Er hätte es in Form einer Frage gesagt. Werner fragte nie etwas. Außer er legte es darauf an, Franziska in Bedrängnis zu bringen oder noch rabiater: gleich zum Schweigen.
»Du lächelst, Schatz?« Schon wieder so eine Frage. Werner hatte für einen kurzen Moment zu ihr hinübergeschaut und ihren seligen Gesichtsausdruck entdeckt (weil sie nämlich an Lober dachte). Eine Frage und vor allem ein Tonfall, der nur eines zur Folge haben konnte, nämlich daß Franziskas Gesicht sofort wieder versteinerte. Lober hätte nie so eine Frage gestellt. Vor allem hätte er auch nie »Schatz« gesagt. Sie haßte dieses »Schatz«. Und sehnte sich danach, endlich wieder Franzka genannt zu werden. – Warum nur hatte er sich, nachdem er zu seiner Tour hinunter in den Bayerischen Wald aufgebrochen war, einfach nicht mehr gemeldet, all ihre SMS unbeantwortet gelassen? Und vor allem: Wie hatte sie nur auf die Idee kommen können, Lober am ehesten dadurch zurückzubekommen, indem sie sich mit Werner einließ? Daß sie nun endlich seinem ewigen Werben nachgeben und mit ihm nach Italien fahren werde, war die letzte Nachricht gewesen, die sie Lober übermittelt hatte. Auch

darauf als Antwort: nichts als Schweigen. Sie würde sich auf die Suche nach ihm machen müssen.
»Diesen Lober, wie hast du den eigentlich kennengelernt?« stichelte Werner weiter. Als ob er Gedanken lesen konnte. »Ich meine, der Mann ist, wenn man's genau betrachtet, so eine Art Scherenschleifer, jedenfalls zieht er doch von Dorf zu Dorf wie früher die Zigeuner. Kann man doch sagen, oder? Statt im Zigeunerkostüm im Anzug halt. Selbstverständlich von der Stange. Sag, wie lernt man so einen Typen eigentlich kennen?«
Schon wieder so eine Frage, die auf gar keine Antwort wartete. Franziska schwieg.
»Nein! Sag, daß das nicht stimmt! Wirklich an der Haustüre? Ich meine, man hört da immer mal wieder solche Geschichten von einsamen Hausfrauen und diesen angeblich unwiderstehlichen Hausierer-Don-Giovannis, aber daß es so was tatsächlich gibt. Wirklich im echten Leben und nicht nur im Kino. Du bist der Beweis dafür, unglaublich!«
Er wußte genau, daß sie nicht als »Hausfrau« zu Hause gesessen war, sondern bei geologischen Grabungen mitgearbeitet hatte, schließlich war sie studierte Paläontologin. Aber das war ihm ja sowieso nie recht gewesen, diese »Sandkastenspielereien«, wie er es nannte.
»Wie war er denn so, zwischen Haustür und Wohnzimmercouch? Erzähl doch mal!«
»Ich habe Helmut nicht an der Haustüre kennengelernt. Sondern an einem Imbißstand!«
»Ha! Das ist ja noch viel besser.« Für einen, der nur Nobelitaliener kannte, war das allerdings höchst amüsant. »Ihr habt euch bei einer Currywurst kennengelernt. Ich faß es nicht.«
»Es war ein Döner. Es war keine Currywurst! Helmut liebt nämlich Döner.« Letzteres warf Franziska Werner wie einen

Fehdehandschuh hin: Stell dir vor, es gibt Menschen, die lieben Döner. – Sie hatte Lust auf Streit.

»Jetzt mal' dir nur mal aus, Schatz, du hättest mich nicht kennengelernt und wärst an diesem Hausierer kleben geblieben. Und ihr hättet Kinder bekommen. Kleine, den ganzen Tag Hamburger und Döner mampfende Kinderlein. Und denen hättet ihr, wenn sie euch einmal im Teenageralter danach gefragt hätten, wie ihr euch denn überhaupt kennengelernt habt, sagen müssen: am Dönerstand. Ich faß es nicht.«

»Ja, freilich! Dagegen an einem Stehtisch während der Pause eines Open-air-Klassikkonzertes in der Höhlenburg Stein, das ist natürlich ganz etwas anderes. Das wenn man seinen Kindern erzählen kann und noch dazu, wie das Papilein gleich beim allerersten Mal der Mami einen halbstündigen Vortrag gehalten hat, daß diese ganze in Mode gekommene Pausen-Prosecco-Schlürferei all dieser Banausen ja nur verrate, daß sie von nichts eine Ahnung hätten. Weil soviel Prosecco könne es gar nicht geben, wie mittlerweile in all diese geschmacklosen Mäuler geschüttet werde, weil Prosecco sei ursprünglich eine weiße Rebsorte aus einer winzig kleinen Anbauregion im Trentino und nur was für absolute Kenner. Und das alles hat der Papi natürlich gewußt und doziert, während er mit abgespreiztem kleinen Finger ein Gläslein Mineralwasser geschlürft habe, weil etwas anderes könne man sich bei einer solchen Massenschenke während einer Konzertpause ja gar nicht zumuten.«

»Ach, bist du heute wieder amüsant, Schatz. Aber ich muß sagen, du hast dir allerhand gemerkt. Nur: Es ist nicht das Trentino, sondern Venetien.«

Er tätschelte ihr das Knie. Sie hätte ihn ohrfeigen können. Oder aus dem Auto springen. Das Cabriolet-Dach stand sowieso offen. Warum eigentlich sprang sie nicht einfach aus dem Auto? Werner kroch eh ganz furchtbar entschleunigt die alte Brennerpaßstraße dahin. Gleich würden sie an jene Stelle kommen, wo er unbedingt anhalten müsse. Darauf hatte er sie schon vorbereitet. Mit einem ellenlangen Vortrag, wie immer. Gleich komme die erste kleine Espresso-Bar auf italienischem Boden. Da müsse man unbedingt anhalten, ja innehalten. »Endlich wieder im Land, wo die Zitronen blühen!« Zwar blühten weggeworfene Plastikwasserflaschen im Straßengraben, aber Werner konnte sich trotzdem nicht einkriegen. Mach doch mal die Augen auf, hätte ihn Franziska am liebsten angefahren: Siehst du hier irgendwo Zitronen blühen?

»Ich frag mich bis heute, was dich nach Burg Stein verschlagen hat, damals an dem Abend? Ich fand übrigens das Bruckner-Konzert saumäßig schlecht. Wie kann man Bruckner nur dermaßen gehetzt geben? Bruckner gehört entschleunigt. Die ganze heutige Bruckneraufführungspraxis ist eine einzige Zumutung. Celibidache war der letzte …«

»Ich weiß es auch nicht!«

»Was weißt du nicht? Natürlich war Celibidache der letzte. Entschuldige Schatz, wenn ich das sage, aber ich glaube nicht, daß du dir da wirklich ein Urteil … also wenn einer die gesamte Diskographie Celibidaches durchgearbeitet hat, minutiös, dann ja wohl ich.«

»Warum ich zu diesem dämlichen Konzert mitgegangen bin. Ich weiß es heute auch nicht mehr. Ute hat mich zum Mitgehen gedrängt. Ich solle mal auf andere Gedanken kommen.«

»Da hatte sie recht! Du weißt, daß ich deine Freundin Ute normalerweise nicht sonderlich schätze, aber da hatte sie wirklich einmal recht. Diese ständigen Lober-Grübeleien hätten dich ruiniert. Wo steckt er? Wo ist er? Kommt er wieder zurück von seinen Zigeunerfahrten? Bleibt er bei mir? Kauft er sich demnächst einen Planwagen mit Esel? Ha, ich könnt mich totlachen über den Kerl!« Das war ihr größter Fehler gewesen, das wußte Franziska mittlerweile längst, daß sie Werner von Helmut erzählt hatte. Seitdem konnte er sich kaum mehr beruhigen. »Ich meine, ein Mensch im Außendienst, der ist doch gewissermaßen beziehungsunfähig. Da haben wir es doch viel schöner.« Er tätschelte schon wieder ihr Knie. Noch ein einziges Mal wenn er es wagen würde, sie wüßte nicht, was sie dann täte. Vielleicht ihn erschießen. Aber so ganz ohne Revolver? Sie könnte es ja mal mit dem Handy probieren. Die können doch alles. Warum nicht auch mal was Nützliches?

»Schau, wir sind da!« rief Werner und bog ab, hin zu jenem kleinen Straßencafé, vor dem etliche Autos parkten. Eines davon war ein schwarzer Kastenwagen. Die hinteren Seitenfenster waren mit Stores verhängt, auf der Heckklappe bildeten zwei aufgesprühte Palmwedel ein kreisrundes Emblem, in dem drei Buchstaben standen, in silbergrauer Schrift … R. I. O. Aber es müßte doch R. I. P. heißen, *Requiescat in pace?* Der Wagen trug ein tschechisches Nummernschild. War man im Land der ehemaligen Ketzer, der Hussiten und Böhmischen Brüder, etwa nicht ganz sattelfest, was das Lateinische betraf?

Jiří, der Fahrer des Leichenwagens, saß bereits bei seinem Espresso. Er hatte Platz genommen an einem der Tischchen, die auf dem schmalen Streifen zwischen Café und Straße standen. Natürlich bemerkte er das anhaltende Cabriolet. Das Paar, das ausstieg, legte aber auch einen Auftritt hin, als gelte es, eine Oper aufzuführen. Streit- oder Eifersuchtsszene, irgend etwas in der Art stand offensichtlich auf dem Programm. Sie sagte gar nichts, schmiß nur ihre Beifahrertüre zu und ging auf einen der freien Tische zu. Er hinter ihr her, mit einem äußerst beflissenen, die Silben nur so hervorperlenden Rezitativ. »Schlag dir endlich diesen Hausierer aus dem Kopf … du benimmst dich absolut lächerlich … sag mir eine

Sache, eine einzige Sache, die dieser Mensch dir bieten kann, die ich nicht …« Solche und ähnliche Fetzen schnappte Jiří an seinem Bistrotischchen auf. Und vor allem schnappte er einen Blick der Frau auf, als sie an ihm vorbeiging, der war die reinste Schneidbrennerflamme. Der hätte ein Gemüt, hart wie eine Stahltresortür, aufgeschnitten. So durchdringend flehend war er.

Nun war Jiří aber einer, der nicht sofort jeden Blick einer Frau auf sich bezog. Eher einer, der sich in so einem Fall schnell umgeschaut hätte, welcher amerikanische Filmstar da gerade hinter ihm stehen mußte, weil die Lady ihre Blicke haarscharf über seine Schulter warf. In diesem Fall aber war ihm sofort klar: Der Blick galt ihm.

Das war ihm unangenehm. Jetzt setzte sich das Paar auch noch ausgerechnet an den Nachbartisch. Das war ihm noch unangenehmer. Er drehte sich demonstrativ in die andere Richtung. Er gab damit zu verstehen, daß er auf keinen Fall lauschen wolle, ja, daß er es sich regelrecht verbitte, von dem Folgenden irgend etwas mitzubekommen.

Natürlich bekam er alles mit.

Nämlich wie er jetzt anfing, sie zu bedrängen, sie solle ruhig einmal erzählen, wie es gewesen sei, das erste Mal, mit dem Herrn Staubsaugervertreter, ob das gleich an der Tür gewesen sei oder wo sonst, er höre ganz interessiert und amüsiert zu, sie solle sich bloß keinen Zwang antun. Und lehnte sich auch gleich demonstrativ zurück, den Wirt der Espresso-Bar allerdings, der in diesem Augenblick an das Tischchen trat, um die Bestellungen entgegenzunehmen, scheuchte er schroff mit einem Handwedeln weg, »später, später!«, er war nämlich, Jiří spürte es genau, so amüsiert wie ein Zeitbombe, fünf Sekunden vor dem eingestellten Auslösezeitpunkt.

»Jetzt erzähl schon!« forderte er noch einmal auf. Doch die Frau schwieg. Man sah, wie peinlich ihr das alles war. Vor allem, weil ihr Begleiter jetzt anfing, in den ordinärsten Einzelheiten laut das auszumalen, was die Frau nicht erzählen wollte.

»Jetzt hör endlich auf.« War es das, was die Frau leise flüsterte? Und gleich mehrmals hintereinander? »So hör doch schon auf. Hör endlich auf.« Jiří war sich nicht ganz sicher, ob er das Richtige verstand. Es war fast nur ein Wimmern, was die Frau von sich gab.

Der Wirt kam ein zweites Mal aus der Bar. Wollte es noch einmal mit dem Aufnehmen der Bestellungen probieren. Er warf nur einen kurzen Blick zu dem Paar und schreckte dann erneut zurück. Zu denen konnte man unmöglich hingehen und so etwas Belangloses wie »Was wünschen Sie bitte?« fragen. Hernach würde es noch heißen, »ein Samuraischwert, um dieser Schlampe da mit einem Hieb den Schädel in zwei Hälften zu spalten wie bei einer Wassermelone«. Der Wirt tat gut daran, auf der Türschwelle stehenzubleiben. Was wiederum Jiří als günstige Gelegenheit erkannte. Er winkte den Wirt zu sich. Er würde sich einfach aus dem Staub machen, ehe hier noch etwas Furchtbares passieren würde. Aus den Augenwinkeln heraus sah Jiří, daß ihn die Frau genau beobachtete, wie er aus seiner Hosentasche, passend abgezählt, das Geld für seinen Espresso hervorkramte. Er zahlte, nickte dem Wirt zu und stand auf.

»Sie müssen mich mitnehmen!« Die Frau sprang Jiří in den Weg. Der Mann hinter ihr am Tisch hörte schlagartig zu reden auf. Ihm stand der Mund offen.

»Aber Sie wissen doch gar nicht, wo ich hinfahre«, stotterte Jiří.

»Das ist völlig egal. Sie müssen mich mitnehmen.«

Der Mann stand jetzt vom Bistrotisch auf. Jiří hatte es geahnt: Es würde hier noch etwas Handgreifliches passieren. Warum war er nicht schon vor fünf Minuten gegangen?

Der Mann zitterte am ganzen Leib. Jetzt war er es, der flüsterte. »Jawohl, nehmen Sie sie mit … dieses Aas … diese Verderberin.« Es war ein solcher Haß, der aus ihm sprach, daß Jiří instinktiv die Frau unter den Arm faßte und mit sich wegzog. Der Mann folgte ihnen. Von hinten her umtänzelte er die beiden wie ein Boxer seinen Gegner. Ungeheuer flinke Beinarbeit. Und stieß die fürchterlichsten Verwünschungen aus. »Ein Kind soll er dir machen«, zischte er, und es war nicht klar, ob er Lober meinte oder den Fremden, der sich hier in etwas einmischte, das ihn nicht das Geringste anging, »und es soll dir abgehen … ein blutig-eitriger Abortus, an dem du verreckst, aber nur beinahe … weil nämlich dann …«

Die Frau wurde leichenblaß, das sah Jiří. Man mußte damit rechnen, daß sie ihm jeden Moment ohnmächtig in die Arme sank. Jiří blieb stehen und drehte sich zu dem Mann um. »Und du … du haltst jetzt mal Klappe«, sagte er. Das wirkte, für fünf oder zehn Sekunden zumindest. Dann sprang der Kerl zu seinem Cabriolet, das nur mehr wenige Meter entfernt stand. ›Der holt jetzt eine Knarre aus dem Handschuhfach‹, dachte Jiří. Auch zu seinem Kastenwagen waren es nur mehr wenige Schritte. Er fing an zu rennen, zog die Frau mit. Der Mann riß den Kofferraum auf, holte einen Koffer heraus, stemmte ihn mit beiden Armen über seinen Kopf, schrie, »ich schenk dir diese Nutte … die braucht überhaupt nie mehr zurückzukommen«, und warf das Gepäckstück auf den Asphalt. Es platzte auf und schlitterte zu Franziska herüber. Kleidungsstücke quollen heraus. Schnell raffte Franziska alles zusammen, Jiří schnappte sich den Koffer, drückte seine zwei aufgeklappten Schalenhälften zusammen, sperrte den Wagen auf, lud Koffer, Frau und lose Kleidungsstücke ein. Nichts wie weg von hier! Er legte einen Start mit quietschenden Reifen hin, der für ein Bestattungsauto nicht unbedingt angemessen war. Und sah noch einmal in den Rückspiegel.

Der Mann kniete auf der Straße und kippte ganz langsam nach vorne. Bis seine Stirn den Asphalt berührte.
Jiří sah zu, daß er von hier weg kam. Minutenlang sagte die Frau auf dem Beifahrersitz kein Wort. Dann: »Normalerweise ist er ja ganz anders.« Es war unschwer herauszuhören, wie heilfroh sie war, diesem *Normalerweise* entkommen zu sein.

EXPONAT EINES BROWNING-REVOLVERS

Eifersuchtstaten auf dem Gebiet der Böhmischen Masse sind leider an der Tagesordnung wie überall sonst auf der Welt auch. Es mag zwar sein, daß der Mensch der Böhmischen Masse an sich eher phlegmatisch ist. In seinem Blut fließt gewissermaßen immer auch der Granit mit, beziehungsweise fließt eben nicht, sondern schmirgelt als blutkörperchen-großer Rollsplitt gegen die Adernwände und bremst damit alles Heißblütige, Vorschnelle, Kopflose merklich ab. Was nicht heißen soll, daß es nicht auch hier zu Eruptionen von Gewaltphantasien kommen kann. In glücklichen Fällen (oder eher unglücklichen, je nach Standpunkt) liegt dann eine Browning bereit, im Nachtkästchen vielleicht, in der Schreibtischschublade oder im Kleiderschrank, versteckt in einem Stapel Leibwäsche. Ein solcher das Verbrechen eindeutig befördernder Umstand ist aber eher die Ausnahme. Gewundenere Wege hat sich mitunter die destruktive Energie der Eifersucht zu bahnen. So ist zum Beispiel aus dem österreichischen Waldviertel der Fall eines Drosendorfer Sparkassenangestellten bekannt geworden, der seine ihm untreu gewordene oder auch der Untreue nur fälschlicherweise bezichtigte Gattin – diese Frage konnte nie einwandfrei geklärt werden – mit wochenlangen Beimischungen geringster Gaben von Rhododendrenblättern unter das Mittagessen vergiftete. Wohingegen im mühlviertlerischen Freistadt allgemeines Entsetzen herrschte über eine bis dato völlig unauffällige und geradezu duckmäuserisch unscheinbare Ehegattin und Mutter dreier Kinder, die eines Tages in aller Seelenruhe in einen ortsansässigen Fachhandel für Geräte zur Wald-, Bauern- und Gartenarbeit ging, sich ein langstieliges Beil besorgte, sogar noch vom Verkaufspersonal dessen sachkundige Handhabung sich erklären ließ, um dann – immer noch in völliger Seelenruhe, wie es hieß – nach Hause zu gehen und ihren aufgrund von übermäßigem Alkoholgenuß in Tiefschlaf verfallenen Ehemann im Ehebett mit mehreren gezielten Beilschlägen mitten ins Gesicht zu erschlagen. (Von einer signifikanten Geschlechtercharakteristik bei Eifersuchtstaten kann nach Kenntnis dieser beiden Fälle also nicht mehr ausgegangen werden.) Wieder andere legen es auf einen Unfall bei einer Bergwanderung oder Bootsfahrt – etwa auf dem Moldaustausee – an. Dunkel dürfte die Ziffer derer sein, die durch den Einsatz von Giftpilzen aus dem Weg geräumt wurden. Dann gibt es auch Eifersuchtsmorde, die allein unter Einsatz seelischer Grausamkeiten vonstatten gehen (Todesursache daher meistens gewöhnlicher, also zum Beispiel karzinomer Art). Und mitunter richtet sich in letzter Konsequenz die Tötungsabsicht auch gegen den Eifersüchtler selber, schlicht weil er anders keinen Ausweg sieht. So kursieren über einen Gastwirt der böhmischen Kleinstadt Hlavanice Gerüchte, sein tragischer Tod – er wurde von einem Sattelschlepper überfahren – sei eben gar kein Unfall gewesen, sondern selbstmörderische Absicht. Der gute Mann sei über der allzu großen Vertraulichkeit seiner Gattin zu einem Tag für Tag in der Wirtschaft aufkreuzenden Stammgast schier zerbrochen. Wobei gesagt werden muß, daß alle Welt – zumindest alle Hlavanicer Welt – beinahe unisono der Meinung ist, bei dieser Seelenfreundschaft der Wirtin zu ihrem Gast habe es sich um ein rein platonisches Verhältnis gehandelt.

BÜRGERMEISTER MUCHA SCHAUTE AUS DEM FENSTER seines Amtszimmers. Unten lief gerade Pepin über den Marktplatz. Am Brunnen beugte er sich über die Brüstung und schöpfte sich eine Handvoll Wasser ins Gesicht. Mucha mußte grinsen. Er konnte sich schon denken, warum Pepin so dringend eine Abkühlung brauchte. Er hatte anscheinend wieder zum Diktat antreten müssen bei Vančura. Endlich kam der auch einmal ins Schwitzen. Ansonsten gehörte er ja eher zur Brigade der Herumsteher. Wie oft hatte ihn Mucha dabei erwischt, wie er am Löschteich herumlungerte, auf seinen Kehrbesen gestützt, um den Badenixen beim Bikiniwechsel zuzusehen. Anfänglich war Vančura skeptisch gewesen, was die Bedienung des Laptops ausgerechnet durch Pepin betraf, »der ist vielleicht der richtige Mann für den Preßlufthammer, aber doch nicht für so 'n feinfühliges Gerät«, aber Mucha blieb unnachgiebig und meinte nur, Hlavanice breche nun in ein neues Zeitalter auf und Pepin als Gemeindearbeiter habe da gefälligst mit aufzubrechen. Und damit war sie beendet, die Diskussion zum *Volkseigenen Textkombinat Vančura/Vondráček* – VTVV.
Mucha drehte sich vom Fenster weg seinem Gast zu. Der hatte sich schon vor etlichen Minuten auf den Stuhl vor dem Schreibtisch fallen lassen, in völliger Ermattung. Bevor er auch nur das Geringste sagen konnte, brauchte er erst einmal etwas zur Befeuchtung seiner Gurgel. Mucha sah es ihm nach. Erstens, weil er Bohumil Černý kannte und folglich auch seinen schon legendären Durst. Und zweitens: Er kam ja tatsächlich von weiter, staubiger Reise her, sehr weiter und sehr

staubiger sogar. Mucha hatte sogleich seine Vorzimmerdame angewiesen: »Fräulein Jirásková, ein Bier bitte für unseren Gast.« Selbstverständlich war die Jirásková der Anordnung nachgekommen, wiewohl sie sich dachte: ›Paah, Gast. Der ist doch von der Müllkippe, der lebt doch unter der Brücke.‹ Zugegeben: Bohumil Černý war wenig vorteilhaft gekleidet und roch auch etwas streng. Das alles hatte seinen Grund. Immerhin wusch er sich seit 30 Jahren nicht mehr. Und auch den eigenartig teerfarbenen Strickpullover, dessen Löcher mit einem dünnen Metalldraht geflickt waren, weigerte er sich abzulegen. War ja auch längst zu seinem Markenzeichen geworden. Kunstsammlungen aus der ganzen Welt waren hinter ihm her und hätten ihn am liebsten in einer alarmgesicherten Vitrine ausgestellt: den berühmten Bohumil-Černý-Pullover.

Endlich kam die Jirásková mit dem Bier, formvollendet auf einem Tablett serviert, ein 0,33-Fläschchen, bereits vom Kronkorken befreit, Černý ignorierte das dabeistehende Glas, nahm die Flasche und trank sie in einem Zug leer. »Noch eins!« entfuhr es ihm mit einem langgezogenen Rülpser.

»Černý, von wo kommen Sie überhaupt her?« Der Bürgermeister ließ sich hinter seinem Schreibtisch in den Sessel fallen. »Und sagen Sie mal, was waren das bloß für Leute, von denen Sie da, man muß ja fast sagen, entführt worden sind?«

Die letzte Begegnung zwischen den beiden hatte in Černýs Heimatstadt im Haifischtal stattgefunden. Mucha war extra zusammen mit seinem Fahrer und Bodyguard Lánský bis weit in den Osten gefahren, um seinen Schützling zu treffen. Ihn aus seiner total versifften Höhle in dieser grauenhaften Trabantenstadt herauszulocken, war unmöglich. Das hatten schon ganz andere versucht, wie die Kunsthalle in Zürich oder das Guggenheim Museum in New York, aber Černý hatte sämtliche Einladungen einfach unbeantwortet gelas-

sen. Man mußte sich schon zu ihm hinbequemen. So wie Mucha eben. Der hatte aber auch Wichtiges zu besprechen. Zum Beispiel, wie es in Zukunft mit Černýs Œuvre, seinen mehreren 10.000 Fotoabzügen, weitergehen solle, denn daß sie noch länger in diesem Loch vor sich hin verfaulten, war angesichts der Marktpreise für ein einziges Bild des Fotokünstlers unverantwortlich. Zwar hatte Černý schon vor längerer Zeit Mucha einen Vertrag unterschrieben, in dem er ihn zum alleinigen Agenten all seiner Arbeiten machte. Aber Mucha war sich plötzlich nicht mehr sicher, ob diese schriftliche Vereinbarung auch wirklich zählte. Wohler würde ihm sein, wenn erst einmal das gesamte Fotopapiergebirge, das sich in Černýs Wohnung türmte, in Hlavanice sicher untergebracht wäre.
Mitten in die Verhandlungen zwischen ihm und Černý platzte seinerzeit dieses seltsame Paar hinein: die Bildhauerin mit ihrem laubfrosch-grünen Begleiter. Und wie sich die vor ihm aufmanndelte, so als ob sie die einzig wahre Beschützerin von Černýs Genius sei. Und bis er sich umsah, waren die beiden mit Černý verschwunden, in dieser uralten Rostlaube von einem Benz. Man konnte es wirklich nicht anders nennen als eine Entführung. Wahrscheinlich war diese Bacherin auch hinter nichts anderem her als den Weltrechten an Černýs Fotokunstwerken.
»Wohin ging denn eigentlich die Spritztour, damals?« säuselte der Bürgermeister. Er hätte nur zu gerne Genaueres gewußt.
»Keine Ahnung. Hab ich mich nicht drum gekümmert. Die Bacherin wußte schon, wo sie hinwollte. Ich hab mich die meiste Zeit mit Helmut unterhalten. Helmut ist Staubsaugervertreter gewesen, wußtest du das?«
Mucha hatte noch nicht einmal den Namen des Begleiters der Bacherin gewußt. Genaugenommen war der ihm auch völlig wurscht.

»Interessant«, sagte er eher gelangweilt. »Und sie, die Bildhauerin, ist sie zufällig auch irgendwie im Kunsthandel tätig?«
»Weiß ich doch nicht!« antwortete Bohuš barsch. Ihn interessierte das Thema nicht. Er hatte seinerzeit Mucha diese dämliche Unterschrift doch nur gegeben, damit er ein für alle Mal Ruhe hatte vor diesen dauernden Anfragen und Verhandlungen. Er haßte das.
»Ich möchte nur, daß Sie eines wissen, Bohuš: Ganz egal, was Ihnen diese Bacherin eingeflüstert hat, wirklich aufgehoben sind Sie und ist Ihr zweifelsohne bedeutendes Werk nur bei mir. Ich sehe unser beider Zukunft unter glänzenden Auspizien stehen.«
»Red' nicht so geschwollen, Bügermeisterchen!«
»Also gut, dann kommen wir endlich auf das zu sprechen, was mir überhaupt das Wichtigste ist. Warum es mir so lieb ist, daß Sie hier bei uns angekommen sind. Auf welchen Wegen auch immer. Das ist mir doch ganz egal, was mit dieser Bacherin war. Also passen Sie auf: Es zeichnet sich ab, daß wir nun endlich eine Heimstätte für Ihr bedeutendes Œuvre finden werden. In Ihrer Wohnung kann das ja nicht mehr länger bleiben. Außerdem wissen wir doch alle, daß Sie nicht mehr der Jüngste sind, auch wenn wir Ihnen, schon allein der Fortentwicklung Ihrer Kunst wegen, noch viele, viele Jahre wünschen.«
»Erstens: ich fotografier nicht mehr. Aus, Äpfel, Amen! Und die Kamera hab ich dem Helmut geschenkt. Der Trottel hat sie natürlich sofort verloren, irgendwo unterwegs. Ist mir aber auch wurscht. Und den ganzen Scheiß aus meiner Wohnung, den könnt ihr zusammenpacken, wie er ist, und in die Mülltonne treten. Ich hab das eh nur für mich gemacht, all die Bilder von den Schicksen …«
›Deine Wohnung *ist* bereits eine einzige Mülltonne‹, drängte es Mucha zu sagen. Doch er riß sich zusammen und säuselte

weiter: »Das sagen Sie jetzt, Bohuš, weil Sie so ein ungeheuer bescheidener Mensch sind. Dabei spricht doch mittlerweile die ganze Welt davon, was für ein außergewöhnliches Genie hinter der Fotokamera Sie waren … sind! Schauen Sie sich doch erst einmal meine Pläne an.« Mucha zog die Schublade auf.

Was er nun vor Černý ausbreitete, waren die Pläne zum Umbau des Hlavanicer Schlosses. »Hier über dem Eingang wird groß stehen ›Museum zur Geschichte der Böhmischen Masse‹, und das Großartigste ist, Sie, verehrter Bohuš, sind ein Teil dieser Geschichte, und zwar ein ganz wesentlicher. Wir überlegen sogar, ob wir nicht einen ganzen Seitentrakt des Schlosses zur Bohumil-Černý-Sonderausstellung erklären, was sagen Sie jetzt?«

»Och …«

»*Dauer*sonderausstellung selbstverständlich! Sie müßten halt der Überführung Ihres gesamten Œuvres hier nach Hlavanice zustimmen. Aber überlegen Sie doch einmal selbst, wo könnte es besser aufgehoben sein?«

»Auf der Müllkippe!«

»… als bei uns? Nirgends! Ich sage Ihnen: nirgends!!«

Das mit der Müllkippe sagte Černý auch nur deshalb, weil er sich einfach nicht vorstellen konnte, daß es irgend jemand auf diesem mitteleuropäischen Kontinent noch mit ihm gut meinen könne. Nicht nach dem, was er alles erlebt und erfahren hatte in den achtzig Jahren, die er nun schon das Vergnügen gehabt hatte, Mitspieler in dieser Tollhauskomödie zu sein. Und jetzt auf einmal diese Offerte vonwegen *Sonderdauerausstellung.* Im Schloß von Hlavanice. Aber Moment mal! Černý fiel da etwas ein. »Als du das letzte Mal im Haifischtal warst, Mucha, hast du da nicht behauptet, das Schloß sei längst renoviert? Und jetzt sehe ich diese Pläne hier und merke, das stimmt ja alles gar nicht.«

»Eine kleine Schwäche von mir«, beschwichtigte Mucha. »Ich bin halt gern einmal meiner Zeit etwas voraus, gedanklich, verstehen Sie. Und außerdem: Die Planungen sind ja längst fix und fertig. Spezialisten wie unser Vančura arbeiten schon an den Details. Das einzige, was noch fehlt, ist eine Kleinigkeit.«

»Ach ja. Und was wäre diese Klitzekleinigkeit?«

»Geld.« Mucha zuckte lächelnd mit den Achseln, als ob er sich für eine Tollpatschigkeit entschuldigen müsse. »Wie immer: das liebe Geld.« Er kam hinter seinem Schreibtisch hervor, stellte sich vor Černý und zeigte mit dem Finger genau auf dessen Nasenwurzel: »Aber wir haben jetzt einen Geldgeber! – Das heißt, ich will nicht wieder voreilig sein. Sagen wir, es gibt berechtigte Chancen, daß diese Pläne hier tatsächlich Wirklichkeit werden.« Mucha weihte Černý in den Stand der Dinge ein. Nicht ganz einfache Nachforschungen, die nur er als Bürgermeister mithilfe seines weitverzweigten Netzes an Informanten und Zuträgern habe anstellen können, hätten zu dem Ergebnis geführt, daß es einen legitimen Rechtsnachfolger der früheren Besitzer von Schloß Hlavanice gebe. Graf Hlavatschek, wohnhaft in Brudern, einem winzigen Nest im Waldviertel.

»Er war einer von denen, die sich ’68 aus dem Staub gemacht haben. Und wo sind die meisten hängengeblieben? – Natürlich in Österreich.«

»Und wozu dient jetzt dieser Graf?«

»Er soll uns helfen, das Schloß zu renovieren. *Sein* Schloß! Das muß doch in seinem Interesse sein, daß der alte Familienbesitz in neuer Blüte erstrahlt. Wir liefern dazu hervorragend ausgearbeitete Pläne und der Graf den notwendigen Zaster … und wenn er gar nicht recht zieht, dann soll meinetwegen das Ganze ›Hans-Hlavatschek-Museum zur Geschichte der Böhmischen Masse‹ heißen, warum nicht?«

»Sie meinen, der Graf zahlt die Zeche?« fragte Černý ein wenig ungläubig. »Weiß er davon denn überhaupt schon?«
»Ach wo! Der ahnt noch überhaupt nichts, der Glückspilz. Aber jetzt sind ja Sie da, Bohuš. Und wissen Sie, was wir jetzt tun werden? Wir bringen ihm die frohe Nachricht. Sie müssen unbedingt dabei sein. Wenn er Sie erst sieht und Ihre Arbeiten und erfährt, daß Ihre Fotos einmal das Glanzstück des Museums sein werden, das seinen Namen tragen soll, na, also ich will einen Besen fressen, wenn er dann immer noch nicht anbeißt.«
»Aber ich hab doch gar keine Fotos von mir dabei.«
»Ist doch längst alles erledigt.« Mucha zeigte die Mappe her, die er vorbereitet hatte, mit den Plänen des Museums und einigen Abzügen von Fotos. Die stammten nicht nur von Černý, sondern zeigten auch den Park und das Schloß sowie den Hauptplatz von Hlavanice, waren allerdings schon älteren Datums, weil da sah man unter anderem noch das Gasthaus *Zur Grünen Jungfer,* und das war ja schon längst abgerissen. Jetzt sollten sie sich beeilen, daß dasselbe nicht auch mit dem Schloß passierte. »Also, brechen wir auf!« rief Mucha.
»Aber wohin denn?«
»Nach Brudern natürlich.«
»Jetzt?«
»Ja, aber sicher.«
Das hätte Černý eigentlich längst wissen können, daß Mucha kein Mann des Aufschubs war. Draußen vor dem Rathaus stand Lánský mit dem Dienstwagen bereit und hielt die Fondtür auf, als Mucha und Černý die Treppen herunter kamen. ›Oh Gott, nicht der schon wieder!‹ dachte Lánský, als er Černý erkannte. Der Chef setzte sich nach vorne auf den Beifahrersitz. Lánský hatte kaum den Motor gestartet, schnauzte Mucha ihn auch schon an: »So machen Sie doch

die Fenster auf, Lánský«, als ob der etwas dafür konnte, daß der Bürgermeisterwagen plötzlich nach Müllkutsche stank. Das roch sogar Vančura, der im letzten Moment seinen Fuß auf die Bordsteinkante zurückziehen konnte, als der Bürgermeisterwagen ihm direkt vor seiner Nase vorbeirauschte, mit geöffneten Fenstern. Vančura, der nun auch fertig geworden war mit der Schreibarbeit in seiner Küche, war gerade auf dem Weg zum Hlavanicer Altenheim und hatte die Fahrbahn der Haupstraße queren wollen. Aber wenn die Rathausspitze mit einem solchen Affentempo über den Marktplatz schoß, als sei noch immer der Wagenkonvoi vom Husák unterwegs, dann mußten natürlich alle anderen zur Seite springen. Vančura sah entgeistert dem Wagen nach und schüttelte den Kopf.

EXPONAT EINER FOTOKAMERA, MARKE EIGENBAU BOHUMIL ČERNÝ

Alle machen es falsch, sagt Bohumil Černý. Die Sportler, die Wirtschaftsmagnaten, die Politiker, jeder Trickspielbetrüger und noch der unbegabteste Casanova, die Heiligen sowieso, aber auch jede Mutti mit ihrem einzigen Herzebobbele, jede Betrogene in ihrer Rachsucht, jede italienische Matrone mit ihrer Kochsucht, jeder Sammler mit seiner Vollständigkeitssucht. Der Mathematiker macht es falsch, indem er keine Rechnung mit einem anderen Ergebnis als dem richtigen gelten läßt, jeder Stellwerkleiter, indem er nie eine Weiche falsch stellt und sich einen Zug auch mal verfahren läßt. Jeder Lehrer, der nicht wenigstens einmal seinen Schülern einbleute, bei Issos Keilerei, das war zwei-zwei-zwei. Sie machen es alle falsch. Jeder Dachdecker, weil er nicht einfach ein paar Ziegeln vergißt und es durchs Dach regnen läßt, damit es in den Köpfen der Bewohner nicht gar so trocken-staubig zugeht, aber auch jeder Spaßvogel, der ausschließlich richtige Kracher als Witze erzählt, aber nie einen, dem auf skandalöse Weise die Pointe abgeht. Alle Kellner, die nie eine Suppe in den Schoß einer Lady kippen, alle Bäcker, die nicht ein einziges Mal die Brote als schwarze Backsteine aus dem Ofen ziehen. Sie alle machen es falsch, weil sie immer nur nach der absoluten Perfektion streben. Und das Bitterste bei all dem ist, daß es ihnen sogar die Künstler nachmachen. Siehe Bach, Michelangelo, Andy Warhol. Auch die Künstler wollen immer nur perfekt sein, Schande über sie! Dabei ist es so einfach, sagt Bohumil Černý: Berühmt wirst du nur, wenn du etwas so schlecht machst wie kein anderer auf der Welt. Wie das Exponat auf beeindruckende Weise zeigt, kann und konnte vielleicht kein zweiter Mensch auf der Welt, ganz sicher aber keiner auf dem Gebiet der Böhmischen Masse, dermaßen himmelschreiend schlechte Fotoapparate bauen wie Bohumil Černý. Eine verrostete Blechbüchse als Gehäuse, ein Stück Abflußrohr als Objektiv, ein herausgefallenes Brillenglas als Linse, als Filmspule eine hölzerne Garnrolle oder auch der Kronkorken einer Bierflasche, das Ganze abgedichtet mit Klebeband oder auch mit Teer, Teer, den der Künstler von irgendeiner böhmischen Landstraße kratzte, während eines launischen Sommers, ungewöhnlich launisch-heißen Sommers, der Asphalt blubberte vor Wonne. Manchmal bestand das Gehäuse auch aus einer alten Ölsardinenbüchse, die Ölreste darin schmierten die beweglichen Teile der Kamera aufs vorzüglichste. Und so hantierte unser Fotokünstler gerne mit Öl und Teer, er stellte die perfekte Symbiose aus einem Straßenarbeiter der Asphaltierbrigade und Henri Cartier-Bresson dar, wie sehr müßte es ihm eigentlich gefallen zu sehen, daß Magazin-Mitarbeiter aller großen Museen dieser Welt seine verschmierten, besudelten, von Ratten angeknabberten und mit toten Fliegen, die zufällig im Fixierbad mitgeschwommen sind, verunstalteten Fotoabzüge nur mit weißen Seidenhandschuhen anfassen dürfen, um sie in monumentale Fotorahmen mit blütenweißen, das eigentliche Ausstellungsstück ums Mehrfache, ja Lachhafte übersteigernden Passepartouts zu heben. Aber das alles ist ihm ja wurscht, auf eine geradezu göttliche Art vollkommen gleichgültig. Nein, unser Bohumil Černý hat sich immer nur die Finger an seinem Pullover abgewischt, seine Teer- und Ölfinger, bis auch dieser Pullover nur mehr Teer und Öl war, fast sieht es so aus, als ob der Künstler vor allem anderen die Transmutation liebte. Schließlich sah er in diesem Pullover wie ein Neger aus, und war gestählt, vielleicht auch, weil er die Löcher dieses Pullovers mit dünnem Eisendraht flickte, so daß er auch ein wenig aussah wie ein Ritter im Kettenhemd, der ja immer dann auftaucht, wenn das Gute (Weißer Ritter) gegen das Böse (Schwarzer Ritter) zu kämpfen hat, das ist so Tradition in der Geschichte der Böhmischen Masse. Jedenfalls gestählt und gerüstet mit seiner gut geschmierten Kamera zog der Künstler in den böhmischen Sommer, um auf Motivjagd zu gehen als teerschwarzer Massaikrieger mit gezücktem Kameraspeer, der allerdings, seiner besonderen Konstruktion wegen, nur weiche, verschwommene, verlaufene und verrinnende Bilder aufspießen konnte. Bilder von Frauen, böhmischen Frauen in böhmisch heißen Sommern, wie sie lagern an den Rändern von Freibadbassins oder von Waldseen, in die alte verwitterte Holzstege hineinragen. Lachende Frauen auf Kinderspielplätzen, während ihr quirliger Nachwuchs auf Klettergerüsten in Form von Sputnikraketen herumturnt. Rauchende Frauen vor Metzgereischaufenstern, und schwatzende, kichernde Frauen im Rücken nichtsahnender,

Dackel spazierenführender Männer. Frauen in selbstgehäkelten Bikinis auf der Betonplatte eines Löschweiherablaufs, aber auch Sommerkleider tragende Frauen in hochstehenden Sommerblumenwiesen, nie aber im Herbst oder im Winter. Lächelnde Frauen schließlich, über die Schulter hinweg nach hinten lächelnde Frauen, geradewegs in das Objektiv dieser einmalig lausig zusammengebastelten Kameras. Verwackelt fürwahr, aber dennoch für immer, also vielleicht für eine ihrerseits verwackelte Ewigkeit, wer weiß das schon, wurde so Moment für Moment festgehalten in Abertausenden Aufnahmen, die alle miteinander jenes Phänomen einfingen, das wir den »Böhmischen Sommer« nennen wollen. Jeden Tag 36 Bilder lautete die Regel dieses Mönches vom Orden der Armen Daguerreotypisten, und das drei oder gar vier Jahrzehnte lang. Der »Böhmische Sommer« wurde also auf so vielen Fotoblättern festgehalten, wie der Wald der Böhmischen Masse an Laub trägt, beinahe. Ohne unseren heroischen Chronisten Bohumil Černý gäbe es keine Geschichte des Sommerflirrens und Frauenlachens, und dafür sollen er und seine Kamera niemals vergessen sein.

»ABER BOHUMILA, WAS MACHEN SIE DENN DA?« Vančura hatte die Türe zu dem Altenheimzimmer geöffnet, in dem seit gut einem Jahr seine unverzichtbare Partnerin für die *Hlavanicer Lebensgespräche* lebte, Bohumila Katlecová, der Tiger von Äschnapur, die legendäre Wirtin des Gasthauses *Zur Grünen Jungfer.* Seither hatte Vančura sie jede Woche mindestens dreimal besucht, und das, obwohl Bohumila mit eiserner Konsequenz kein einziges Wort mehr mit ihm sprach. Ja, mehr als das: Sie behandelte ihren einst treuesten Gast mit absoluter Nichtbeachtung. Es war grauenhaft, es

war deprimierend, aus den *Hlavanicer Lebensgesprächen* war ein todtrauriger *Hlavanicer Monolog* geworden, denn Vančura gab es nicht auf, auf Bohumila einzureden, sie mit List in ein Gespräch verwickeln zu versuchen, was ihm zu Zeiten, als man sich noch in der *Grünen Jungfer* getroffen hatte, stets ein leichtes gewesen war. Mit Engels- und Teufelszungen sprach er auf Bohumila ein, erzählte von früher, imitierte die Schrullen bestimmter Stammgäste, über die gemeinsam herzuziehen für sie immer höchstes Amüsement gewesen war. Er kolportierte das allerneueste Gerede vom Marktplatz und konnte, lückenlos memoriert, die »Buntes-Leben«-Seite der Lokalzeitung herunterbeten: Aber nichts fruchtete, keine Anstachelung zeigte Wirkung, keine Provokation rief auch nur das geringste Gegenwort hervor. Bohumila schwieg. Aus der Grünen Jungfer war eine Eiserne geworden.
Bis zu diesem Moment. Kaum hatte Vančura sein entsetztes »Bohumila, was machen Sie denn da?« ausgerufen, da drehte sich die Angesprochene aufreizend langsam um, musterte von oben bis unten den Eindringling in ihre Zelle, um nach einer langen Pause mit größtmöglicher Abschätzigkeit und vollkommener Seelenruhe zu sagen: »Das geht Sie überhaupt gar nichts an, Doctor Vančura!« Dann drehte sie sich wieder zum Tisch, nahm eine Gabel und führte das letzte, extra große Stück Torte, das auf einem Teller vor ihr lag, zum Mund, kaute alles andere als genüßlich daran, sondern schlang es mit Todesverachtung hinunter und spülte gleich noch mit einem großen Schluck brauner Flüssigkeit aus einem Bierglas hinterher.
Vančura stürzte zum Tisch, nahm die Flasche und las das Etikett. »Auch das noch! Doppelbock!! Wissen Sie, was der Malzzucker hat?«
»Mir doch wurscht! Ich bereite mir jetzt mein Ende, Dokterchen. Und zwar mein zuckersüßes Ende.« Sprach's

und zog sich als nächstes ein dick mit Puderzucker bestäubtes Stück Apfelstrudel näher her. Vor ihr stand nämlich, wie Vančura erst jetzt mit Schrecken feststellte, eine ganze Batterie weiterer Mehlspeisen.
»Sind Sie wahnsinnig? Ihr Blutzucker, Gnädigste. Sie fressen sich, mit Verlaub, auf dem kürzesten Weg ins diabetische Koma.«
»Exakt beobachtet, Dokterchen!«
»Aber warum denn nur?«
»Fragen Sie nicht so blöd! Das wissen Sie haargenau!«
Wo sie recht hatte, hatte sie recht. Natürlich wußte Vančura nur zu gut, was mit seiner langjährigen Seelenfreundin los war. Ihr Redestreik, in den sie schon vor Monaten getreten war, war im wahrsten Sinne des Wortes ein stummer Protest. Und zwar gegen das, was Bohumila immer nur »die Entführung« nannte. Die Entführung aus ihrem Serail.
»Freitagabend, wenn die Kerle von der Straßenbaubrigade in ihren teerfleckigen Arbeitshosen einen in der Krone hatten und das Trällern anfingen, mein Gott, war dir das vielleicht ein Janitscharen-Chor! Die wenn ich nicht hinausgeworfen hätt, Marsch!, trollt euch, die hätten noch Montag morgen gegrölt. Aber an all das will der feine Herr Doctor ja nicht mehr erinnert werden, bitteschön, dann halte ich jetzt ab sofort meinen Mund, Sie werden schon sehen, wie fad das wird.«
Das war das letzte, was Bohumila zu Vančura gesagt hatte, ehe sie von ihrer Tochter mit aller Bestimmtheit am Arm genommen, aus der längst geschlossenen *Grünen Jungfer* geführt, in ihren Wagen gesetzt und ins Altenheim gebracht worden war. Sie, die Tochter, war es, die diesen Umzug mit aller Macht betrieben hatte. »Mama, du kannst hier nicht mehr bleiben!« hatte sie ihr wie oft ins Gewissen zu reden versucht, an den Wochenenden, wenn sie aus Prag kam, wo sie in einer Werbeagentur arbeitete. »Du schaffst das nicht

mehr«, hielt sie ihr immer wieder vor, und Vančura, der meist als stummer Ohrenzeuge die Auseinandersetzungen zwischen Mutter und Tochter mitbekam, fragte sich, wen die Tochter eigentlich meine, die Mutter oder am Ende doch sich selbst. Denn unbestritten war das alles für sie nicht einfach, dieses seit Monaten notwendig gewordene ständige Pendeln zwischen Hlavanice und Prag, wo nicht nur ihr Job wartete, sondern auch noch eine Familie, Mann und zwei Kinder, die es immer öfter zu vermeiden wußten, bei diesen Besuchen der Groß- und Schwiegermutter dabei sein zu müssen.

War ja auch wirklich nicht angenehm, in dieses zunehmend versiffte Wirthaus zu kommen. Außer ein paar Stammgästen und nur schwer aus ihrer Lethargie zu reißenden Biertrinkern kam kaum mehr Kundschaft. Daß es überhaupt so weit gekommen war, hing mit dem tragischen Unglücksfall zusammen, der den alten Katlec, Ehemann und Vater, das Leben gekostet hatte. Wochenlang war in Hlavanice über nichts anderes diskutiert worden als darüber, wie es passieren konnte, daß der Wirt ausgerechnet vor seiner eigenen Gastwirtschaft auf der Straße von einem Lkw überfahren worden war, und zwar – als sei der Ironie der Geschichte noch nicht genug – von einem tonnenschweren, schwer auch nach amerikanischem Vorbild aussehenden Truck, dessen hauswandgroße Werbeaufschrift ausgerechnet »Go West!« gelautet hatte.

»Statt *West* ist der jenseits gegangen«, machten manche Hlavanicer höchst makabre Scherze. Vielleicht deshalb, weil sie sich eine gewisse, selbst vor dem Tod nicht haltmachende Schadenfreude nicht verkneifen konnten. Denn der alte Katlec war ihnen schön langsam gewaltig auf die Nerven gegangen mit seinen ständigen Ankündigungen, er werde demnächst die *Grüne Jungfer* schließen und als Saisonarbeiter im Gastronomiegewerbe in Bayern drüben das Zehnfache von dem verdienen, was ihm hier die immer mürrischer bediente

Kundschaft einbrachte. »Drüben hat es nämlich spendablere Gäste als euch Knauser. Ich sag's euch, eurem tagelangen Herumzutzeln an einer einzigen Halben Bier kann ich nämlich nicht mehr länger zuschauen.«

Ganz anders dagegen seine Gattin. Während der alte Katlec vom Weggehen sprach, fauchte die Bohumila ganz in Tigermanier, »wenn er nur endlich fort wäre, der alte Depp, ich jedenfalls bleibe hier«. Über das alles andere als traute Eheleben der Wirtsleute machten eh schon die gehässigsten Gerüchte die Runde. Aber daß sich das Problem auf diese tragische Art lösen würde, hätte auch niemand gedacht. – Der »Go West«-Truck war nur deshalb über den eigentlich für ihn viel zu engen Marktplatz von Hlavanice gerollt, weil ihn eine Umleitung wegen Straßenbauarbeiten – das seit Jahren vom Stadtmagistrat versprochene superschnelle Internet-Kabel wurde verlegt – dazu gezwungen hatte. Wie man sieht: Im zentralen Stellwerk für höhere Vorsehungen waren einmal mehr paßgenau alle Weichen so gestellt worden, daß nicht nur ein zweifelsohne tragischer Unfall herauskam, sondern auch ein bedenkenswertes Sinnbild der Zeitläufte, wie es nicht allzu oft aufblitzt. Diesmal in Hlavanice aber schon, Katlec half auch gehörig mit. Angeblich soll er nicht mehr ganz nüchtern gewesen sein, als er mehr oder weniger blindlings auf die wegen der herannahenden Truck-Monstrosität schon vibrierende Fahrbahn torkelte.

Jedenfalls: Es gab jetzt nur mehr eine Herrscherin im Serail. Allerdings stellte sich sehr schnell heraus, daß ihre Herrschaft nicht sehr weise und umsichtig war. Sie ließ schon mal den Zapfhahn offen, wenn sie in den Keller ging, um ein paar Krautköpfe für ihre berühmte Kohlsuppe zu holen (die so berühmt mittlerweile auch nicht mehr war, eher ungenießbar). Das Bier rann lustig in den Abfluß, vielleicht machte Bohumila das ja auch nur, um der Brauerei einen nach wie

vor ansehnlichen Bierumsatz vorzugaukeln. Denen aber war es letzten Endes egal, ob ihr Bier getrunken oder verschüttet wurde, Hauptsache die Rechnungen wurden termingerecht bezahlt. Das wiederum geschah auch nicht, weil Bohumila, die von all diesem Papierkram, solange der alte Katlec gelebt hatte, immer völlig unbehelligt geblieben war, dazu überging, alle Postsendungen ungeöffnet und eingerollt ganz weit hinten in der Küchenkredenz in einem großen Milchtopf endzulagern. Oder vielleicht doch bloß zwischenzulagern, denn die Rechnungen, die in jenen Briefkuverts steckten, würden ja doch irgendwann einmal wieder ans Tageslicht kommen.
So ganz unberechtigt war es also demnach nicht, wenn die Tochter auf ihrem »Mama, du kannst hier nicht mehr bleiben« beharrte. Und weil naturgemäß die Mutter das völlig anders sah, nämlich aus der sämtliche Probleme mit einer zuckersüßen Wurschtigkeitsglasur überziehenden Perspektive der auf höchsten Blutzuckerspitzen herumkraxelnden Diabetikerin, sah sie auch nicht ein, an diesem Zustand irgend etwas ändern zu müssen. Der Tochter blieb nichts anderes übrig, als eigenmächtig aktiv zu werden, einen Altenheimplatz für die Mutter zu suchen und sie schließlich auch, mit sanfter Gewalt, dorthin zu überführen.
Vančura hatte dieses Trauerspiel in allen Einzelheiten miterleben müssen, als eher unbeteiligter Zuschauer. Was hätte er auch tun können? Doch genau das war es, was ihm die Bohumila vorwarf. »Verschleppt werde ich hier, von meinem eigen Fleisch und Blut, und Sie schauen auch noch tatenlos zu. Ich hatte immer gedacht, Ihnen bedeutet die *Jungfer* irgend etwas. Aber für euersgleichen bleibt man immer nur die Wirtin, und das, was ihr früher euer Paradies genannt habt, war dann anscheinend doch bloß 'ne bessere Wärmehalle, genau wie für all die anderen Suffköpfe auch. Ach, sagen Sie

bloß nichts! Aber eins sollte Ihnen schon klar sein, Doctor: Ohne *Jungfer* gibt es auch keine *Hlavanicer Lebensgespräche* mehr, das können Sie vergessen!«

Von da ab hatte sie dann tatsächlich geschwiegen, kompromißlos, wie man es von dem eher als redselig bekannten Tiger von Äschnapur niemals gedacht hätte. »Die taut schon wieder auf«, hatte Vančura beruhigend auf die Tochter eingeredet, die sich nun weit seltener in Hlavanice sehen ließ, seit sie die Mutter in der sicheren Obhut der Altenpfleger wähnte. Womit sie natürlich völlig falsch lag. Die Altenpfleger kümmerten sich um den diabetischen Selbstmordversuch der Bohumila nicht im geringsten, im Gegensatz zu anderen Suizidvarianten war er ja auch völlig unspektakulär, verursachte nicht das geringste Aufsehen und zog sich vor allem so herrlich unauffällig in die Länge, wer nicht aufpaßte, mußte ihn direkt übersehen. Und wenn man sich bei dem Personal des notorisch unterfinanzierten Altenheims auf irgend etwas wirklich verlassen konnte, dann darauf, daß es im Übersehen großartig war.

Anders dagegen Vančura. Er sah das drohende Unheil und ließ daher nicht ab von seinen regelmäßigen Besuchen, auch wenn er schon nach kurzer Zeit einsehen mußte, daß Bohumila mit ihrem Redestreik tatsächlich ernst machte. Im zurückliegenden halben Jahr hatte sie kein einziges Wort an ihn gerichtet. Warum sie dann aber eben mit der größten Beiläufigkeit gesagt hatte, sie bereite ihr zuckersüßes Hingehen vor, konnte sich Vančura im Moment auch nicht erklären. Eines aber war ihm sofort klar: Jetzt wurde es wirklich ernst. Jetzt mußte etwas passieren. Er würde sie aus ihrem Zucker-Delirium herausreißen müssen. Ja, noch besser: aus diesem Altenheim befreien. Und wenn es nur vorübergehend war.

»Wir sollten mal wieder einen Ausflug machen, Gnädigste! So wie früher.«

Bohumila sah ihn mit großen Augen an. Es schien, als hätte Vančura das Zauberwort getroffen. Und das verwandelte Bohumila augenblicklich. »Sie meinen wirklich, wir könnten einmal wieder eine Ausfahrt machen?«
Zur Talsperre der Pivoňka zum Beispiel, dem fischreichsten Gewässer der ganzen Gegend, schlug Vančura vor. Silberkarpfen schwammen dort herum, die waren groß wie Dackel … ach was, wie Spanferkel und rieben ihre Leiber an einem, wenn man als Schwimmer zu ihnen ins Wasser stieg. Die Bohumila hatte das gemacht, damals, während des heißesten Sommers, den Böhmen je erlebt hat, es bereitete ihr einen so wohligen Schauer zu spüren, wie sich die Fischleiber an sie drückten. Vančura war am Ufer geblieben, die juchzende und spitze Schreie ausstoßende Bohumila war ihm Ergötzung genug. Oder sie fuhren zur Kirche des Heiligen Stefan, einsam gelegen in einem Wäldchen, nie traf man hier jemanden an, höchstens die beiden Alten, die sich absichtsvoll in den Rauch eines von ihnen zusammengekehrten Laubfeuers stellten und einsilbige Gespräche führten, nebenbei Zigaretten rauchend, sie konnten anscheinend gar nicht genug bekommen vom beißenden und beizenden Rauch. Im Inneren der Kirche zeigte Vančura dem Tiger von Äschnapur die ganz in Rötelfarbe gehaltenen Fresken, spätromanisch nannte er sie, und ein einzigartiges Juwel, das so gut wie niemand kenne, ganz unentdeckt würden sie hier schlummern. Bohumila wollte statt dessen lieber ›spätromantisch‹ gehört haben, und das mit dem Juwel, das nur Vančura erkenne und sonst niemand, mißverstand sie auch so, wie sie es brauchte. Gerne hätte sie ihren Kopf etwas auf seiner Brust abgelegt, zum Beispiel, als er ihr eines dieser Freskenbilder erklärte, das wie bei einem Comic in einzelne gerahmte Kästchen unterteilt war. In einem davon war ein großes Maul zu sehen, das Maul des Leviathan, wie

Vančura erklärte, und in dieses Maul hinein stürzte eine ganze Stadt, samt Stadtmauern und Türmen, die so eigenartig spitze und geschwungene Hauben aufhatten, gerade als ob es sich um einen Serail handeln würde. Alles verschlang dieses Maul, und übrig blieben nur Vančura und Bohumila.

Auf der Heimfahrt saß die Wirtin dann wieder hinter Vančura auf der kurzen Sitzbank seines Mopeds, ganz nah an ihn gerückt, und schlang ihre Arme um seinen Oberkörper.

»Eine Ausfahrt auf unserem Moped?« fragte Bohumila nach, noch immer ganz versunken in den Bildern seliger Erinnerung.

Sakra!, das hatte Vančura ganz vergessen, als er eben, aus der Not heraus, diesem zuckersüßen Hingehen der Bohumila nicht mehr länger zuschauen zu können, seinen Vorschlag gemacht hatte. – Er hatte ja gar kein Moped mehr! Das hatte er Jožo Blačič verkauft. Schon vor Wochen. So recht zum Einsatz kam das Moped bei ihm nämlich nicht mehr. Jožo dagegen lag ihm schon lange in den Ohren, daß wenn Vančura das Moped einmal nicht mehr brauche, würde er es sofort abnehmen. Viel wert sei es ja nicht mehr mit seinen zwanzig oder noch mehr Jahren auf dem Buckel, aber er, Jožo, würde es sich schon wieder herrichten und vor allem unterhalb des Sattels mit einer Anhängerkupplung für einen Gig versehen, weil da würde er dann all sein Angelzeug hineinpacken und an die Pivoňka fahren. Sein alter Kumpel Pepin und dessen Škoda stehen ja leider nicht mehr zur Verfügung, fügte Jožo noch mit deutlich beleidigtem Unterton hinzu. »Der hat ja keine Zeit mehr zum Fischen, seit ihr dauernd zusammenhockt, was brütet ihr da eigentlich die ganze Zeit über aus?«

»Das wirst du schon noch sehen«, hatte Vančura geantwortet und wenig Bereitschaft für den angebotenen Handel erkennen lassen. Also machte Jožo weiter: »Man sollte doch auch

früh genug anfangen, seine Grenzen zu erkennen. Und ob man in deinem Alter unbedingt noch Moped fahren muß? Ich meine, es gäbe Alternativen … mit mehr Rädern.«
»Du meinst einen Rollator?«
»Es springt doch auch nie an! Das hast du doch erzählt, daß es dauernd nicht anspringt. Ich mein, bei so einem Moped, noch dazu, wenn es deutlich an die zwanzig Jahre alt ist, da muß man einfach ein Bastler sein, sich selbst zu helfen wissen. Du dagegen als Mann des Schreibtisches … Das ist übrigens meistens der Vergaser, wenn es nicht anspringt. Weißt du überhaupt, was ein Vergaser ist? «
»Ja, weiß ich!«
»Bei mir hätt' es dein altes Moped wirklich gut, glaub mir.«
Schließlich war Vančura weichgeklopft. »Jožo … weil du ein alter Freund bist: Sei still, du kriegst es.«
Und schon hatte das Moped seinen Besitzer gewechselt. Wie aber sollte Vančura das nun Bohumila auf schonende Art und Weise beibringen?
»Das Moped … es ist … ich hab es, schweren Herzens, äußerst schweren Herzens, das können Sie mir glauben, Gnädigste, leider veräußern müssen.«
»Was?«
»Jožo … ich hab es Jožo verkauft.«
»Unser Moped!«
Bohumila zog sofort den nächsten Teller zu sich her, auf dem zwei Kolatschen lagen, zentimeterdick das Powidl darauf, es ließ sich denken, mit wieviel Zucker es eingekocht worden war.
»Woher hätt' ich denn wissen sollen, daß Sie noch einmal Lust auf eine Ausfahrt bekommen? Wo Sie ja nicht einmal mehr mit mir geredet haben.«
»Erst sehen Sie tatenlos zu, wie die *Jungfer* zugemacht wird … ist sie eigentlich schon verkauft und abgerissen? Ach, ich

will es gar nicht wissen. Und dann verkaufen Sie auch noch das Einzige, was uns hätte helfen können, von hier zu fliehen, unser Moped.«

Jetzt sagte sie schon zum zweiten Mal »*unser* Moped«. Daß ihr Herz so sehr daran gehangen hatte vonwegen der zwei, drei Ausfahrten jeden Sommer, zu mehr waren sie ja nicht gekommen, hätte Vančura nie gedacht. Er sah jetzt schnell ein: Das Moped mußte wieder her. Andernfalls war die Tortenschlacht, in die sich Bohumila stürzen würde, schon verloren.

»Man kann so einen Kauf ja auch wieder rückgängig machen.«

Bohumila sah ihn skeptisch an. »Was sich der Jožo einmal unter den Nagel gerissen hat, das gibt der nicht mehr her.«

Vančura schnellte von seinem Stuhl hoch. »Ich werde mit ihm reden. Auf der Stelle. Und Sie machen in der Zwischenzeit eine Pause. Eine Pause vom zuckersüßen Hingehen.«

Bohumila grinste. Und schob den Teller weit von sich. »Eigentlich kann ich's ja gar nicht leiden, das süße Zeug.«

EXPONAT EINER SCHNABELTASSE

Schnabeltassen wie diese aus dem Hlavanicer Altenheim machen es selbst Bewohnern wie dem 93jährigen Petr Fišer möglich, seinen gewohnten allabendlichen Schluck Bier zu sich zu nehmen, mit zugegeben reichlich zittriger Hand. Durch den Schnabel der Tasse gezutzelt, entfaltet das lauwarme Gebräu erstaunlich schnell seine gewünschte Wirkung: Fišer sieht sich in der Vorkriegszeit als jungen Mann über den Vereinsfußballplatz von Hlavanice flitzen. Was ist er doch für ein schneidiger Mittelstürmer, und wie kreischen die Mädels so spitz hinterm Tor, wenn er den Naturlederball, der bei nassem Wetter schwer wie eine Kanonenkugel wird, mittels seines gefürchteten Flugkopfballs – *Fišers Tornado* im Fachjargon – im Netz zappeln läßt. Für Altbürgermeister Urbánek hingegen muß die Schnabeltasse schon mit Sliwowitz gefüllt sein, sonst wird er unruhig. »Was suchen Sie überhaupt hier beim gewöhnlichen Volk?« war das erste gewesen, was ihm auf den Fluren des Altenheims entgegenschallte, als er vor zwei Jahren als gebrochener Witwer sein Zimmer bezog. Aus welcher Ecke es kam, konnte Urbánek zwar nicht sehen, sich aber denken. »Ich dachte, für euch Parteibonzen haben sie Villen in Černošice freigehalten!« höhnte es noch weiter. Für solch defätistische Bemerkungen wäre früher einer in Jáchymov ins Uranbergwerk eingefahren, aber die Zeiten sind ja leider vorbei, und Urbánek versteht immer noch nicht, warum eigentlich. Was er dagegen versteht: Im Hlavanicer Altenheim erfährt die sozialistische Idee endlich ihre Vollendung: Vor der Schnabeltasse werden alle gleich. Jeder bekommt sie, ohne Ansehen der Person, vom Pflegepersonal aufs Zimmer gestellt. Olga Zahradníčková, die früher im Staatsgut für Schweinemast beschäftigt war, trinkt vorzugsweise Milch daraus und erinnert sich, wie ihnen seinerzeit ausrangierte Eisenbahnwaggons zugeteilt wurden, weil kein Baumaterial für weitere Schweineställe da war, und wie sie dann antreten mußten, um die Waggons bis zur Höhe der Einstiegsluken in der Erde zu versenken. Was war das für ein Cancan-Tanz der Schaufelstiele und ein Blitzen der Schaufelblätter in der Sonne. Elena Boučková schlürft am liebsten einen Kräuterbitter durch den Schnabel ihrer Tasse, sie denkt dann an ihren František, dem sie jeden Morgen sein Aluminiumgeschirr mit dem Essen neben seine Aktentasche stellte, erst legte der sich den Pistolenhalfter an, dann steckte er die Blechbüchse und die Thermoskanne in die Tasche und ging los zu seinem Streifendienst. Und nicht vergessen wird sie den Tag, als er nach Hause kam, sich wortlos an den Tisch setzte, nicht die Schirmmütze abnahm, nicht die Aktentasche hergab, die er vor seine Brust drückte, und Elena wußte gleich, jetzt muß sie ihn in Ruhe lassen, jetzt ist etwas passiert. Und später erfuhr sie es dann auch, aber nicht von ihrem Mann, sondern vom Geflüster im Dorfladen, daß – ausgerechnet zum Ende der großen Sommerferien – von einer Familie ein illegaler Grenzübertritt versucht worden war, alle vier wurden gefaßt, die Mutter und junge Frau allerdings angeschossen, sie verblutete schließlich, sie schossen immer zu mehreren, damit nachher keiner wußte, wessen Kugel die tödliche war. Aber jetzt liegt er schon selber unter der Erde, der alte Bouček, was ihn anging, konnten zuletzt nur mehr Pfleger und die eigene Frau ihm wenige Tropfen kalten Tees aus der Schnabeltasse in den Mund träufeln, völlig ausgezehrt und geschwächt war sein vom Krebs zerfressener Körper. Dem langen, dürren Blatný müssen sie immer ein paar Tropfen von Keinerweißwas in den Tee tun, sonst wird er rabiat und fängt das Randalieren an und dann werden nicht mal die jungen Pfleger mit ihm fertig. Desgleichen die Klimová, ohne ihre Tropfen eines ganz bestimmten Sedativums fühlt sie sich verfolgt, von russischen Außerirdischen, also sie weiß nicht genau, sind es russische Kosmonauten oder doch inter- beziehungsweise supranationale Marsmenschen, jedenfalls freundlich sind sie auf keinen Fall und haben es darauf abgesehen, die Klimová in die Weiten des Universums zu entführen. Jedoch ein paar Schluck aus der Schnabeltasse und auch die Klimová wirft sich Hypnos, dem Gott des Schlafes, sanft in die Arme. Ein Summen wie im Bienenstock ist das jede Nacht im und ums Altenheim von Hlavanice, die Tiere der Nacht sitzen dann mit großen Augen im Gebüsch und schauen auf das Haus, in dessen Innerem die Lebensgeister der Schlafenden gegen die Innenwände der geschundenen Körper rumpeln und die Öffnung suchen, durch die es nach draußen geht.

»›**MIR IST VERSPART DER SÄLDEN TOR,** dah stehn ich als ein Weise vor.‹«
»Entschuldige, aber… ich versteh kein einziges Wort!«
Zacharias Multerer sah ärgerlich hinüber zu seiner Frau Erna auf dem Beifahrersitz. Was mußte sie ihn ausgerechnet jetzt mit diesem Kauderwelsch behelligen? Er hatte genug zu tun, die richtigen Ausfahrten aus all den Kreisverkehren zu finden, die sich rund um Zwettl einer an den anderen reihten. Sie fuhren durch eines dieser nur allzu üblich gewordenen Gewerbegebiete, die mittlerweile das Bild jeder mitteleuropäischen Kreisstadt zu prägen schienen: Supermärkte und Baumarktareale, letztere mit ihren abgezäunten Außenverkaufsflächen, in denen sich schwarz glänzende Gartenteichbecken übereinanderstapelten wie die ausgeweidete Trophäensammlung irgendwelcher Riesenschildkrötenjäger. Knallbunt gestrichene Neubauten äfften den einstigen Baustil der Keuschlerhöfe nach, zum Beispiel den bis auf wenige Zentimeter zurückgesetzten traufseitigen Dachüberstand, früher Erfordernis einer allgemeinen Materialknappheit, heutigentags dagegen ein neckisches Architekturaccessoire waldviertlerischer Neureicher, die glaubten, sich traditionsbewußt geben zu müssen. Gleichzeitig pappten sie ihren Keuschen Vordachl an, die vielleicht römischer Villen würdig gewesen wären, noch dazu mit granitenen Säulen dorischer Ordnung.
Multerer beobachtete das alles im Vorbeifahren und glaubte so manche Anregung für eigene Bauausführungen mitneh-

men zu können. Schon allein deshalb konnte er sich nicht auf diesen Walther konzentrieren. Walther von was für einer Weide? Erna hatte gesagt: »Bevor du jetzt wieder deine Volksmusik-CD einlegst, hör dir lieber einmal das an. Schließlich müssen wir uns ja auch etwas vorbereiten. Du weißt doch: Walther von der Vogelweide ist das Steckenpferd von Graf Hlavatschek. Und wenn du den Zuschlag für sein Bauvorhaben bekommen willst, würde ich mich an deiner Stelle wenigstens etwas mit der Welt des Mittelalters vertraut machen.«
»In Österreich sind Adelstitel verboten«, brummte Multerer unleidig. »Herr Hlavatschek heißt das, und damit basta! Und daß du mir nicht wieder rumschleimst vonwegen Herr Graf hier, Herr Graf da. Ich glaub, der mag das auch gar nicht.«
»Ach, natürlich mag der das. Der Graf ist nämlich kultiviert. Der liest den Walther sogar im Original.«
»Na, toll!«
»Das ist nämlich ursprünglich in Mittelhochdeutsch geschrieben … ›Mir ist verspart der sälden Tor…‹ Wer's genau aufgeschrieben hat, weiß man ja gar nicht. Der Walther war ja mehr ein fahrender Vortragskünstler, ein mittelalterlicher Pavarotti, kein so Schreibtischhocker.«
Ob die überhaupt schon Schreibtische kannten, damals, ging es Multerer durch den Kopf. Es hätte ihm Genugtuung bereitet, endlich einmal seiner Frau eine Ungenauigkeit nachzuweisen. Weil sie aber auch immer alles so genau wußte. Oder behauptete, es zu wissen. Multerer hätte wetten können, daß sie von ihren gerade vorgetragenen Siebengescheitheiten sicher auch erst seit letzter Woche wußte. Bestimmt hatte sie wieder ihren »Herrn Professor«, diesen Hölzl, konsultiert. »Konsultieren« nannte sie es nämlich, wenn sie und die anderen Damen aus dem VHS-Kurs zusammensaßen und an den Lippen des schlaue Vorträge haltenden Professors hin-

gen. Dabei war er ja überhaupt kein Professor. Auch *der* Titel dürfte eigentlich überhaupt nicht getragen werden, zumindest nicht von diesem bestenfalls Privatgelehrten. Er solle, hieß es, in einem Haus weit hinten im Bayerwald wohnen und dort seinen Studien nachgehen. Glaubte Multerer seiner Frau Erna, gab es ja kaum etwas, was dieser Hölzl nicht wußte. Dieser Walther war ihm natürlich bestens vertraut. Und gleich war er zur Stelle, um mit seinem Kurs den Minnesänger im Original zu lesen. Hatte er freilich in seiner Bibliothek stehen, Walther im Original. Er ging ja immer auf alle Wünsche seiner Damen ein, wie Erna ihrem Mann vorschwärmte. Und was man von ihm alles lernen konnte, mußte sie ihrem Mann unbedingt gleich vorführen, indem sie aus dem Buch vorlas, das sie noch vor Reiseantritt wohlweislich ins Handschuhfach gelegt hatte. »›Mich hilft nicht‹ … falsch … ›mich hilfet nicht, swahs ich da angeklopfe. Wie mööht ein Wunder größer sinn? Es regnet‹ … nein … ›es regent be--dent--halben min, daß mir das alles nicht enwirt ein Tropfe‹. – Das waldviertlerische Waschküchenwetter hat er ja gekannt, zur Genüge, der Walther.«
»Schatz … bitte! Ich muß mich konzentrieren. Sonst verpassen wir die Abfahrt nach Brudern. – Auf die Idee muß man erst mal kommen, in diese gottverlassene Gegend zu ziehen.«
»Brudern lag früher an der Hauptstraße von Wien nach Prag, immerhin!«
Mittlerweile hatte sich der Verkehrsfluß längst ein anderes Bett gesucht. Brudern mit seinem knappen Dutzend Häuser lag wie gestrandetes Treibgut vergessen am Wegesrand. Vor der Wende hatte zur Grenze nicht einmal eine Straße hingeführt. Die hatte man erst in den letzten Jahren gebaut. Denn nun war der ehemals Eiserne Vorhang hochgezogen, und dahinter war ein reizendes Städtchen mit gotischem Marktplatz

und sgraffiti-bemalten Giebelfassaden zum Vorschein gekommen. Böhmisch Kanada nannte man die Gegend, und Bären, hieß es, gebe es hier auch, obwohl noch nie einer tatsächlich gesichtet worden war.
In diese Fuchs-, Hasen- und eventuell sogar Bärengegend also war Hans Hlavatschek gezogen, auf die waldviertlerische Seite der Grenze, in einen ehemaligen Gutshof, der ziemlich alt sein mußte, Kaiserin Maria Theresia, hieß es, habe hier schon einmal Station gemacht, auf einer der Reisen durch ihr damals noch weltmachtgroßes Reich. Der Gutshof lag verwunschen hinter hohem Baumbestand und war in der für das Waldviertel typischen Vierkant-Bauweise errichtet. Das Eingangstor hatte, als die Multerers vor Wochen ihren ersten Besuch abgestattet hatten, eine feierliche Ausstaffierung gezeigt. Links war die granitgefaßte Toröffnung mit der Österreichfahne beflaggt gewesen, rechts mit der Tschechiens und über dem Torbogen hing eine Europafahne. Nicht recht zu dieser staatsbesuchsmäßigen Aufmachung allerdings hatte der übrige Zustand des Gutshofes gepaßt. Hier führte einmal nicht eine Betonstein gepflasterte, Solarleuchten beschienene, von Koniferen paradierte Protz- und Prachteinfahrt zu dem Anwesen, sondern ein lehmiger Fahrweg mit Grasstreifen in der Mitte, beschattet von Birkenbäumen. Im Innenhof selbst war der baufällige Zustand noch augenscheinlicher gewesen. An allen Ecken und Enden bröckelte der kaisergelbe Mauerputz, die nach außen hin zu öffnenden Fensterflügel – eine Eigenart, die Multerer bislang nur in Böhmen aufgefallen war – zeigten längst keinen Lackanstrich mehr, sondern grau verwittertes nacktes Holz. Und auf der einen Seite des Vierkanthofes, auf der mit den Stallungen, klammerte sich mit letzter Kraft an die Dachtraufe eine verrostete Regenrinne als dauernder Kliffhänger, der für Spannung sorgte: Fällt sie jemandem auf den Kopf oder fällt sie nicht?

»Der kümmert sich aber auch schon um gleich gar nichts«, hatte Multerer vorwurfsvoll festgestellt, nur um von seiner Gattin die sofortige Verteidigung des Grafen zu hören, »dem sind halt andere Dinge wichtig«.
Die doppelläufige Freitreppe, die zum Eingang des Wohnbereichs führte, von dem über und über herabhängenden Efeu zu befreien, gehörte anscheinend nicht dazu. Statt dessen aber ganz offensichtlich das Sammeln von Kunstwerken, denn über den Innenhof verteilt standen Holz- und Metallplastiken herum, alle der eher abstrakten, informellen Art, Multerer hatte sie sich gar nicht genauer angesehen, er verstand solches Zeug eh nicht. Da interessierte ihn schon weit mehr der verbeulte Pkw, der, offensichtlich ausrangiert, weil ohne Nummernschild und Reifen, aufgebockt auf ein paar Ziegelsteine in einer der Hofecken stand. Das edle Gefährt – immerhin handelte es sich um einen Citroën – wieder in Gang zu bringen, gehörte anscheinend auch nicht zu den Dingen, die diesem Hlavatschek wichtig waren.
Dafür aber Vogelhändler Walther, der wer weiß wieviele Jahre schon tot war. Der schien regelrecht das Vorbild von Hlavatschek zu sein. Multerer konnte sich zwar nicht recht vorstellen ›Vorbild für was‹, aber sei's drum. Hauptsache, wenn ein Bauauftrag für ihn dabei herausspringen würde. Und dazu schien Hlavatschek fest entschlossen, nämlich ausgerechnet hier in Brudern neben seinem Gutshof (anscheinend war er hochmögenden Gästen nicht zuzumuten) noch zusätzlich ein großes internationales Begegnungszentrum zu errichten. Klar wäre es gut, wenn es irgendeinen Namen trüge. Warum nicht den von Walther. Wahrscheinlich konnte man mit dem hier in der Region am leichtesten Aufsehen erregen. Ähnliches kannte man aus dem Bayerischen Wald. Da war es dieser Adalbert Stifter gewesen. Einer hatte damit angefangen und alle anderen hatten nicht mehr aufhö-

ren können. Plötzlich gab's überall Stifter-Stüberl, Stifter-Centren und Stifter-Terrassen. Die Stifter-Infopoints nicht zu vergessen. Hier war es anscheinend der Walther. ›Die treiben auch ständig einen neuen Dichter durchs Dorf‹, hatte sich Multerer gedacht. Und: ›Mir ist's recht, bin ich halt der erste, der ein Walther-von-der-Vogelweide-Begegnungszentrum baut. Warum nicht. Multerer baut alles.‹

Daß er von dem Bauvorhaben des Grafen überhaupt erfahren und sein Angebot hatte abgeben können – selbstverständlich im persönlichen Gespräch, unter Begleitung seiner Gattin, die fürs kulturelle Beiprogramm verantwortlich war, Multerer wußte, wie man Kunden beeindruckte –, hatte er nur der Bacherin zu verdanken. In seinem bayerischen Wutzelshofen hätte er doch niemals von der Ausschreibung im Waldviertel erfahren. Wie gut, daß er sich immer ein wenig um die Bacherin gekümmert und bei ihr im Steinbruch vorbeigeschaut hatte. Daß sie dort ungestört ihrer Kunst nachgehen konnte und die Geschäfte bestens liefen, hatte sie Multerer zu verdanken. Für ihn war der Granitabbau unrentabel geworden, der Steinbruch sozusagen totes Kapital. Sie dagegen war ganz wild gewesen auf das zugewachsene Gelände, die Reste des klapprigen Fuhrparks und auf die verrosteten Maschinen, durch die hindurch schon die Brennesseln wuchsen. Alles miteinander hatte sie ihm abgekauft, noch dazu für einen Preis, für den sich Multerer genaugenommen schämen mußte, war er doch überall verschrieen als harter Hund, den noch niemand in einer Verhandlung übervorteilt hatte. Außer die Bacherin. Die hatte den Dreh herausgefunden. Vielleicht als er ihr kam mit Einschleimversuchen à la »auch wenn man's mir nicht ansieht, ich versteh fei was von der Buidhauerei«. Allein schon die Tatsache, wie er das Wort »Buuiidhauerei« dahergebracht hatte, hatte sie denken lassen, ›geh nur her, Bürscherl, jetzt kenne ich deine schwache Seite‹. Und immer wenn er aufgetaucht war, im Steinbruch, hatte sie extra für ihn sämtliche Maschinen angeworfen, die mächtigsten Felsblöcke mit dem Kran bewegt, hatte Fäustel und Meißel in die Hand genommen und auf den Granit einzuhauen begonnen, daß die messerscharfen Abschläge nur so durch die Luft flogen. Daß diese Sondervorführungen ihren Zweck auch immer erfüllten, merkte die Bacherin an seinen Blicken. Und wenn sie sich dann noch auf einen der Blöcke hockte, die Beine anzog und die Kappe abnahm, auf daß ihre Haarpracht hervorquoll, dann hatte er noch ein jedes Mal anerkennend geseufzt, »du bist mir vielleicht so ein Weiberts, ein g'spinnerts, mein Lieber«. Und alles, was die Bacherin darauf antwortete, war: »Geh, Zacherl, weißt denn gar keinen günstigen Caterpillar für mich?« Und sie konnte sich sicher sein, in Null Komma nichts wußte er einen.

»Das hier ist auch schön!« unterbrach jetzt Erna die Sinnierereien ihres Ehegatten. Sie blätterte immer noch in dem Walther-Buch herum. »Vielleicht sogar meine Lieblingsstelle.«

»Na, laß schon hören!« Multerer war auf einmal in generöser Laune. Seine Frau vermerkte es mit einem spöttischen Heben der Augenbraue, der einen nur, der rechten. Und las vor: »›Ich saß uff eime Steine, und dachte Bein mit Beine. Daruff satzt ich den Ellenbogen, ich hätte in miene Hand geschmogen, das Kinne und ein mihn Wange …‹ Auf deutsch, warte …«, sie blätterte, fand die Übersetzung, »›ich saß auf einem Stein und schlug ein Bein über das andere, darauf stützte ich den Ellenbogen. Ich hatte in meine Hand geschmiegt das Kinn und meine Wange‹.«

»Hm. Kann man sich direkt vorstellen.«

»Siehst du! Man muß eben in Dichters Lande fahren, um ihn zu verstehen. Ich meine, hier die ganzen Granitfelsen … da fällt es doch gar nicht mehr schwer, sich auf einem dieser Steine den Walther vorzustellen, wie der da so sitzt.«
Multerer stellte sich zwar jemand anderes vor, wie sie sich so auf einem Stein räkelte, aber ansonsten hatte seine Frau recht. – Von hier also stammte seine Bacherin ab. Ihre Mutter lebte noch immer in Brudern. Sie war es, die die Bacherin – und damit letztlich Multerer – darauf aufmerksam gemacht hatte, daß der Graf am Ort ein großes Bauvorhaben plane. Eigentlich hätte sich die alte Bacherin eine Art Provision verdient, wenn der Bauauftrag wirklich zustande käme.
»Das sollten wir vielleicht dem Hlavatschek vorschlagen, jetzt gleich dann, wenn wir ihn treffen«, sagte Multerer, und es klang für Erna etwas gedankenverloren.
»Was sollen wir ihm vorschlagen?«
»Daß er bei seinem Begegnungszentrum auch an die Kunst am Bau denkt. Und da könnt er doch grad den Walther nehmen, wie er da so sitzt, mit verknoteten Beinen, Faust unterm Kinn. Das wär doch eine schöne Arbeit für die Bacherin. Walther aus Granit und Walther auf Granit.«
»Vielleicht eine gar nicht mal schlechte Idee.«
Multerer ärgerte, daß sie immer die Überlegene herauskehrte, zumal wenn es um schöngeistige Dinge ging. Warum sollte er nicht auch einmal eine großartige Idee haben? Die einzige, die wahrscheinlich erkannte, daß er tatsächlich etwas von »Buidhauerei« verstand, war die Bacherin. Er würde ihr unbedingt diesen Auftrag verschaffen müssen. Vielleicht daß sie sich dann irgendwann einmal erkenntlich zeigen würde. »Das ist eine ausgezeichnete Idee!« beharrte er bockig.
»Dann probier's doch mal über die Gattin. Die Madame Hlavatschek. Daß du es ihm, sagen wir, über sie einimpfst.«

Sie immer mit ihren genialen Strategien. Einmal hatte er schon auf sie gehört, und beinahe alles versaut damit. »Lade den Graf doch mal zur Jagd ein«, hatte sie vorgeschlagen, »für was hast du denn das Revier im Kaiserwald. Vielleicht gefällt es ihm ja, und daß du dann anschließend bessere Karten hast, bei der Auftragsvergabe.« Er wollte ja erst nicht, so ein Schöngeist wie dieser gräfliche Lapp, den könne doch unmöglich die Jagd faszinieren, hatte er sich gedacht. Aber Erna ließ nicht locker. »Ach was, ganz bestimmt interessiert ihn die Jagd, als Waltherspezialist, der er ja ist. Wahrscheinlich waren die Vorfahren von Walther nämlich mit der Jagd beschäftigt. Mit der Greifenjagd. Warum sonst Vogelweide? Vielleicht waren sie ja sogar Falkner oder so etwas. Sag das mal dem Hlavatschek. ›Um Walther richtig verstehen zu können, muß man auf der Jagd gewesen sein.‹ Sag ihm das. Du wirst sehen, das zieht.«
Von wegen! So kurz abgefertigt worden war Multerer noch selten. Hlavatschek hatte ihn mit vor Entsetzen geweiteten Augen angestarrt und lediglich gemeint, Jagd, das sei die grausamste Perversität, die er sich überhaupt vorstellen könne. Multerer hatte sofort abzuwiegeln versucht, daß er ja selbst schon mindestens ein Jahr lang nicht mehr im Kaiserwald gewesen sei, er habe ja so wenig Zeit, und überhaupt habe er in seinem Revier dort, das er noch gar nicht lange gepachtet habe, noch keinen einzigen Schuß abgegeben, »wir Jäger lieben ja die Natur, auf der Kanzel sitzen und dieses ganze Wirken und Werben in der Natur beobachten ... das Brunftverhalten der Hirsche ... was gibt es Schöneres. Und dazu diese einmalige Idyllik des Kaiserwaldes, kennen Sie den Kaiserwald, Herr Graf, einfach wunderschön!« Klar, hatte der Graf daraufhin trocken bemerkt, dort sei ja auch Uran abgebaut worden und er selbst habe einen Teil seines abscheulichen Militärdienstes auf dem Truppenübungsplatz Prameny absolviert.

Super Idee, das mit der Jagd! Und jetzt hatte sie schon wieder so einen genialen Einfall, seine Erna. Über die Gattin des Grafen solle er seine Idee von einer Walther-Statue ins Spiel bringen, und auch nur deshalb, weil man von einer Französin wohl annehmen dürfe, daß sie Sinn für Kultur habe. Wie hieß das doch gleich noch ... Savoir vivre?

»Die läßt sich aber nur ganz selten sehen, die Ehefrau«, wiegelte Multerer gleich einmal ab.

»Soso.«

»Ja, das hat mir die Bacherin erzählt.«

»Soso, die.«

»Ja, die weiß einiges über die Verhältnisse im Hause Hlavatschek zu berichten.«

»Soso. Was?«

»Zum Beispiel, daß sich die Frau die meiste Zeit in der Provence aufhält, da haben sie nämlich einen Zweitwohnsitz. Dieses Waschküchenwetter im Waldviertel kann sie nicht ertragen, und die Bacherin glaubt ja, daß die hier regelmäßig depressiv wird, seine Frau. Das ist halt das Ergebnis, wenn sich ein Böhme mit einer Französin einläßt, sagt die Bacherin.«

»Was redest du denn dauernd von der Bacherin?« Erna wurde langsam ungehalten. Weil die sich halt auskenne, verteidigte sich Multerer. Wegen der Mutter, die immer noch hier in Brudern lebe. Und die ihr alle Dorfneuigkeiten umgehend mitteile. So auch als es Anfang der neunziger Jahre hieß, da kämen welche, die richteten den alten Gutshof wieder her. Anfänglich wußte man nicht recht viel mehr als den Namen des Käufers, Hlavatschek. Daß es sich dabei um ein Mitglied eines ehemals nicht ganz unbedeutenden Grafengeschlechts aus Böhmen handelte, hatte sich bald herumgesprochen. Auch daß er, der Mann, 1968 das Land aus politischen Gründen verlassen habe, machte die Runde. Während die

Tschechoslowakei von sowjetischen Panzern überrollt wurde, hielt sich Hlavatschek gerade in Wien auf, er war damals ein junger Mann von etwas über zwanzig Jahren, der die Chancen des Prager Frühlings nutzen wollte, seine Nase in jenes Ausland hineinzustecken, das ihm seine ganze Jugend über verschlossen geblieben war. Er überlegte, ob er nicht in Wien studieren sollte. Es gab da eine Tante und einen Onkel … »Hlavatscheks gibt's ja überall«, ließ die Bacherin in ihren Bericht an Multerer einfließen, »in Kanada, Amerika, der Schweiz und Österreich«. Bei den Wiener Verwandten wohnte er also und erlebte dort, wie mitten im August über seine alte Heimat die Eiszeit hereinbrach.
Plötzlich waren alle Telefonleitungen nach Hause gestört und auch die tschechischen Fernseh- und Radiosender nicht mehr zu empfangen, allein das österreichische Fernsehen berichtete noch, und die ersten Flüchtlinge, die über die Grenze im Waldviertel kamen, brachten haarsträubende Erzählungen mit. Was Hlavatschek aus all diesen Quellen an Informationen aufschnappte, genügte ihm vollauf, um den Entschluß zu fassen, vorerst nicht mehr zurück in die Tschechoslowakei zu gehen, und aus »vorerst« wurden dann 40 Jahre.
Die Verbindungen in die alte Heimat rissen ab. Und das, was ihn an Österreich band, wurde immer stärker. Ob dazu auch seine französische Ehefrau zu zählen sei, darüber waren sie sich in Brudern allerdings nicht ganz sicher. Sie war ja fast nur ein Gerücht. Schon bei den Kaufverhandlungen, als es um den Erwerb des Gutshofes ging, war Hlavatschek die meiste Zeit alleine aus Wien angereist. Die Ehefrau war vielleicht ein-, zweimal zugegen, sprach die ganze Zeit allerdings kein Wort, sei es, weil sie vielleicht gar kein Deutsch konnte (lebten sie aber nicht schon gemeinsam Jahrzehnte in Wien; oder eben doch nicht gemeinsam?), oder sei es, weil ihr der

Erwerb des halb verfallenen Gutshofes schlicht und ergreifend die Sprache verschlagen hatte.
Hlavatschek führte also die Kaufverhandlungen allein. Zwar sprach man auch von einem Sohn und einer Tochter, die allerdings wohl schon erwachsen sein mußten und eigene Wege gingen, jedenfalls wurden sie nie gesehen, auch später nicht, als der Gutshof schon bezogen war, und zwar von einem, wenn man's genau betrachtet, die meiste Zeit bedauernswert einschichtigen Hlavatschek. Was die Umzugswägen vor allem mitbrachten, war eine Unmenge an Büchern und Bildern und Statuen. Schnell kamen Gerüchte in Brudern auf, Hlavatschek verkehre unter sogenanntem Künstlervolk. Und als dann die ersten fremden Pkws auftauchten, mit Nummernschildern anfänglich aus Wien, Graz und Bregenz, schließlich aus Zürich, Ljubljana und Budapest, war klar: der verkehrt tatsächlich mit internationalem Künstlervolk. Und als dann auch noch kurz darauf an der Straße Richtung der kleinen mährischen Grenzstadt eine Metallgerüstkonstruktion auftauchte, an die achtzig Meter lang und über fünf Meter hoch, und an diese Metallkonstruktion waren riesige Leuchtbuchstaben angebracht, die in einem in so unmittelbarer Grenznähe immer leicht mißzuverstehenden Rot leuchteten und zusammengelesen den Satz ergaben: *Wohin verschwinden die Grenzen?*, da war es auch dem Allerletzten deutlich und klar: Der verkehrt nicht nur mit diesem Künstlervolk, der steckt mit dem unter einer Decke!
»Daß du den nicht kennst?« hatte die alte Bacherin zu ihrer Tochter gesagt, »du hast doch selbst einmal in Wien gelebt, bist du denn da nicht dauernd mit Künstlern zusammengesteckt? Und haben die nicht von dem Grafen Hlavatschek erzählt? Der soll ein großes Herz und einen noch größeren Geldbeutel für die Künstler haben, erzählt man sich

in Brudern, und in Wien weiß man nichts davon? Warum verkriechst du dich in letzter Zeit bloß noch in deinem Steinbruch? Zieh dich halt mal ein bißchen netter an.«

»Mama!«

»Was haben wir nur falsch gemacht bei dir? Schon als kleines Mädl bist du am liebsten in der blauen, ölverschmierten Montur herumgelaufen. Und von einer Puppenküche wolltest du gar nichts wissen, aber alles von Autowerkstätten. Und während sich deine Freundinnen mit sechzehn in jedes Kinderwagerl hineingebeugt haben, wie es sich ja auch gehört, waren es bei dir ölverschmierte Motoren unter aufgeklappten Kühlerhauben. Der alte Grabsteinmetz war dein Freund, weil er dich mit Fäustel und Meißel hat arbeiten lassen, als ob es für ein Mädl nichts Passenderes gäbe.«

»Mama! Mittlerweile stehen Arbeiten von mir vorm UNO-Gebäude in Wien und vorm Lötschbergtunnel in der Schweiz. Was willst du eigentlich?«

»Warum kommst du so selten heim nach Brudern? Hier könntest du bestimmt dem Grafen einmal über den Weg laufen. Sei halt mal ein bißchen nett, ist denn das so schwierig? Und erzähl ihm, was du machst! Der will übrigens hier so ein Tagungshaus bauen, nach irgendeinem Sänger soll das benannt werden, ich kenne nur den Udo Jürgens, aber der ist es nicht.«

»Nein, Mama, der ist es nicht.«

»Und außerdem ist seine Frau, wenn sie überhaupt noch seine Frau ist, sowieso nie hier.«

Und damit war das Gespräch zwischen Tochter und Mutter beendet. Aber vom Walther-von-der-Vogelweide-Begegnungszentrum wußte sie jetzt wenigstens. Und hatte es auch gleich an Multerer weitergesagt.

Multerer fuhr herum. Hatte Erna etwas gesagt? Er war schon wieder nicht bei der Sache. »Du sollst es über die Gattin probieren. Bei der kann man punkten mit Kultur, da bin ich mir sicher. Frag sie doch einfach mal, wie sie Walther im Verhältnis zu den französischen Troubadouren sieht. So was macht Eindruck, glaub mir!«

»Es geht um einen Rohbau, Erna!«

»Rohbau … Rohbau … du immer mit deinem Rohbau! Kehr doch mal den Feinbau heraus. Man kann ruhig auch einmal etwas Allgemeinbildung durchblicken lassen. Du weißt genau, daß du nicht der einzige bist, der ein Angebot abgibt. Aber wenn dem Hlavatschek die Gattin ins Ohr flüstert, ›der Mißsiöh Mülterörr, dörr ist ja so ein kultiviertörr Maann‹, dann wirst du mal sehen, wer den Zuschlag bekommt. Übrigens sind wir gleich da.«

»Das seh ich selber.«

»Na, dann reiß dich jetzt auch mal ein bißchen zusammen.«

EXPONAT EINES EINZELNEN FELLHAARES, FUCHS ODER DACHS

Was braucht ein fahrender Sänger nicht? Er braucht kein Haus, er braucht keine Frau (die würde nur unnötig warten), er braucht keine Kinder (dieses ständige Quengeln, »wo ist der Papi?«), er braucht keinen Vorratskeller, immer ist ihm irgendwo ein Tisch auf irgendeiner Burg bei irgendeinem seiner Gönner gedeckt, er braucht keine Adresse, er braucht kein Land, er braucht keinen Gartenzaun und auch kein Volk, allenfalls ein Publikum, Publikum wäre nicht schlecht, ansonsten braucht er keine Heimat, die ist ihm die Straße, er braucht auch keinen Verwalter, weil er hat gar kein Gut, er ist sozusagen vogelfrei und nennt sich, wer weiß es denn, vielleicht ja nur deshalb: Walther von der Vogelweide. Was braucht ein fahrender Sänger denn? Ein Pferd. So ein fahrender Sänger ist viel unterwegs. Heute am Hof von Herzog Philipp von Schwaben, Sohn Kaiser Barbarossas, morgen im Kloster Tegernsee, wo es aber nur Wasser gibt statt Wein, da zieht er lieber weiter an den Hof des Markgrafen von Meißen, oder zum Kloster Dobrilugk in der Lausitz und von da aus, einmal quer durch die Böhmische Masse, nach Klosterneuburg zu den Babenbergern, Herren über die Ostmark, nur lungert da bereits dieser Reinmar von Hagenau herum, genannt auch Reinmar der Alte, und alt beziehungsweise altbacken ist in der Tat seine Art des Minnesangs, da bringt unser Walther im Vergleich schon ganz einen anderen, den neuen Ton, zum Vortrage. (Nicht zu vergessen: eine Minnesängerharfe braucht er noch, der fahrende Sänger.) Aber was soll's, die Babenberger haben einen Narren gefressen an diesem Reinmar, den Walther, den können sie nicht gebrauchen, den schicken sie weiter. Soll er doch woanders hinfahren, meinetwegen auch zum Teufel, wozu braucht man überhaupt einen Sänger am Hof, ach so, weil die Abende so lang sind und Fernsehen und Zeitung noch nicht erfunden. Also wieder aufs Pferd. Die Heimat des fahrenden Sängers ist der Rücken seines Pferdes. (Vielleicht sind die fahrenden Sänger so etwas wie die Vorfahren der Cowboys und Johnny Cash ein Minnesänger in falscher Zeit.) Heute ist man in der Kaiserpfalz in Gelnhausen, morgen beim Landgrafen Hermann von Thüringen, der lädt nämlich auf seine Wartburg ein zum Sängerwettstreit. Der Wolfram aus Eschenbach ist da, ganz passabler Kollege, Heinrich der Schreiber und andere, aber was das Allerhöchste ist und dem Tintenfaß den Boden ausschlägt, da treten zudem noch Sänger auf, die es überhaupt nicht gibt, wie dieser Klingsor und dieser Heinrich von Ofterdingen, reine Erfindungen, und wie soll man sich bitteschön in einem Sängerwettstreit mit Konkurrenten herumschlagen, die nichts anderes sind als ein Windzug durch den kalten Palas der Wartburg, eine Einbildung vonwegen des zuviel genossenen Weins, aber im Mittelalter ist das ja alles möglich. Da fahren die Helden der Aventüren, eben waren sie noch am Rhein, in der nächsten Strophe schon durchs Lebermeer, und Herzog Ernst reist vom Hoftag in Speyer stante pede in das Land der Kranichmenschen und Riesenohren. Was also muß ein fahrender Sänger haben? Phantasie! Obwohl: Das sind ja alles Tatsachen. Für den mittelalterlichen Menschen gibt es keine Trennung in Fakten und Fiction. Sondern nur die Erzählungen des fahrenden Sängers am abendlichen Kaminfeuer. Das spendet ein bißchen Wärme, ehe es wieder weitergehen muß auf dem Rücken des Zelters, der es versteht, in der besonders ruhigen, rückenschonenden Viertaktgangart des Tölt durch die deutschen Wälder und Sümpfe, die ostmärkischen Hänge voller Granitbrocken zu trotten. Gegen den naß-kalten Nieselregen hilft der Pelz, noch ein Utensil, das der fahrende Sänger dringend braucht. Walther von der Vogelweide besaß einen. Das Exponat zeigt (vielleicht?) ein Haar davon. Mehr ist leider nicht erhalten. Vom Pelz nicht, und auch sonst nicht. Sein Geburtshaus gibt es nicht mehr, ja, es läßt sich nicht einmal sagen, wo es gestanden hat. Ob in Franken, in Südtirol oder im Waldviertel. Sein angebliches Grab in Würzburg öffnen wir lieber nicht. Hernach ist nämlich nichts drin. Nichts aus dem Leben Walthers ist letzten Endes wirklich gesichert. Außer: daß er einen Pelz besaß. Einen Pelzmantel, der ihm vom Passauer Bischof Wolfger an der Donau in Höhe der Ortschaft Zeiselmauer geschenkt wurde. Am 12. November 1203. Das ist der winzige, man könnte beinahe sagen haarkleine Mantelzipfel der Walther-von-der-Vogelweide-Geschichte, den wir wirklich zu fassen bekommen: die Reiserechnung des Bischofs Wolfger, in der diese Schenkung vermerkt ist. Sie beweist, daß Walther gelebt hat. Und nicht nur eine Erfindung ist wie Homer und Shakespeare. Was braucht ein fahrender Sänger also letzten Endes wirklich? Jemanden, der ihm einen Pelzrock schenkt. Wie Bischof Wolfger von Passau, bekannt für sein Gönnertum und seine Vorliebe für die Dichtung. Ohne ihn gäbe es wahrscheinlich das Nibelungenlied gar nicht. An seinem Bischofshof wurde es vollendet. Wolfger taucht als Bischof Pilgrim im Lied selber auf. Wer der Dichter des Nibelungen-Epos ist, wissen wir nicht. Daß man dort, wo er saß, um dem Nibelungenlied den letzten Schliff zu geben, in irgendeiner Schreibstube im manchmal arg naß-kalten Passau, sicherlich recht fror, läßt sich annehmen. Der anonyme Verfasser wird sich also den Pelzmantel über die Schultern gelegt haben. Vielleicht hat sich ein Haar daraus gelöst und ist auf die Handschrift gesegelt. In die feuchte, dann trocknende Tinte. Ein Fellhaar jenes Dichters, der das Nibelungenlied geschrieben hat, seither im Dachsbau seiner Anonymität haust und partout nicht herauskommen will.

II.

Alle in Brudern
(fast alle)

»Ir sult sprechen willekomen:
der iu mære bringet, daz bin ich.
Allez daz ir habt vernomen,
daz ist gar ein wint: nu frâget mich«
Walther von der Vogelweide

»Ihr dürft mich willkommen heißen!
Was ich mitbring, ist der neue Ton.
Eure hier bislang bekannten Weisen
Sind nur heiße Luft – was ist das schon.«
Neuhochdeutsche Übertragung
durch Peter Rühmkorf

NUN GEHT'S ABER FLOTT RICHTUNG HEIMAT, hatte sich Lober, als sie das Grenzabenteuer glimpflich hinter sich gebracht hatten, gedacht und auch ein wenig gewünscht. Die Bacherin beteuerte, jetzt würden sie bestimmt von nichts mehr aufgehalten, am allerwenigsten von irgendwelchen Kerlen in Grenzuniformen, die sie nach ihrer Identität fragen. Doch dann wurde ihr Elan auch schon wieder gebremst, zum Beispiel durch schwer bergauf keuchende und schwarze Rußwolken hustende Lkws. An ein lockeres Vorbeiziehen war nicht zu denken, denn das Land, durch das sie fuhren, kannte anscheinend keine mehrspurigen Straßen, geschweige denn Autobahnen. Sie fuhren durch die Gegend der Waldblöße und an der Silberschmelze im Talkessel vorbei, erklärte die Bacherin, aber Lober war sich nicht sicher, ob sie sich diese seltsamen Namen – ein Großer Michel war auch noch darunter – nicht einfach nur ausdachte. Vollends unglaubwürdig kam es ihm vor, daß sie gerade eben an der geographischen Mitte Europas vorbeigefahren seien, jedenfalls behauptete sie das und fügte grinsend hinzu: »Hier am Rand vom Haifischtal. Übrigens: Jetzt bist du der, der durchs Tal gezogen ist ... naja, gefahren worden ist. Aber immerhin: per ce val!« – Manchmal beschlich Lober das Gefühl, seit er in die Fänge der Bacherin geraten war, ginge es ihr nur um das eine: ihn ganz und gar die Orientierung verlieren zu lassen. Was versprach sie sich nur davon?

»Wohin fahren wir jetzt eigentlich?«

»Tja, die ewige Frage. ›Wo fahren wir hin? Immer nach Hause.‹ Schon mal gehört? Stammt von Novalis.«

Den kannte Lober nicht. Aber was ›nach Hause‹ für die Bacherin bedeutete, interessierte ihn schon. Ja, das hätte er jetzt zu gerne gewußt: Wo sie eigentlich daheim war.
»Na, in Brudern halt.«
»Eigenartiger Name.«
»Es gibt mehrere Theorien, woher er stammen könnte. Die einen sagen, er ist slawisch, habe vielleicht etwas mit ›prudký‹ zu tun, was soviel wie ›ungestüm, jähzornig‹ heißt. Dann wär ich sogar eine halbe Slawin …«
»Was manches erklären würde«, zog Lober sie auf. Sie konterte nur mit einem »Ach, du!«. Und machte weiter: »Die Mutterfamilie lebt schon seit Generationen in Brudern. Der Vater hat eingeheiratet. Die Seinigen stammen aus Edelbach … aber Edelbach gibt es ja längst nicht mehr.«
»Warum das denn?«
»Weil es das Pech hatte, auf dem Gebiet des heutigen Truppenübungsplatzes Allentsteig zu liegen. Deshalb mußte es verschwinden. Von Edelbach ist nichts mehr übrig. Genau wie von weiteren 40 Ortschaften.«
»Wo liegt denn dieser Truppenübungsplatz?«
»Südlich von Brudern. Angelegt haben ihn übrigens die Nazis. Das war mit das erste, was sie taten, nachdem sie die Ostmark heim ins Reich geholt hatten. Offiziell hieß es, das Döllersheimer Ländchen sei ein so armseliger und dünn besiedelter Landstrich im Waldviertel, da könne man die spärliche Bevölkerung am leichtesten umsiedeln, weit weg nach Oberösterreich und Tirol. Bloß meinem Vater gelang es, in der Nähe zu bleiben, eben in Brudern. Schon damals wurde gemunkelt, die Nazis hätten das alles nur gemacht, um Spuren zu verwischen.«
»Welche Spuren denn?«
»Eine dieser über 40 kleinen Ortschaften, die ausradiert wurden, hieß Strones, nicht recht viel mehr als ein trostloser

Weiler. Dort wurde 1796 eine Frau geboren, die hieß Maria Anna Schicklgruber.« Die Bacherin hielt inne, sah Lober an, ob dieser Name irgendeine Reaktion bei ihm auslöse. Tat er nicht. »Die Leute hier im Waldviertel waren damals bitterarm. Eine Familie konnte eigentlich nur überleben, wenn ein paar der Kinder weggingen. Und so ist auch die Maria nach Graz gegangen, heißt es. Und zwar zu einem jüdischen Geschäftsmann, um dort als Dienstmagd zu arbeiten. Doch sie ist bald schon wieder heimgekommen, und zwar schwanger. Sie heiratete schnell einen Müllergesellen, dann kam das Kind auf die Welt, wurde auf den Namen Aloys getauft. Der Müllergesell hat es aber immer abgelehnt, eine offizielle Vaterschaft für dieses Kind anzuerkennen. Er hieß übrigens Hiedler … der Müllergesell.«

Wieder der Kontrollblick. Wieder keine Reaktion. »Hiedler … kann man auch anders schreiben. So ein Schreibfehler passiert schnell, zumal auf einem Waldviertler Gemeindeamt. Aus Hiedler wurde irgendwann Hitler.«

»Wie bitte?« Jetzt wurde Lober doch noch hellwach.

»Aloys Hiedler, später Hitler, war dem Adi sein Vater, jawohl! Und wenn die ganze Geschichte stimmt, dann war Hitlers Großvater Jude und er selber ein Vierteljude. Eines jedenfalls ist verbürgt, daß der Führer immer wieder gesagt hat, über seine Vorfahren darf nie etwas ans Tageslicht kommen. Was er selber in ›Mein Kampf‹ zu seinen Ahnen schreibt, ist jedenfalls erstunken und erlogen.«

»Das ist ja ungeheuer!« sagte Lober.

»Eben. Und deshalb mußte Strones auch verschwinden.«

»Verstehe.«

»Aber ich war ja eigentlich dabei, dir etwas zu Brudern zu erzählen. Woher der Name kommt. Brudern … man könnte annehmen Klosterbrüder. Ist ja auch naheliegend und insofern nicht verkehrt, als es immer wieder Klosterbrüder waren, die die Wälder im Waldviertel, aber auch im übrigen Böhmer- und Bayerwald gerodet haben. Es könnte aber auch noch eine andere Brüderschaft eine Rolle spielen. Das ist die dritte Theorie, und die ist mir die allerliebste. Sie besagt, Brudern ist eine Gründung der Templer.«

»Eine Gründung von wem?«

»Na, des Templerordens! In Geras und Schöngrabern hatten sie Niederlassungen, das weiß man, warum also nicht auch in Brudern. Untereinander nannten sie sich jedenfalls ›Brüder‹, die Templer.«

»Und wer waren die?«

»Gute Frage! Darüber streiten sich die Gelehrten bis heute. Waren sie ein Geheimbund? Eine Weltregierung inkognito? Gegründet haben sie sich jedenfalls während des Ersten Kreuzzuges, Anfang des zwölften Jahrhunderts. Daher ja auch der Name. Sie kamen bis Jerusalem bei ihrem Kreuzzug, befreiten die Heilige Stadt von den Heiden und nahmen Quartier in einem Palast, der angeblich auf den Grundmauern des Tempels von Salomo gestanden haben soll. Ursprünglich waren sie alle Adelige aus Europa. Sie verstanden sich als Arme Ritter Christi.«

»Und wieso geht man davon aus, sie seien ein Geheimbund gewesen?«

»Weil man ihnen alles mögliche zutraute beziehungsweise unterschob. Es gibt Theorien, die sagen, die Templer seien nicht nur verantwortlich für das Aufkommen der Freimaurer, sondern zum Beispiel auch für den Ausbruch der Französischen Revolution. Unter anderem.«

»Ah ja.«

»Am besten aber gefällt mir die Geschichte, die Templer hätten bei ihrer Befreiung Jerusalems auch den Heiligen Gral in ihren Besitz gebracht. Sie sollen ihn nach Europa geschafft haben, mit seiner Hilfe Silber in Gold umgewandelt haben

… weil die einzigen wirklichen, erfolgreichen Alchemisten sind ja alles heimliche Templer gewesen, versteht sich. Ja, und dann haben sie den Gral so gut versteckt, daß man nicht mehr weiß, wo er jetzt ist. Was schaust du so? Du weißt sicherlich, daß er seither als verschwunden gilt.«

»Der Heilige Gral?«

»Von was red' ich denn? Ich seh schon, du weißt nicht einmal, was der Gral ist?«

»Ich könnt dir erklären, wie die Schubumkehr bei einem Staubsauger funktioniert. Damit man mit ihm nicht nur saugen, sondern auch blasen kann.«

»Großartige Alchemie! – Paß auf: Der Gral ist das meistgesuchte Ding, das große Mysterium, im alten Europa seit über zweitausend Jahren. Er stammt aus der Zeit von Christi Kreuzigung. Was es genau ist, weiß kein Mensch, vielleicht eine Art Kelch, oder ein Speer … eine Lanze mit Blut dran … vielleicht auch beides, Kelch und Speer. Beim Wolfram von Eschenbach, Kollege vom Walther von der Vogelweide, ist es ein Stein, der wie eine Art Tischlein-deck-dich ständig Speis und Trank bereithält. So ein heißer Stein ließe sich natürlich wo am besten verstecken?«

Lober zuckte mit den Achseln.

»Na, hier im Waldviertel. Fällt nicht groß auf, bei all den Granitbrocken, die hier rumliegen. Warum also nicht annehmen, die Templer hätten ihn hierher gebracht. In deren Besitz soll er nämlich mal gewesen sein, der Gral. Und dann haben sie ihn vergraben, eingemauert, versenkt in einem See, versteckt in einer Waldhöhle, was weiß ich. Warum soll das nicht in Brudern passiert sein? Für Brudern spräche, daß man ihn bisher nicht mehr wiedergefunden hat, den Gral, ganz einfach, weil man ja nicht einmal Brudern findet. Das ist so klein und so abgelegen, da reist jeder dran vorbei. Und die paar, die in Brudern leben? Die suchen auch nicht. Die beschäftigt nur, wie sie von hier wegkommen. Wenn einer was werden will, muß er weggehen. ›Werden‹, das Wort gibt es bei uns ja gar nicht. Höchstens, daß du was ›warst‹. Warst, bist und bleibst. Von Werden keine Rede.«

»Und wie hast du es da ausgehalten?«

»Indem ich früh zu suchen angefangen hab. Seit mir jemand das mit den Templern erzählt hat – und das ist noch gar nicht so lange her –, weiß ich auch warum. Mir wird so manches klar. Zum Beispiel, warum ich als Kind jeden Stein umdrehen mußte und doch nur sich kringelnde Regenwürmer darunter fand. Warum ich in die hintersten Kellerwinkel kroch und nichts so sehr liebte wie die spitz zulaufenden Zwickelwelten unter der ins Obergeschoß führenden Holztreppe, die mit einer Tür verschlossen waren. In den Dachsbau hab ich mit dem Arm hineingegriffen, so weit, wie es nur ging, und ich habe etwas Weiches, Lebendiges gefühlt. Aber das war es anscheinend auch nicht, was ich gesucht habe. Ich hab mich in den Hühnerstall gezwängt und kopfüber in die Regentonne beim alten Gartenhäusl gestürzt … zum Unglück war sie randvoll und um ein Haar wär ich drin ersoffen, hätt' mich nicht der Großvater in letzter Sekunde herausgezogen. Mit dem Suchen habe ich trotzdem nicht aufhören können. Dabei wußte ich nicht einmal, was ich finden will. ›Wer findet, hat nur nicht richtig gesucht.‹ Schlauer Satz, was? Wenn mir nur wieder einfallen würde, wo ich ihn gelesen hab. Aber vielleicht ist das auch gar nicht so wichtig.«

»Und deine Steine, was hast du da gesucht?«

»Die perfekte Form, die versteckte Linie, die eingesenkte Geschichte. In jedem Stein ist nämlich all das versteckt.«

»Und der Gral?«

»Ja, vielleicht suche ich tatsächlich auch den Gral. Du hast recht! Wer sagt, daß nicht irgendeiner dieser Granitblöcke, die hier zuhauf herumliegen, Gral oder Stein der Weisen ist.

– Bis jetzt hab ich ihn allerdings noch nicht gefunden.« Sie nahm kurz den Blick von der Straße und sah ihn an.
»Was ist?« fragte Lober, den dieser Blick irritierte.
»Vielleicht bist du ja der Richtige, um ihn zu finden.«
»Das ist nicht dein Ernst?«
Sie sagte nichts. Dachte daran, was man ihr erzählt hatte. Daß nämlich in der Geschichte des Grals ein tumber Tor die entscheidende Rolle spiele, ein blödsinniger Ritter, der ungefähr so unvermittelt auftaucht, wie Lober seinerzeit bei ihr im Steinbruch. Immerhin, kein ungefährlicher Ort, bei ihr im Steinbruch flogen einem bei Sprengungen die Gesteinsbrocken nur so um die Ohren, aber er, er hatte sich, ob aus Blödheit oder Mut, mitten auf den Platz der Gefahr gestellt. Vielleicht war er einer, der ein bißchen meschugge war. Hätte er sonst alles, was sein altes Vertreterleben ausgemacht hatte, einfach stehen und liegen gelassen, wie er erzählt hatte, und wäre mit nichts als diesem laubfrosch-grünen Pullover am Leib losgezogen? Und wenn schon! Sie würde ihn einmal fragen müssen, wo er eigentlich herkam. Er hatte noch kaum etwas von sich erzählt, bislang. Und allzu viel Zeit würden sie nicht mehr haben. Denn ab Brudern würden sich ihre Wege wieder trennen müssen, soviel war klar.

SCHAUTAFEL EINER ART STAMMBAUM

Das Museum zur Geschichte der Böhmischen Masse wäre im höchsten Maße unvollständig, enthielte es nicht eine genealogische Abteilung, welche jedoch nicht, wie gewöhnlich, mit den Stammbäumen einzelner Familien, sondern mit den Stammbäumen fataler Ideen aufwartet. An erster Stelle sind hier die esoterisch-eklektizistischen Ideen der Völkischen Bewegung zu nennen. Ganz unten am Stammbaum dieser – wir wollen sie »Wurzel Hiedler« nennen – lesen wir den Namen Guido von List. Der Sohn einer Kaufmannsfamilie aus Wien war anfänglich nicht recht viel mehr als ein von Alpen und Almen, Rax und Rudern, aber auch Wotan und Waldviertel begeisterter Naturfreund. Sein Naturschwärmertum führte ihn zur intensiven Beschäftigung mit der germanischen Mythologie: Im Alter von 54 Jahren nach einer Augenoperation erblindete von List für die Dauer von elf Monaten und wurde während dieser Blindheit sehend. Was halt ein Seher so sieht. Die wahren Zusammenhänge zum Beispiel. Das Geheimnis. Daß der Mensch sich zu seiner Rasse bekennen muß. Es kommen jetzt die Bücher Max Ferdinand Sebaldt von Werths ins Spiel, die von List eifrig liest: In ihnen wird die Überlegenheit der arischen Rasse postuliert und die Notwendigkeit einer Reinhaltung dieser Rasse. Ein weiterer Ast unseres Stammbaumes führt zu Helena Petrovna Blavatsky, die mit ihrer Schrift »Isis entschleiert« als Mitbegründerin der Theosophie gilt, einer esoterischen Weltanschauung, die von einer allen Religionen zugrundeliegenden Ur-Religion ausgeht und daher von einer »allumfassenden Bruderschaft aller Menschen«. Von List liest dies alles und ist begeistert von den Übereinstimmungen der germanischen und der hinduistischen Mythologie. Auf diesem Wege wird wohl auch die Zutat der indischen Swastika, ein Symbol für das Sonnenrad, in die Ursuppe dieses völkischen Eintopfs geraten sein, jedenfalls wehte wenig später im Jahre 1907 auf der Burg Werfenstein zum allerersten Mal eine Hakenkreuzfahne. Die im Strudengau, also unweit des Waldviertels gelegene Burg sollte zum Sitz des Neutempler-Ordens »Ordo Novi Templi« werden, einer Art Ku-Klux-Klan, zu dessen Gründungsmitgliedern neben Fritz von Herzmanovsky-Orlando und August Strindberg, dessen

Schwiegereltern im Strudengau wohnten, auch Jörg Lancz von Liebenfels gehörte, ein, wie sich herausstellte, flammender Schüler Guido von Lists. Jörg Lancz von Liebenfels zeigte schon früh große Begeisterung für alle Arten von esoterischen und religiös-schwärmerischen Erweckungsgemeinschaften. Schon als Kind betonte er, er wolle einmal Gralsritter werden und eine Gralsburg besitzen. Gleich nach seiner Matura wurde er Novize im Stift Heiligenkreuz im Wienerwald. Dort trieb er im Skriptorium weitverzweigte Studien und begann Aufsätze nicht nur kunsthistorischen Inhalts, sondern vor allem auch zum Gralsmythos zu veröffentlichen. Guido von Lists Schriften gehörten ebenso zu seinen eifrig exzerpierten Quellen wie die Reden des Reichsrathsabgeordneten Georg Heinrich von Schönerer und dessen Traktätlein »Judenthum und Deutschtum in der Ostmark«. Ritter von Schönerer, Gutsherr und Politiker, war Besitzer von Schloß Rosenau westlich von Zwettl im Waldviertel. Das Schloß, mehrfach umgebaut und renoviert, stammt vom Ende des 16. Jahrhunderts und war früh im Besitz der Grafen Schallenberg. Leopold Christoph Graf von Schallenberg, Beamter am Hofe Maria Theresias, selbst Freimaurermitglied, ließ in das Schloß Versammlungsräume für durchreisende Mitglieder der Geheimloge einrichten, einer seiner Gäste war wahrscheinlich Wolfgang Amadeus Mozart. 1868 erwarb der Eisenbahnpionier Mathias von Schönerer den Gutshof, baute das Anwesen noch einmal um, spätestens mit der Weitergabe des Besitzes an seinen Sohn Georg Heinrich wurden allerdings die Freimaurerbezüge dieses Ortes vergessen. Georg Heinrich von Schönerer machte Schloß Rosenau zum Treffpunkt seiner strikt deutschnationalen, antislawischen und antisemitischen Freundeskreise. Übrigens ließ er sich von ihnen als »Führer« anreden, mit Heilrufen begrüßen und für Forderungen wie »der unter kühlerem Himmel gereifte Mensch hat die Pflicht, parasitäre Rassen auszurotten, wie man bedrohliche Giftschlangen und wilde Raubtiere ausrottet« feiern. Kühl genug für solche Massenmordphantasien war es im Waldviertel allemal. Wenige Kilometer von Rosenau entfernt liegt Strones, jene Ortschaft, aus der Adolf Hitlers Vorfahren stammen. Doch zurück zu Jörg Lancz von Liebenfels, dem eifrigen Leser sämtlicher Schönererschriften. Er war es, der die Schriftenreihe »Ostara« gründete, die wiederum von Hitler eifrig gelesen wurde. Eines Tages soll der junge Hitler, abgerissen wie ein Tippelbruder, sogar im Redaktionsbüro von Liebenfels in Wien-Rodaun erschienen sein und sich als regelmäßiger Leser der »Ostara«-Hefte zu erkennen gegeben haben. Einige Ausgaben würden ihm fehlen und die würde er gerne nachkaufen ... Liebenfels schenkte sie ihm, so mitleiderregend erschien ihm der heruntergekommene Junge, ja er gab ihm sogar noch Geld für die Straßenbahn, so daß man sagen kann, Liebenfels war nicht nur der Mann, der Hitler seine Ideen schenkte, sondern auch noch ein Tramway-Billett, mit dem er – bei nur zwei-, dreimaligem Umsteigen – zum größten Massenmörder der Menschheitsgeschichte hinauffahren konnte. Und daß der Spuk immer noch nicht vollständig vorbei ist, mag man daran erkennen, daß ein Ableger der 1911 gegründeten Guido-von-List-Gesellschaft – die Mitglieder des »Hohen Armanenordens« – noch immer aktiv ist. Als »Großmeister« dieses ariosophisch germanisch-neuheidnischen Ordens versteht sich das Ehepaar Adolph und Sigrun Schleipfer. Letztere nennt sich Freifrau von Schlichting und hat 1995 eine neue Ordensburg in dem »Feenschloß Rothenhorn« ins Leben gerufen, es handelt sich um eine als Ruine von der Freifrau übernommene und mittlerweile renovierte Burg 20 Kilometer nördlich der polnischen Stadt Głogów/Glogau. Über den dort beheimateten

»Armanenorden« liest man: »Wenn die NPD in der BRD verboten werden sollte, werden Organisationen wie der Armanenorden noch mehr Zulauf erhalten. Zur Religion wird, was nicht mehr politisches Programm sein darf.«

MIT JEDEM KILOMETER, DEN JIŘÍ zwischen seinen munter dahinrauschenden Kastenwagen und die Espressobar am Brenner legte, an der jene unschöne Szene passiert war, die nicht noch einmal anzusprechen er genügend Taktgefühl besaß, taute seine neu gewonnene Reisebegleiterin weiter auf. Längst schon wußte er ihren Namen, Franziska, und sie natürlich seinen. Daß sie ihn »Tschirschi« aussprach, störte ihn nicht. Zum einen war er 's gewöhnt, daß sich Deutsche mit slawischen Lautständen schwertaten, und zum anderen fand er es irgendwie nett, wieviele Tschs und Schs sie in seinen Namen einzuschmuggeln verstand. Mit jedem »Tschirschi« mehr, das sie über ihre ungeschminkten Lippen brachte, wirkte sie auf süße Art ein klein wenig beschwipster. Mit zu diesem Eindruck des Beschwipstseins trug ihr gar nicht mehr zu bremsendes Erzählen bei, das mehr und mehr ins Private auszuufern begann. Seine Begleiterin dachte sich wohl, so kam es Jiří vor, wer sich gleich auf solch intime Weise kennenlernt wie sie beide während der Szene oben am Brenner, der kann auch ruhig so weiter machen. Jedenfalls: Sie redete ununterbrochen. Soviel wie Jiří verstand, war der Kerl droben am Brenner, der vielleicht immer noch, wer weiß, mit der Stirn auf dem Asphalt der alten Brennerpaßstraße dakniete, nur das, was man die eine Medaillenseite von Franziskas Problem hätte nennen können. Die andere hieß anscheinend Helmut. Jedenfalls erzählte sie von ihm, seit sie bei Kufstein die Grenze passiert hatten, und das war jetzt schon knappe zwei Stunden her. Helmut, so kam es Jiří vor, schien die große Sehnsucht Franziskas zu sein. Jedenfalls hatte sie sich, wenn er alles richtig verstand, was in ihrer Erzählung einigermaßen verworren daherkam, just droben am Brenner von einer Sekunde auf die andere entschlossen, den anderen sitzenzulassen und ihn suchen zu wollen. Solch plötzliche Stimmungsumschwünge sollen vorkommen. Was Jiří indes schon etwas merkwürdig fand, daß Franziska anscheinend nicht die geringste Ahnung davon hatte, wo sie mit diesem Suchen beginnen solle. »Der kann überall sein, in Masuren oder im Banat, auf dem Weg nach Istanbul oder irgendwo in Südfrankreich, ich weiß es doch nicht!« hatte Franziska beinahe verzweifelt ausgerufen, und Jiří hatte sie mit der etwas dämlichen Frage zu beruhigen versucht, ob ihr Bekannter etwa Fernfahrer sei.

Bekannter! Erst einmal hatte Franziska leidenschaftlich und vor allem ausführlich klargestellt, daß Helmut alles andere als ein ›Bekannter‹ sei. Auch war er kein Fernfahrer, sondern Verkaufsleiter einer großen Elektrofirma, so jedenfalls drückte sich Franziska aus. Sie meinte wohl, das Wort »Staubsaugervertreter« würde ihr tschechischer Lebensretter eh nicht verstehen. Und sie selbst, was mache sie so, verlangte es Jiří weit mehr zu erfahren. Doch das war ja noch schwerer zu erklären als »Staubsaugervertreter«. Franziska hatte Geologie und Paläontologie studiert. Solange sie mit Lober zusammengewesen war, hatte sie immer wieder an Forschungsprojekten mitgearbeitet, einmal sogar einen ganzen Sommer lang an einer Grabung auf der Altmühlalb. Das Wort »Grabung« schien Jiří zu verstehen, auch wenn er mißbilligend meinte, »vykopávka … nicht gut für Frau«. Alles weitere aber mußte Franziska ihm wortreich umschreiben und erklären, gerade so wie Lober, der nämlich hatte es immer geliebt, wenn ihm seine Franzka stundenlang und in allen Details von ihren Grabungen erzählte. Werner dagegen hatte kein Verständnis für ihre Arbeit, »das hast du doch jetzt gar nicht mehr nötig«, sagte er und meinte sich, sein Geld, seine Firma. Dabei war ihm nur nicht recht, daß Franziska wochenlang außer Haus sein würde, denn nichts anderes bedeutete eine solche Grabungskampagne.

Vier Monate zum Beispiel hatte sie auf der Altmühlalb mit den anderen vom Grabungsteam mehr oder minder im Freien gelebt, untergebracht waren sie in zwei Bauarbeiterwägen gewesen. Ihr Untersuchungsobjekt war eine jener Karsthöhlen, die die Urdonau einst freigelegt hatte, vor drei Millionen Jahren vielleicht. Ursprünglich waren diese und andere Höhlen unterirdische Kavernen im Karstgestein der Alb gewesen, erst als sich die Urdonau in die Albtafel eingrub, wurden sie an- und aufgeschnitten. Schon während der Eiszeit nutzten Menschen die so entstandenen Grotten als Unterschlupf. Genau wie Tiere. Über die Jahrhunderttausende sammelten sich Schichtenfolgen in einer Mächtigkeit von mehreren Metern an – Eimer um Eimer trugen Franziska und ihre drei Kolleginnen (kein Mann war bei diesem monatelangen Pfadfinderleben dabei) zu einem eben gelegenen Platz, wo sie mit Rüttelsieb, Goldwäscherpfannen und Speitel selbst noch den kleinsten Beweisstücken eines urzeitlichen Lebens in dieser Höhle auf die Spur kamen. Wenn Franzka etwa von kleinen Knochenfragmenten des Höhlenlöwen erzählte oder gar das Handyfoto herzeigte, das sie vom Backenzahn eines Neandertalers schnell geschossen hatte, als der erst halb aus dem Schwemmsand der Waschpfanne herausschaute, dann lief Lober regelrecht eine Gänsehaut über die Unterarme … er hatte schnell den Hemdärmel hochgezogen, um es ihr zu zeigen. Fasziniert hörte er Franziskas Erzählungen zu, wenn sie ihm erklärte, daß die Donau früher einmal, vor langer Zeit, in die umgekehrte Richtung geflossen sei, genau wie der Main, und daß nur die höheren Erhebungen des bay-

erisch-böhmischen Grenzgebirges aus dem Wasser herausgeschaut hätten, weil hier nämlich einmal ein Meer gewesen sei, die Tethyssee. »No, jetz ligst du!« sagte selbst Jiří an dieser Stelle, aber er wollte auch nur kurz unterbrechen. Denn gleich würden sie zum Knoten Voralpenkreuz kommen, und nur für den Fall, daß Franziska hier und jetzt vielleicht doch Richtung Passau, Bayern, Heimat sich umorientieren wolle, dann würde sie hier aussteigen und sich eine andere Zustiegsmöglichkeit suchen müssen. Denn er würde weiter über Linz und Freistadt Richtung Waldviertel fahren, also fragte er: »Frantischka, wo soll ich dir bitteschään … laden aus?« Sie sah ihn geradezu entsetzt an, so als ob er gerade etwas furchtbar Enttäuschendes von sich gegeben habe. »Aber Tschirschi … ich fahre doch dahin, wo du auch hinfährst.« Für einen Moment zuckte Jiří zusammen. – Was, wenn er diese Frau überhaupt nie mehr loswerden würde?
Wo das war, wohin er fuhr, wollte sie anscheinend gar nicht wissen. Jedenfalls hatte sie noch mit keinem Wort danach gefragt. Von sich aus brachte Jiří verständlicherweise die Sprache nicht unbedingt darauf, was seine zugegebenermaßen etwas heikle Mission war und wozu sein schwarzer Kastenwagen diente. (Man hätt' sich's eh denken können, bei den Palmwedeln und dem »R. I. O.«-Schriftzug auf dem Auto, aber die zu beachten, hatte Franziska bei ihrer Befreiungsaktion am Brenner wahrlich keine Zeit gehabt.) Denn oft genug hatte er schon erlebt, daß sich insbesondere die Damenwelt abrupt von ihm abwandte, wenn sie davon erfuhr, mit wem sie es zu tun hatte. Aber langsam mußte Jiří doch damit herausrücken, denn sein nächster »Arbeitseinsatz« rückte immer näher und Franziska traf ja nicht die geringsten Anstalten, sich vorher von ihm zu verabschieden.
»Du bist Tscheche, stimmt's?« fragte sie ihn, nachdem ein kurzer Moment der peinlichen Stille eingetreten war. Sie be-

eilte sich hinzuzufügen, daß er ausgezeichnet deutsch spreche. Ja, es gehe mit den Jahren besser und besser, sagte Jiří. Er sei halt früh schon ein Grenzgänger gewesen. Wie das?, wollte Franziska jetzt wissen. Nun, er habe gleich nach der Wende begonnen, in Bayern zu arbeiten, anfänglich beim Messebau, sei viel herumgekommen, schließlich aber habe er eine Stelle in einem Bauunternehmen gefunden. Dort sei er »Mann für alle Fälle« gewesen, »no, auch vykopávka … fir Wasserabkanal, wir sind Kollegen, Frantischka«. Zum Schluß allerdings habe sich herausgestellt, wie dieses »Mann für alle Fälle« zu verstehen war, nämlich wirklich für *alle* Fälle. Letzteres sagte Jiří mit so einem bitteren Unterton, daß Franziska aufhorchte. Alles habe er für seinen Chef gemacht, jeden noch so dreckigen Auftrag erledigt, bis hin zu jener Geschichte, von der er besser die Finger gelassen hätte. »Passiert nemlich Ende mit Tod …« Aber das habe er ja nicht ahnen können.

Franziska war elektrisiert. *Die* Geschichte wollte sie jetzt ganz hören. Und Jiří erzählte sie. Jene Geschichte von Multerers Plan, auf dem Schloßareal von Hlavanice eine Hühnerfabrik zu errichten. Und daß dieser Plan nur mit einem tschechischen Strohmann auszuführen gewesen sei. Und daß er, Jiří, so blöd gewesen sei, Multerer einen solchen zu beschaffen. Nämlich ausgerechnet seinen armen Onkel Venda. Im Gegenzug dafür erhielt der Onkel eine Aufbesserung seiner mickrigen Rente, unter der Hand, versteht sich. Jedenfalls: Es ist zu der Kaufvertragsunterzeichnung im Hlavanicer Rathaus gekommen, trotz aller Hürden, die bis dahin noch zu nehmen waren. Zuletzt steigerte sich alles zu einem ungeheuren Tohuwabohu, wer da welche Hintergedanken verfolgt habe, Jiří könne es bis heute nicht sagen. Wirklich tragisch sei letzten Endes eh nur das eine gewesen, daß er bei all dem seinen Onkel Venda aus den Augen verloren habe … und

dessen Herz sei sowieso schon angeknackst gewesen. Was soll er sagen: Onkel Venda überlebte die ganze Riesenaufregung nicht und als er sich wieder um ihn kümmern konnte, saß er bloß noch reglos und tot in seinem Rollstuhl.
Natürlich habe er daraufhin sofort gekündigt, erzählte Jiří nach einer kurzen Pause weiter. Für einen solchen Menschen zu arbeiten, der letzten Endes Onkel Venda unter die Erde gebracht hatte, war ihm keine Minute länger mehr möglich gewesen. Und neue Arbeit hatte er auch schnell gefunden. Ausgerechnet bei der Beerdigung von Onkel Venda. Der Onkel war schon wirklich eine selten gute Haut. Aber daß er selbst nach seinem Ableben noch die Hand über den Neffen hielt und einen Job für ihn aus dem Hut zauberte, war schon eine besonders reife Leistung, zumindest für einen Toten. Es war während der Bestattung des Onkels, daß Jiří eine Parallelbeerdigung auffiel, die noch schlichter und unter noch geringerer Beteiligung von Trauergästen stattfand als die eh schon beschämend mickrige von Venda. Außer einem Bestattungsunternehmer und einem Friedhofsangestellten war genaugenommen niemand zugegen. Keinerlei Verwandtschaft. Es ist lediglich eine Urne in den Boden versenkt worden und zwar außerhalb der übrigen Gräberfelder in einem extra Rasengeviert. Nachdem das Stück ausgestochene Grassode wieder über der eingesenkten Urne eingesetzt gewesen war, war nichts mehr zu erkennen von einer letzten Ruhestätte.
Beim Hinausgehen aus dem Friedhof war Jiří schließlich mit jenem Herrn ins Gespräch gekommen, der von dieser seltsamen Bestattung als einziger übrig blieb, nachdem der Friedhofsangestellte in die Wärmestube neben der Leichenhalle verschwunden war. Wer denn die arme Seele gewesen sei, die hier ganz ohne letzte Begleitung beigesetzt worden sei, wollte Jiří wissen. Etwa jemand aus dem Hlavanicer

Alten- und Pflegeheim? Das komme ja nun leider immer öfters vor, daß die Alten dort völlig vereinsamen, niemand mehr sich um sie kümmere, die müßten ja alle ihrer Karriere hinterherjagen, die Töchter, Söhne, Enkel und Nichten. Früher sei das noch anders gewesen, aber man dürfe ja heutzutage nichts mehr Gutes über früher sagen, sonst sei man gleich ein Stalinist. Der solchermaßen Angesprochene klärte Jiří schließlich auf, daß es sich um einen deutschen Kunden gehandelt habe, insofern man bei Verstorbenen überhaupt von Kunden sprechen könne. Viele seiner Klienten würden noch zu Lebzeiten Kontakt mit ihm aufnehmen, weil da drüben – und er meinte das reiche Deutschland damit – sei es um die Alten genauso bestellt wie bei uns, wenn nicht sogar schlimmer. Immer öfter komme es vor, daß sie, sobald sie merkten, daß es auf ihr Ende zugehe, nur mehr eine Sorge hätten: Wie sie sich beziehungsweise ihre sterblichen Reste möglichst rückstandslos und vor allem kostengünstig – man wolle den Erben schließlich nicht zur Last fallen – aus der Welt schaffen könnten.

An dieser Stelle des Gesprächs am Rande des Friedhofs habe der Herr seine Visitenkarte gezückt. Und darauf sei zu lesen gewesen, in Großbuchstaben über zwei zum Halbrund gebogenen Palmwedeln, *Requiescat in oriente* und darunter kleiner *Jan Prochazka, transnationales Bestattungsunternehmen.*

»Muß es nicht heißen ›Requiescat in pace‹?« unterbrach Franziska, nachdem sie nun lange zugehört hatte, »und was soll das überhaupt heißen, ›in oriente‹ …?«

»Ruhe im Osten«, klärte Jiří Franziska auf, und das sei ja gerade der Witz an Prochazkas genialer Geschäftsidee: Ruhe in Frieden mag das eine sein, aber ruhe billig sei auch nicht zu verachten. – Warum fahren so viele Deutsche in den Osten, zum Beispiel nach Tschechien?

»Weil es da schön billig ist!«

»Gänau!« Und deshalb habe sich Prochazka ja auch gesagt, wenn die Deutschen bei jeder Reise so genau nachrechnen, warum nicht auch bei der letzten. Sie haben jetzt seit drei, vier Jahren ein wunderschönes neues Krematorium in Hlavanice. Eins a Verbrennungsgrad. Kostet die Hälfte einer Feuerbestattung in Bayern. Sargkosten kann man sich dabei auch noch sparen. Anders als in Deutschland gibt es in Tschechien kein Beerdigungsgesetz. In Deutschland gilt, Verstorbene müssen auf dafür vorgesehenen Friedhöfen bestattet werden, egal ob als Leiche oder als Asche. In Tschechien gibt es ein solches Gesetz nicht. Daher bietet Prochazka ja auch in seiner Preisliste an, die sterblichen Reste des Verblichenen, also das letzte Häufchen Asche, von einem Heißluftballon aus zu verstreuen. *Requiescat in aeribus.* Ruhe in den Lüften. Und vor allem, was das Schönste an der Sache ist: Wenn es dann regnet, wäscht es einen über der Böhmischen Masse aus. Kann es einen schöneren Tod geben?
Ob er denn in dieses transnationale Bestattungsgeschäft mit eingestiegen sei, fragte Franziska.
Ja, natürlich, habe er das vergessen zu erwähnen? Das Gespräch mit Prochazka vor dem Friedhofseingang hatte eine Weile gedauert. Alles wollte Jiří ganz genau wissen. Und das hat Prochazka anscheinend so gefallen, daß er Jiří fragte, ob er nicht Lust habe, bei ihm mitzumachen. Er suche dringend noch einen Fahrer, der die Überstellungen erledige. Das Geschäft laufe hervorragend. Der neueste Hit sei: Nachthimmelbestattung. *Requiescat in caelis.* Alles nur in Tschechien möglich.
»Und was bitte ist eine Nachthimmelbestattung?«
Die Asche wird in eine eigens dafür gefertigte kleine Rakete gefüllt. Die himmlische Beisetzung findet immer nachts statt, weil es beginnt ja mit einem kleinen Feuerwerk und als letztes wird dann die Rakete gezündet, die bis in eine Höhe von 200 Metern aufsteigt, um dann mit einem einmaligen

Funkenregen zu explodieren. Ist natürlich nicht ganz billig. Wird aber trotzdem gerne genommen. Ja, und da hat Prochazka eben gefragt, ob Jiří nicht sein Partner werden wolle. »No, hab ich gäsagt: jo.«
Franziska dämmerte schön langsam, in was für eine Art von Auto sie da eingestiegen war. Sie wandte den Kopf nach hinten, sah über die Kopfstütze ihres Autositzes hinweg. Doch da war nur eine Glasscheibe und hinter der ein zugezogener grauer Vorhang. »Fährt da noch jemand mit?« fragte sie.
»Mhm.« Jiří nickte. Das war jetzt der entscheidende heikle Punkt. Es hätte ihn nicht gewundert, wenn Franziska verlangt hätte, daß er sie bei nächstbester Gelegenheit aussteigen lasse. Aber sie blieb. »Wer ist … oder besser: wer *war* es?«
Diesmal sei es tatsächlich jemand aus Hlavanice. Überraschender Unfalltod im Ausland. Gewissermaßen eine Rückführung.
»Mann oder Frau?«
Ein junger Familienvater. Er sei mit einer Gruppe von Freunden zu einer Wandertour in den Abruzzen unterwegs gewesen. Erste Italienreise seines Lebens. Und sei von einer Wespe gestochen worden. Allergischer Schock … innerhalb von zehn Minuten tot.
»Furchtbar! Und jetzt bringst du ihn zurück nach Hlavanice?«
Ja. Aber sie müßten noch jemanden mitnehmen. Kleiner Umweg, nicht der Rede wert. Jiří sah kurz zu Franziska hinüber, ob etwa Widerspruch kommen würde? Dabei hatte sie doch schon gesagt: »Ich fahre dahin, wo du auch hinfährst.« Und außerdem schien sie nicht gleich zu verstehen. »Aber hier kann doch gar niemand mehr sitzen? – – Ach, du meinst hinten … wir nehmen hinten noch jemand mit.« Jiři nickte. Eine ältere Dame aus Weikertschlag, überaus liebenswürdige Person, die frühzeitig an alles gedacht habe. Jiří habe mit ihr

schon vor über einem Jahr das Notwendige vereinbart. Kleine Rente, die Tochter im fernen Graz, alleinerziehend mit zwei Kindern, die würde ja direkt einen Kredit aufnehmen müssen, um die Bestattungskosten zu schultern, das wolle ihr die nette, kleine, feine Dame auf keinen Fall aufbürden, sie habe im voraus schon alles bezahlt. Billigste Variante.
»Das bedeutet was?«
Krematorium und Verstreuen der Asche, wobei – das sei bei *Requiescat in oriente* im Service mit inbegriffen – eine kleine Messerspitze voll Asche der Verstorbenen in eine Erinnerungsfigur eingefüllt und für immer verschlossen werde. Die Figur werde dann an die Hinterbliebenen ausgehändigt, man könne wählen zwischen den Modellen »Betender Engel« und »Auffliegender Albatros«, die Dame habe sich für den Albatros entschieden. Und Jiří betonte noch einmal, wie nett, klein und fein die Dame doch gewesen sei, geradeso als wolle er damit sagen, daß sie bestimmt keine Unannehmlichkeit bereiten werde, wenn sie jetzt dann in Weikertschlag zusteigen … beziehungsweise zugeschoben werden würde. Es werde ganz schnell gehen, das Frachtaufnehmen in Weikertschlag, beruhigte Jiří, sie müsse sich keine Sorgen machen, daß sie zu lang aufgehalten werden würden. Anschließend würden sie gleich weiterfahren Richtung tschechischer Grenze, er nehme immer den kleinen Grenzübergang bei Brudern, erstens sei da nie was los und zweitens kenne er da eine nette kleine Jausenstation, wo sie Rast machen könnten, sie müsse doch schon riesigen Hunger haben. Da würden sie sich dann stärken können, beim Raimund, er sei dort Stammgast, und anschließend seien sie sowieso im Nu in České Budějovice, klärte Jiří über die weitere Route auf und wartete direkt darauf, daß jetzt ihr »halt, halt, da steig ich dann aber aus« kommen müsse … aber es kam nicht.

VITRINE, IN DER AUF ZWEI KLEINEN HOLZPODESTLEIN JE EIN HÄUFCHEN GEWÖHNLICHEN STREUSPLITTS BZW. ASCHE LIEGEN ... ASCHE, DIE SEHR FEIN IST, WIE GRAUES MEHL, OHNE GRÖSSERE PARTIKEL, MIT AUSNAHME VIELLEICHT EINES MENSCHLICHEN BACKENZAHNS

Die Todesarten der Bewohner der Böhmischen Masse sind mannigfach und beweisen den Einfallsreichtum der Weiterlebenden und nicht selten für die Todesarten der Vorgenannten ursächlich Verantwortlichen. Die Ankläger der sogenannten Slánský-Prozesse Anfang der 1950er Jahre in Prag zum Beispiel sorgten bei ehemaligen Mitgliedern der Kommunistischen Partei der Tschechoslowakei, darunter ein Überlebender des Konzentrationslagers Auschwitz, für eine Verurteilung zum Tode durch den Strang, angeblich aus Gründen des Hochverrats an der kommunistischen Sache, tatsächlich aber, um die Parteikader von mißliebig gewordenen Subjekten zu reinigen, daher auch der Ausdruck »Säuberungsprozesse«. Diese wahren Motive räumte man wenige Jahre später sogar mehr oder weniger freimütig ein und rehabilitierte die Toten. Vielleicht hätte man sie aus Wiedergutmachungsgründen sogar in ein ordentliches Grab umgebettet, allein von den Zutodegekommenen war nichts mehr übrig, denn nach der Hinrichtung wurden die Leichname verbrannt und deren Asche unter den Streusplitt des Prager Straßenräumdienstes gemischt. Prag ist überhaupt ein sehr lohnendes Studienobjekt für die Todesartenforschung. In der vielleicht doch weniger goldenen als vielmehr grau-schwarzen Stadt an der Moldau belieben die Menschen mitunter auf recht außergewöhnliche Art die letzte Reise, die vom Leben in den Tod führt, anzutreten. Zum Beispiel, indem sie aus Fenstern fliegen, also eine sogenannte Defenestration vornehmen, nicht aus eigenem Willen oder weil sie sich in beschwingtem und Schwingen verleihendem Irrsinn für Vögel halten, sondern weil sie aus besagten Fenstern von anderen hinausgeworfen werden. So am 30. Juli 1419, als Anhänger des vier Jahre zuvor in Konstanz verbrannten Reformators Jan Hus das Neustädter Rathaus am Karlsplatz stürmten und sieben Ratsherren, die dem katholischen Glauben anhingen, aus dem Fenster warfen, was allein aber noch nicht den Tod herbeiführte, vielmehr wurden sie von der unten am Rathausplatz stehenden und schon im Blutrausch sich befindlichen Volksmeute aufgespießt. Zu den Prager Fensterstürzen der Jahre 1419 (Auslöser der Hussitenkriege), 1618 (Beginn des Dreißigjährigen Krieges) und 1948 (vorgetäuschter Suizid des im Schlafanzug aus einem Bürofenster geflogenen Außenministers Jan Masaryk, zwei Wochen, nachdem die Kommunisten durch ihren Führer Klement Gottwald die Macht an sich gerissen hatten) wäre noch hinzuzuzählen der Fenstersturz des Prager Schriftstellers Bohumil Hrabal, der 1997 im Alter von 82 Jahren aus dem fünften Stock des Krankenhauses »Na Bulovce« im Prager Stadtteil Libeň stürzte, angeblich beim Versuch, Tauben zu füttern, in Wahrheit aber doch wohl eher aufgrund eines mutigen Entschlusses, von dem er schon Jahrzehnte zuvor in seinen Büchern wiederholt geschrieben hatte, es sei überhaupt der heroischste dem Menschen mögliche Akt, sein Leben in die eigenen Hände zu nehmen und es zu beenden. Dessentwegen verehre er Wladimir Majakowski und Heinrich von Kleist, Sergej Jessenin und Ernest Hemingway, allesamt mutige Suizidanten, während er selbst, Bohumil Hrabal, seinen Vorbildern lange Zeit einfach nicht nachfolgen konnte, schlicht und ergreifend aus Gründen einer Scheißangst vor dem letzten, unumkehrbaren Schritt. Und außerdem habe ihn das Schreiben, wie er schrieb, immer vorm Selbstmord bewahrt, bis zu jenem

Februartag 1997, seine geliebte Ehefrau Eliška war schon längere Zeit tot, er also einsam und ohne Lebenssinn, und erst da fand er den Mut zur Selbstdefenestration und stürzte sich absichtlich aus dem fünften Stock, Kopf voran wahrscheinlich, und wollte sicherlich mit dieser Todesart noch eine letzte Aussage machen, die unter Garantie nicht lauten sollte: Bohumil Hrabal starb versehentlich, beim Versuch die Tauben zu füttern. Genauso wenig wie Johannes Nepomuk beim Versuch starb, die Fische in der Moldau zu füttern, nein, er wurde von der Karlsbrücke gestoßen, und zwar von Bütteln des Königs Wenzel, also ertränkt und umgebracht, und zwar nicht aus den angegebenen und seither immer weiter fälschlich angeführten Gründen vonwegen einem Beichtgeheimnis, das er unter keinen Umständen zu brechen bereit war, nein, es ging um kirchenpolitische Machtfragen und um nichts anderes. Auch das wahllose Aufhängen zufällig aufgegriffener Passanten an Prager Laternenpfählen, kurz nach Kriegsende 1945, ist eine nicht zu vernachlässigende Todesart gewesen, sie erfolgte übrigens nicht selten verkehrt herum, Kopf nach unten, vielleicht sollte auf diese Art und Weise das Geständnis aus den Aufgehängten herauspurzeln, etwas mit den Deutschen zu tun gehabt zu haben oder gar selber einer der Herkunft nach zu sein. Dem allerdings vorausgegangen war ein jahrelanges Hetzen, Jagen und Verfolgen seitens der Deutschen, insbesondere solcher Bewohner, denen sie eine jüdische Abstammung nachwiesen oder einfach vorwarfen. In Folge dieser Verfolgung kam es zu herzzerreißenden Todesarten, zum Beispiel bei der Schwester Franz Kafkas, Ottla Kafka, die seit 1920 mit dem tschechischen Katholiken Josef David verheiratet war und die diese Verheiratung vor einer Deportation bewahrt hätte, was Ottla jedoch als Ungerechtigkeit gegenüber ihren beiden Schwestern wie überhaupt der übrigen Familie empfand, weshalb sie sich scheiden ließ, verhaftet und ins KZ Theresienstadt verbracht wurde. Dort meldete sie sich freiwillig als Begleitung für einen Kindertransport nach Auschwitz und wurde dort kurz darauf ermordet. Dieser böhmischen Massentodesart gerade noch rechtzeitig entziehen konnte sich indes Vilém Flusser, Sohn eines jüdischen Mathematikprofessors und Freund des Hauses von Hermann Kafka, seines Zeichens Galanteriewarenhändler und Vater von Franz Kafka. Mit 19 Jahren floh Vilém Flusser aus Prag, um den Weg eines erfolgreichen Philosophen einzuschlagen. Jahrzehnte lebte er im Exil in Brasilien, das er aus Protest gegen die dortige Militärjunta schließlich 1972 verließ, um in Südtirol und der Provence zu leben. Das heißt, sein eigentliches Zuhause wurde das Unterwegssein, sein Home war kein Castle, sondern der altersschwache Renault 12, an dessen Steuer stets die Ehefrau Edith saß, Vilém Flusser besaß nämlich keinen Führerschein. Aber auch ohne einen solchen wurde er zum Wortführer eines neuen, dem 21. Jahrhundert eingeschriebenen Nomadentums, »wenn wir nicht aufeinander zufahren, werden wir einander vernichten«, war sein Credo. Der Sitzende be-*sitzt* und wohnt in der Gewohnheit, während der Fahrende er-*fährt* und Gefahr läuft. Kreuz und quer war er in Europa auf Vortragsreise, als der Eiserne Vorhang fiel, und schließlich lud man ihn auch nach Prag ein, wo er im Goetheinstitut am Moldauufer frenetisch gefeiert wurde, als Heimkehrer und Nomadentumsverkünder gleichermaßen. Und als alle nach der Feier in ihre heimatlichen Wohnungs- oder ungewohnten Hotelbetten kletterten, stiegen die Eheleute Flusser, wie sie es immer machten, in ihren klapprigen Renault 12, um noch in der Nacht auf die nächste Grenzüberquerung zuzusteuern, weil das geradezu sinnbildlich für sie war: immer über Grenzen hinweg, diesmal wäre es die Grenze bei Waidhaus gewesen. Aber bei Bor, nahe Tachov und unweit von Hlavanice, stellte sich ausgerechnet in dieser nebeligen Nacht ein parkender Lkw ihnen in den Weg, Edith Flusser übersah ihn, in ihrer tiefen Nachtreise, und fuhr frontal auf das parkende Fahrzeug auf. Vilém Flusser kam bei diesem Autounfall, der sich nur wenige Kilometer vom angenommenen Mittelpunkt Europas entfernt ereignete, ums Leben, eine Todesart, wie sie schauriger, aber auch treffender kaum hätte sein können. – Ob er dieses Ende vorherphantasiert hat? Denn einer seiner Lehrsätze hieß: Wer phantasiert, muß exakt phantasieren. Ungenau darf nur die Wissenschaft sein.

»**ENDLICH, MEIN LIEBER**, haben wir Sie gefunden! Ich habe schon zu Černý gesagt, weil der etwas ungeduldig wurde, während der langen Fahrt, wann wir denn jetzt endlich da seien, passen Sie auf, Bohuš, hab ich gesagt, der Graf Hlavatschek, der hat sich bestimmt im hintersten Winkel des Waldviertels versteckt. Nicht mal unser Navi kennt dieses Brudern. Aber wie Sie sehen, wir Hlavanicer, wir finden Sie ja trotzdem.«
Was Mucha verschwieg, war, daß sie zweimal an der Birkenallee vorbeigerauscht waren, die zum Gutshof führte. Die Zufahrt, die vom Bruderner Dorfplatz mit der typisch waldviertlerischen Kapelle in der Mitte abzweigte, war wie ein Tor in eine Buchenhecke geschnitten. Das heißt, eigentlich war sie schon fast wieder zugewachsen, das Auto streifte beim Durchfahren gegen das Dickicht überhängender Äste. Den kleinen dunkelbraunen Wegweiser »Planungsbüro Walther-von-der-Vogelweide-Begegnungszentrum« übersah man leicht.
Egal! Schließlich hatte Lánský die Zufahrt doch noch entdeckt, war die kurze Allee hochgebrettert, durch das beflaggte Hoftor gerauscht und hatte im Innenhof eine 180-Grad-

Wendung des Wagens hingelegt, daß die Splittsteinchen unter den Reifen nur so aufspritzten. Zu stehen gekommen waren sie unter den beiden mächtigen Linden, die nahe dem Haus standen, um die Freitreppe zu beschatten.

Hans Hlavatschek war nicht ganz unvorbereitet, was das Eintreffen der Rathausdelegation betraf, schließlich hatte Sekretärin Jirásková das Kommen des Primators mit Datum und ungefährer Tageszeit schon letzte Woche angekündigt. Die Rasanz allerdings, mit der die Herren soeben in den Innenhof vorgefahren waren, ließ ihn doch erst einmal stutzen. Wortlos verfolgte Hlavatschek vom oberen Absatz der Freitreppe aus das Aussteigen der drei Männer. Den Gästen entgegenzugehen, fiel ihm erst einmal nicht ein.

Statt dessen stürmte Mucha mit Lánský im Schlepptau die Treppe hoch. Vor Hlavatschek hob er den Arm über seinen Kopf, schnippte mit den Fingern. Sogleich stand Lánský neben ihm, schwenkte einen Aktenkoffer mit dem rechten Arm auf seinen tablett-ähnlich gehaltenen linken Handteller, balancierte diesen geschickt, während er blitzschnell mit der rechten Hand zwei Schnappschlösser öffnete. Das Aufklappen übernahm Mucha. Ebenso die Ansprache. »Sehr geehrter, lieber Herr Graf, dürfen wir Ihnen einen Zinnteller mit unserem Stadtwappen überreichen? Sie müssen wissen, im Tal der Pivoňka gibt es seit dem Mittelalter Zinnbergwerke, hier im Wappenfuß die Wellen, die symbolisieren die Pivoňka, da schwimmt ja auch noch zusätzlich, sehen Sie's, ein Fisch, die Heraldiker sagen, es sei eine Aitel, mir kommt er ja eher wie ein Schuppenkarpfen vor, aber egal, wichtig ist hier auch noch der stilisierte Brückenbogen, weil der Übergang über den Fluß, das ist ja der Anfang von allem. Pivoňka, Brücke, Schloß, das ist Hlavanice, die alte Heimat, was, Herr Graf, das hätten Sie nicht gedacht, daß die noch mal zu Ihnen kommt, eines Tages vor der Haustür steht, die alte Heimat?«

»Tun Sie mir einen Gefallen? Sagen Sie einfach Hlavatschek. Hans Hlavatschek. Wir Österreicher kennen schon seit über 100 Jahren keine Adelstitel mehr.«
»Klar doch, Herr Graf, nur noch Hlavatschek! Wir Böhmen müssen zusammenhalten … darf ich?« Mucha schoß einfach am Hausherrn vorbei ins Hausinnere. Der stand immer noch da mit dem Zinnteller in der Hand, zum Aussprechen einer Einladung, doch bitte einzutreten, war er gar nicht gekommen. Lánský stürzte gleich hinter seinem Chef her, nur bei Černý ging alles etwas langsamer. Schwer schleppte er sich die Treppenstufen hoch, zwängte sich an Hlavatschek vorbei, nicht ohne ihm zuzuflüstern: »Mir ist er manchmal auch 'n bißchen zu forsch, aber so ist sie halt, die neue böhmische Jugend, was soll man machen? – Hätten Sie vielleicht 'n kühles Bierchen für mich … war verdammt lang und trocken, die Fahrt.«
Černýs Wunsch war Hlavatschek Befehl. Er ging also als erstes auf die Suche nach einer Flasche Bier. Was nicht einfach war, er selbst trank schließlich nie Bier. Gerne hin und wieder einen Rotwein, am liebsten jedoch war ihm Wasser aus der Leitung, das gute Wasser der Böhmischen Masse, er konnte jedesmal wieder wahre Lobeshymnen darüber anstimmen. Hlavatschek war überhaupt und in allem eine eher asketische Natur, seine Frau, die Französin, hatte ihn früher gerne »meinen Savoir-châtier« genannt. Das war am Anfang ihrer Beziehung gewesen und noch durchaus liebevoll neckend gemeint. Mittlerweile sagte sie zu seinen wahren Orgien der Askese gar nichts mehr. Sie packte einfach ihre Koffer, wenn sie es nicht mehr aushielt, und reiste in die Provence.
Hlavatschek konnte also nicht einmal seine Frau um Hilfe bitten. Er war ganz alleine im Haus. Schließlich fand er in den verschlungenen Gewölben doch noch irgendwo eine Flasche, ganz weit hinten im Keller, dick mit einer Staub-

schicht bedeckt. Er setzte sich die Lesebrille auf, die in der Leistentasche seines Sakkos steckte, wischte das Etikett ab, als erwarte er etwas von Château Ausone 1er Grand Cru zu lesen, aber da stand nur, daß es sich um ein – laut Abfülldatum – leider nicht mehr ganz frisches Pils aus einer der Waldviertler Traditionsbrauereien handle.

Als Hlavatschek mit der Flasche und drei Gläsern zurück in sein Wohnzimmer kam, hatte sich die Hlavanicer Delegation dort schon ausgebreitet. Wohnzimmer war genaugenommen gar nicht der richtige Ausdruck. Es war ein hallenartiger Raum, der – vielleicht des wuchtigen offenen Kamins wegen – etwas von einem Burgpalas an sich hatte, man konnte sich gut vorstellen, daß hier schon Hoftage abgehalten worden waren. Oder besser noch eine Gelehrtenversammlung. Denn unübersehbar war, daß in diesem Teil des Gutshofes ein gewisser bibliothekarischer Geist herrschte. Bis auf die Fenster- und Türöffnungen war an den Wänden alles mit Bücherregalen vollgestellt. Quer über den senkrecht stehenden Bänden lagen zusätzlich aus vier, fünf Büchern bestehende Stapel, dazwischengeklemmt irgendwelche Gehefte, Loseblattsammlungen, ausgerissene Zeitungsartikel. Ja, selbst vor den Regalen stapelten sich noch Bücher auf dem Fußboden, man hätte diese Stapel auch als Säulen ansehen können, die meisten präsentierten auf dem obersten Buchdeckel irgendein Ausstellungsstück, so schien es, einen auseinandergebrochenen Herrenpilz zum Beispiel, wenn auch schon etwas angetrocknet, oder ein verlassenes Vogelnest, eine Sonnenblumenblüte, die ihre Kerne auf den Fußboden ausstreute, oder auch nur eine Handvoll Kiesel, eine Gießkannentülle, einen Dachziegel. Diese Naturaliensammlung setzte sich wiederum in den Buchregalen fort, denn dort – es war schwer zu erkennen, nach welchem Prinzip verteilt – stand mal ein einzelner Wanderschuh, mal

ein Feldstecher, ein Warndreieck oder ein altes schwarzes Bakelittelefon, noch mit Wählscheibe!, und fungierte als Bücherstütze. Ungewöhnlich war die Hängematte, die in einer der Zimmerecken zwischen zwei Bücherregale gespannt war. Man konnte es sich eigentlich nur so vorstellen, daß, wer sich in diese Hängematte zu legen wagte, augenblicklich unter einstürzenden Büchersteilwänden begraben werden würde. Andererseits: Wer sich mit einem der hier wahrlich ausreichend angebotenen Bücher der Lektüre hingeben wollte, der *mußte* die Hängematte benutzen, es gab nämlich sonst im ganzen Raum keine andere Möglichkeit sich niederzulassen, keinen Stuhl, keinen Sessel, keine Couch. Lediglich ein zweites Möbelstück stand herum, ein riesiger, geradezu feldherrnhafter Tisch, aus groben Holzbohlen gezimmert (vielleicht sogar aus Eisenbahnschwellen?), zugänglich war er nur von einer Seite, um die anderen drei stand wie eine Palisade eine ganze Reihe versetzter Büchersäulen, alle unterschiedlich hoch, aber alle auch zuletzt als Ablage benutzt für: ein Bügeleisen, eine Mausefalle, ein Tellerchen aufgebrochener Walnußschalen oder die hauchfeinen Holzgirlanden, die ein Anspitzer von einem Bleistift heruntergeschnitten hatte. Auf der Platte des Tisches setzte sich das Sammelsurium fort, bestehend aus wirr unter- und übereinander liegenden Büchern, Karten, Manuskripten, Heften, Zeitungsbeilagen, und da hineingemengt: Vogelfedern, Roßkastanien, getrocknete Distelköpfe, Kürbisse und Mohnkapseln. Nicht zu vergessen: faustgroße Granitbrocken, die überall als Beschwerer dienten, ja, fast schien es, daß das riesige hin- und herwogende Papiermeer dieses Zimmers nur dieser Granitbrocken wegen am Zusammengurgeln zu einem einzigen abwärts ziehenden Strudel gehindert wurde.
Mucha war, noch während der Hausherr im Keller herumrumorte auf der Suche nach der Flasche Bier, an den gro-

ßen Tisch getreten und hatte – ziemlich rabiat mit beiden Unterarmen – einfach alles zur Seite geschoben und Platz gemacht für seine Pläne, die schon ausgerollt waren, als Hlavatschek endlich zurückkam. Der bemühte sich noch darum, sein Grand Cru-Hopfenextrakt auf drei Gläser möglichst gerecht tröpfchenweise zu verteilen, als Mucha auch schon loslegte.

»Was Sie hier sehen, sind die Pläne zu einem Haus, das einzigartig in ganz Mitteleuropa sein wird!«

Hlavatschek drückte jedem seiner Gäste ein Glas in die Hand und trat dann interessiert näher. Mucha hatte sich, wie er glaubte, einen ungeheuer imposanten Eröffnungssatz zurechtgelegt. »Wir verfolgen ein revolutionär neues Konzept: Statt Chronologie Anatassologie ...«

»Was bitte?«

»Ja, anatassomai ... griechisch: erzählen, aber auch durchgehen, in einer Reihe aufstellen. In unserem Museum ist es nicht der rote Faden des Chronos, anhand dessen wir den Besucher durch die Sammlung leiten wollen, sondern die Erzählung der Dinge selbst, kreuz und quer, die Jahrhunderte rauf, die Jahrhunderte runter. Sie werden staunen, was wir schon alles gesammelt haben.« Rasch klappte Mucha den Aktenkoffer erneut auf. Und holte ein paar großformatige Fotos heraus. »Unser vorläufiges Museumsdepot ist schon voller Asservaten. Sehen sie nur!« Und er blätterte die Fotos einzeln wie Trumpfkarten auf den Tisch: »Dies ist eine Schnabeltasse aus dem Altenheim von Hlavanice ... hier eine Papierrogel mit Brotresten, die der große Bohumil Hrabal als Taubenfutter verwendete ... in dieser Dose befindet sich ein Streifen von Leo Poppers Fliegentod, ein Mittel, das bekanntlich die Ungezieferfrage in Mitteleuropa gelöst hat ... ein Staubsauger der Marke *Electrolux* ... ein Fingernagel von der Hand Jan Masaryks

… eine Borste aus der Haarbürste von Franz Kafka … und hier noch … passen Sie auf, einer der Höhepunkte der Sammlung: ein Haar aus dem Pelzmantel, den Walther von der Vogelweide trug.«
Natürlich wußte Mucha, was er bis zum Schluß hatte aufheben müssen. Erst sah Hlavatschek Mucha mit großen Augen an, dann nahm er das Foto, setzte seine Lesebrille auf und besah sich das Bild mit dem Pelzmantelhaar ganz genau. Wenn er ehrlich war, war darauf nicht recht viel mehr zu erkennen als eine leere Vitrine, in deren Glasscheibe sich das Blitzlicht jener Kamera gleißend hell spiegelte, die das Foto aufgenommen hatte.
»Das ist sozusagen unser Vitrinen-Dummy. So werden mal alle aussehen. Unterbau aus Nußbaumholz … eins a Qualität.«
»Haben Sie eine Expertise über diesen Mantel?« Hlavatschek konnte sich nicht losreißen von dem Foto, auf dem zwar nichts zu erkennen war, aber dieses Nichts schien ihn zu elektrisieren. »Ich meine, können Sie beweisen, daß der wirklich von Walther getragen wurde? Und wo ist überhaupt das übrige Fell? Ich meine, ein Haar alleine, ist das nicht etwas wenig?«
»Extremise ham wir«, meldete sich jetzt Černý zu Wort, der es sich mittlerweile in der Hängematte bequem gemacht hatte. Sein Drittel der Flasche Bier hatte er längst mit einem Schluck hinuntergeschüttet. Er saß quer, hielt die Beine am Boden und schaukelte leicht. Direkt neben ihm stand Lánský, alles, was ihm fehlte, war ein Palmwedel, dann wäre das Bild perfekt gewesen. Černý zupfte den Lakaien am Ärmel, »sag halt du auch mal was, Lánský, so 'ne lächerliche Ex-Markise, die ham wir doch selbstverfreilich … nicht wahr?«, aber Lánský sagte wieder einmal nichts, sah nur einmal mitleidig auf Černý herunter. Der nahm Lánský einfach dessen Bierglas ab und gab ihm dafür sein leeres.

»Ich sagte eben ›vorläufiges Depot‹.« Mucha entwand Hlavatschek sachte das Foto. »Unserem Museum der Böhmischen Masse fehlt noch, kann man sagen, das Zuhause.«
»Ich verstehe nicht«, sagte Hlavatschek. »Wieso kommen Sie da ausgerechnet zu mir?«
»Sie sind, vielleicht ja ohne es zu wissen, Eigentümer einer Liegenschaft, wie sie idealer für unsere Zwecke gar nicht sein könnte.« Mucha schnippte wieder mit dem Finger. Diesmal holte Lánský aus dem Aktenkoffer einen großformatigen Briefumschlag und gab ihn Mucha. Der Bürgermeister entnahm dem Umschlag einen zusammengefalteten Plan und ein Foto. Er sah sich letzteres an, als ob er darauf irgend etwas ablesen müsse, gab es an Hlavatschek weiter und verkündete feierlich: »Das Schloß derer von Hlavatschek ... Ihr Familienbesitz.«
Der Graf, der keiner mehr sein wollte, blickte auf ein Schloß, das keines mehr war. Denn das Bild zeigte lediglich eine Ruine. Das Dach des Gebäudes bestand aus ein paar verkohlten Holzbalken, in den Fensterrahmen hingen einzelne gezackte Glasscherben. – »Was soll das sein?« fragte Hlavatschek entgeistert.
»Ihr Familienbesitz. Die Fotos wurden am Tag nach dem Blitzeinschlag gemacht, vonwegen der Schadenserhebung. Sehen Sie, wir haben hier vorsorglich schon gleich einmal eine genealogische Aufstellung mitgebracht, die beweist, daß Sie ganz offensichtlich als einziger Erbe des Hlavanicer Schlosses anzusehen sind.« Mucha entfaltete den Plan, den er in Händen hielt, und reichte ihn weiter. Darauf war ein Stammbaum aufgezeichnet. »Sicher wissen Sie, daß die neuen tschechischen Restitutionsgesetze es Ihnen ermöglichen würden, Ihre zweifelsohne legitimen Besitzrechte anzumelden. Ich sehe da überhaupt keine Schwierigkeit. Die Sache fällt an den Alteigentümer zurück. Sie müßten also, Herr Graf, lediglich Ihre Ansprüche geltend machen.«

»Und warum sollte ich das tun?«
»Naja, weil Sie dann unser Museum gewissermaßen mit aufbauen helfen könnten!«
»Ja, aber ich hab doch ganze andere Pläne ... Vorhaben ... Ideen ...!«
»Ha, Ideen?! Schnapsideen. Hochprozentige Schnapsideen!« Es war eine Frauenstimme, die die Männer erschreckt herumfahren ließ. Keine unangenehme Stimme, das nicht, aber deutlich mit Süffisanz durchsetzt, schneidender Süffisanz. Vielleicht machte das aber auch nur der französische Akzent aus. Es war Hlavatscheks Ehefrau Hélène, die an der Tür stand. Sie hatte einen fichtengrünen Wetterfleck übergestreift, auf dem Kopf einen spitz zulaufenden Filzhut. Eigentlich hätte sie in der Provence sein sollen. Eigentlich sollte sie nicht so ausschauen.
»Du hier?« war denn auch das einzige, was der überraschte Hlavatschek zur Begrüßung herausbrachte. »Irgend etwas hat mir gesagt, ich sollte besser einmal nach dir schauen«, sagte Hélène und ging dabei an ihrem Mann vorbei bis an den Tisch, ohne irgendeinen Gruß oder eine Willkommensberührung. Sie warf einen kurzen Blick auf die Pläne, drehte sich um und meinte: »Nicht daß du schon wieder eine Dummheit machst.« Erst jetzt sah sie Mucha, dann Černý und schließlich Lánský scharf in die Augen. »Sie müssen nämlich wissen, meine Herren, mein Mann hat eine Vorliebe für Dummheiten ... kostspielige Dummheiten. Je kostspieliger, um so vernarrter ist er in sie. – Wer sind die Herren ... Hans?«
Devot stellte Hlavatschek sie vor. Mucha und Lánský gaben der Dame die Hand, nur Černý konnte sich partout nicht aus seiner Hängematte aufraffen. ›Das ist also die Französin‹, dachte sich Mucha. Seine Mitarbeiter, die den Grafen als Besitzer des Hlavanicer Schlosses ausfindig ge-

macht hatten, hatten ihm von ihr erzählt. Natürlich hatte er sich eine Pariserin vorgestellt. Und jetzt stand diese Frau im Wetterfleck vor ihm. Sogar Gummistiefel hatte sie an, allerdings modische, sogar mit Absatz. Ob das nur Tarnung war? Oder sie war eine andere Art von Französin, zum Beispiel eine aus den Ardennen? Dann müßte es ihr eigentlich im Waldviertel gefallen.

»Stell dir vor«, versuchte Hlavatschek seiner Frau Begeisterung vorzuspielen, »die Herrschaften sind extra aus Tschechien zu uns gekommen, um uns mitzuteilen, daß wir dort ein Schloß besitzen.« Und noch während er das sagte, versuchte er, die Fotos der Ruine im übrigen Papierwust auf der Tischplatte verschwinden zu lassen.

»Schloß!? Noch so eins!? Das wirst du sicher auch wieder mit Büchern vollstopfen wollen bis unters Dach. – Mich wundert's, meine Herren, daß Sie nicht schon bis zu den Hüften in Büchern stecken. Normalerweise kann man zu meinem Mann nichts sagen, ohne daß er zum Bücherregal geht und das passende Buch herauszieht. Er hat zu allem nur eine Bücherantwort, eine Büchermeinung, sogar Wut, Verzweiflung, Freude kennt dieser Mensch nur aus Büchern. Seine Liebeserklärung an mich waren geliehene Gedichtzeilen. Das hat er mir später gestanden. Dreimal dürfen Sie raten, von wem.«

»'S wird wohl 's Waltherlein gewesen sein!« Černý drehte sich jetzt endgültig in die Hängematte hinein, zog die Beine nach, suchte wohl Schutz hinter dem Segeltuch, das ihn nun ganz verbarg. Er ahnte genau wie die anderen, daß dies nur die Ouvertüre zu einer noch viel weiter ausholenden Standpauke der Frau an ihren Ehemann war. Keiner der drei Hlavanicer Herren konnte sich einen Reim darauf machen, was das für eine offensichtlich weit verzweigte Vorgeschichte gewesen war, die die Französin ohne Vorwarnung loslegen ließ.

Sie war nicht einfach nur »überraschend hereingeschneit«, nein, sie fegte los wie ein Blizzard.
»Alles, was er«, und sie zeigte auf ihren Mann, »zu einer Konversation beizutragen hat, ist Bücherstaub. Das Zusammensein mit diesem Mann ist ein einziges Untertageleben, und was einem blüht, ist eine Bücherstaublunge.« Kurz wandte sie sich an die Gäste ihres Mannes. »Meinen Sie nicht, für eine Dame sollte anderes blühen? Jasmin. Magnolien. Meinetwegen auch Ringelblumen. Danke übrigens für die Blumen, die Sie mir *nicht* mitgebracht haben. – Was sind das nur für Menschen, Hans? Wieder solche Ostler? Warum bringst du mir immer diese Ostmenschen ins Haus. Diese Schnapsdrosseln? Die überhaupt nie gelernt haben, einer Dame den Hof zu machen. Die wissen überhaupt nicht, was eine Dame ist, die kannten vierzig Jahre lang nur Brigadeführerinnen. Und die wollen dir jetzt auch sicher nur wieder das Geld aus den Taschen ziehen. – Meine Herren, Sie glauben, ich durchschaue Ihre Schliche nicht? Aber ich kenne Sie, auch ohne zu wissen, wer Sie sind. Mein Mann hat nur Freunde, Bekannte, Geschäftspartner, die ihn erleichtern wollen ... erleichtern von seinem eh immer weniger werdenden Geld.«
»Schatz, ich glaube, das gehört nicht hierher.«
»Oh doch, das gehört genau hierher. Sie müssen wissen, meine Herren, daß mein Mann geradezu europaweit bekannt dafür ist, jeden Unsinn zu unterstützen, jedes Luftschloß zu finanzieren. Stellen Sie sich vor, jetzt will er ausgerechnet hier, am Rande dieses grauenhaften Waldviertels, ein Begegnungszentrum eröffnen!«
»Naja, warum eigentlich nicht?« Manchmal bewies Mucha schon wirklich eine atemberaubende Auffassungsgabe und ein besonders Politikern eigenes Talent für den sofortigen Meinungswechsel. Hlavatschek plante also selber schon ein

Begegnungszentrum im Waldviertel, wie er eben hörte. Dann würde er eben schnell umdisponieren, um das Hlavanicer Projekt nicht in Gefahr zu bringen. »Na, das trifft sich doch wunderbar. Warum nicht eine Außenstelle unseres Hlavanicer Museums hier im Waldviertel? Ja, genau! Dann bräuchten wir nur noch einen bayerischen Partner, und wir wären trilateral … und dann werden die Gelder aber fließen, das sage ich Ihnen.«
»Ein Begegnungszentrum mitten im Wald, wer soll denn hier tagen? Die Waldameisen? Soll das hier ein Symposium für Fuchs und Hase werden? Sein letztes bißchen Geld wird er in diese Begegnungshütte auf der Vogelweide stecken. Ein Gipfeltreffen der Goldammern, pah!«
Černý kicherte. Ihm schien als einzigem die Idee zu gefallen. Hlavatschek indes sah man an, daß ihn der Auftritt seiner Gemahlin immer mehr irritierte. Er wandte sich jetzt an Mucha. »Meine Frau ist Französin und hat folglich eine etwas andere Auffassung davon, wo sich die Mitte Europas befindet. Vor Jahren war ich mit ihr in Prag, wir standen auf der Karlsbrücke und sie hat mich gefragt, ob das die Donau sei. Drollig, nicht wahr. In Paris haben sie genauso wenig Ahnung von der Geographie wie in London. Alles, was östlich des 13. Längengrades liegt, ist für die gleichbedeutend mit Sibirien. Sie müssen mal mit einem Engländer über die Slowakei reden. Sie unterhalten sich eine halbe Stunde lang mit ihm, ehe Sie merken, er meint Slowenien, Sie die Slowakei. Und es dauert noch mal eine halbe Stunde, bis er endlich kapiert hat, das ist zweierlei.«
»Ha, das ist sein Lieblingsthema! Gleich wird er mit den Roma anfangen. Meine Herren, können Sie mir einen einzigen Roma nennen …«
»Es heißt Rom, Schatz, Roma ist die Mehrzahl. ›Nennen Sie mir einen einzigen Rom‹, so müßtest du sagen! – Und passen Sie auf, meine Herren, was jetzt gleich kommt: So etwas

Menschenverachtendes können Sie nur von einer Vertreterin der *Grande Nation* hören, was ja nichts anderes heißt als *Grande Ignorance.*«

Mucha und Lánský dachten sich längst: Wo sind wir hier bloß hin geraten? Mitten in den herrlichsten Ehekrach, wie es schien. Der allerdings allem Anschein nach seit Jahren eingeübt wurde. Wahrscheinlich die meiste Zeit ohne Publikum, wortlos und verbissen. Aber jetzt, da man die Herren aus Hlavanice als staunendes Publikum da hatte, konnte man herrlich über Bande spielen.

»Mein Mann, wissen Sie, liebt all dieses Osteuropäische, es kann ihm gar nicht unkultiviert genug sein. Zum Beispiel Ihr Begleiter hier, wie lange hat sich der schon nicht mehr gewaschen? Für meinen Mann ist so jemand ein Held.«

»Herr Černý ist international anerkannter Fotokünstler«, sah Mucha seine Chance gekommen, doch noch einmal zum Ausgangspunkt zurückzukehren. »Bohuš ... jetzt kommen Sie doch mal aus der Hängematte heraus, die Dame möchte Sie unbedingt kennenlernen«, aber die Dame schnitt Mucha sogleich wieder das Wort ab: »In unserer Frühzeit dachte ich, er sei vor all dem geflohen und froh, daß er es hinter sich gelassen habe, diese verseuchten Kolchosen, diesen Gulag, aber stellen Sie sich vor, seit die Grenze weg ist, entdeckt dieser Mensch doch tatsächlich sein Heimweh.«

»Na, dann kommen wir ja gerade richtig. Ihrem Heimweh kann geholfen werden, Herr Graf«, versuchte Mucha dazwischen zu kommen. Erfolglos.

»Madame vergißt nur eines, meine Herren, daß ihr ganzes schönes Leben mit Ferienhaus in der Provence und eigenem Reitpferd, untergestellt im Burgenland, von mir gezahlt wird seit Jahrzehnten. Aber damit ist jetzt Schluß.«

»So?! Schön, daß man es auf diesem Wege erfährt. Hast du etwa unser ganzes Geld bereits in den Sand dieser Vogelheide gesetzt? Meine Herren, sehen Sie, so sieht ein Graf von und zu Pleite aus. Sie werden sich einen anderen Geldgeber suchen müssen.«

»Und Madame kann ja, wenn es ihr beliebt, auf dem Absatz kehrt machen und sich zu ihrem gottgleichen Leben in Frankreich zurückverfügen, wo man nur von silbernen Tellerchen ißt.«

»Pah! Silberne Tellerchen, die hat der Herr Graf vielleicht noch, aber leider nur nichts drauf!«

Die letzten Sätze hatten sie geschrien. Sie standen sich jetzt mit bebenden Körpern gegenüber. Gerne hätte Mucha etwas zur Entschärfung der Situation gesagt. Ihm fiel nur leider nichts ein. Und daß aus der Hängematte nun auch noch ein »Oh là là« zu vernehmen war, trug auch nicht zur Beruhigung der Gemüter bei. Ja, das eine Gemüt, das weibliche, fühlte sich jetzt endgültig verhöhnt.

Hélène stürzte zum Zimmer hinaus. Mucha, Lánský und Hlavatschek sahen sich an wie paralysiert, ehe ihnen einfiel, sie könnten vielleicht hinterhereilen. Hélène saß allerdings schon in ihrem Auto, als sie auf den Hof kamen, aufzuhalten war da nichts mehr, nur noch zuzuschauen, wie sie durch die Toreinfahrt in den hellgrünen Tunnel der Birkenallee hineinschoß. Nur kam da dummerweise gerade ein anderer Wagen entgegen, ein ziemlich kurioser, verwegen lackierter nämlich, die fahrende orientalische Teestube der Bacherin. Jedenfalls, Hélène erschrak und wich etwas zu abrupt aus, nämlich frontal gegen einen der Birkenbäume. Es knallte und rauchte und zischte, und das Zischen kam unter anderem von Hélène, die behende und ohne die kleinste Verletzung, wie es schien, aus dem Auto sprang. »Merde! Merde! Merde!« Ihr Wagen mochte abrupt abgebremst worden sein, etwas zu abrupt, sie jedoch war nun nicht mehr zu halten. Im Nu hatte sie die Heckklappe ihres Wagens aufgerissen, einen Rollkoffer herausgewuchtet und mit dem im Schlepptau verschwand sie die Auffahrt hinunter. An der Bacherin vorbei, die, genau wie Lober, sofort aus ihrem Auto gesprungen war, um der Davonzeternden und von dannen Fluchenden noch ein besorgtes »Haben Sie sich verletzt?« hinterherzurufen, aber die reagierte überhaupt nicht. Die Bacherin schüttelte den Kopf. Und drehte sich Richtung Toreinfahrt. Lächelte, als sie Hlavatschek sah. Die beiden anderen bemerkte sie erst einmal nicht.

»Kommen wir zu spät?« fragte sie. Hlavatschek eilte ihr entgegen. Für Lobers Geschmack begrüßte er sie ein wenig zu innig. Und sein »nein, genau richtig« wußte er auch nicht recht zu deuten angesichts des havarierten Wagens, mit seiner aufgestellten, zerknautschten Kühlerhaube, unter der noch immer Qualm hervorquoll.

EXPONAT EINES GERAHMTEN KUPFERSTICHES, DARSTELLEND DIE JUNGFRAU EUROPA, VON JOHANNES PUTSCH, 1537

Wo ist die Mitte Europas? Eine anscheinend die Gemüter der Völker heftig beschäftigende Frage, auf die es kurioserweise gleich mehrere Antworten gibt, die alle auf Richtigkeit und Ausschließlichkeit beharren. Laut den Berechnungen des *Institut Géographique National* in Paris liegt sie in Purnuškės, einem winzigen Dorf in der Nähe der litauischen Hauptstadt Vilnius ... aber wer glaubt in dieser Frage schon den Franzosen? Den Franzosen glaubt man auf dem Gebiet der Böhmischen Masse allenfalls in Fragen des Surrealismus, da haben sie ein gewisses *savoir écrire* und da kann man das eine oder andere von ihnen lernen (siehe Poetismus in Böhmen). Aber von so heiklen Fragen wie der Bestimmung des Mittelpunktes von Europa sollten sie besser die Finger lassen. Durch simple Berechnungen – Masseschwerpunkt Europas, lachhaft! – kommt man in dieser Frage nämlich nicht weiter. Wenn schon, dann muß man österreichische Geodäten, genauer noch: k. u. k.-Kanzleibeamte des Militärgeographischen Instituts in Wien, sturm- und wettergegerbt, hinausschicken ins Gelände. Die stapfen dann durchs bayerisch-böhmische Grenzgebiet, so geschehen im Jahre 1865, und eruieren mit ihren Instrumenten einen trigonometrischen Punkt erster Ordnung, wie man ihn für exakte Landvermessungen benötigt, und dieser Punkt liegt auf dem Tillenberg, tschechisch Dyleň, unweit der Stadt Eger, tschechisch Cheb. Mit einer aufrecht stehenden Granitsäule wurde der Punkt markiert, und im Laufe der Jahrzehnte bürgerte sich dafür die Bezeichnung »Mittelpunkt Europas« ein. Während der Ersten Tschechischen Republik war er ein beliebtes Ausflugsziel. Über der Granitstele errichtete man schließlich einen Aussichtsturm, es sollten die Ausflügler, bayerische wie böhmische gleichermaßen, exakt vom Mittelpunkt aus einen Blick über etwaig störende Baumwipfel hinweg auf das nach alle Seiten hin gleich weitreichende Europa werfen können, um sich so mit stolzgeschwellter Brust als das Herz (oder vielleicht doch der Nabel?) Europas empfinden zu dürfen. Allerdings mußte zur Erbauung des Turmes der im Weg stehende Mittelpunktstein unter Bodenniveau verschwinden, das heißt eingegraben werden, was insofern keine ganz gute Idee war, als er damit nicht nur aus dem Blickfeld, sondern schließlich auch der Erinnerung geriet. Nachdem der Turm 1939, mittlerweile war das Reichsamt für Landesaufnahme im braunen Berlin dafür zuständig, noch einmal erneuert und aufgestockt worden war, verschwand er später ganz (Abbruchjahr unbekannt), einschließlich jener

Granitsäule, und seitdem gilt der original Mittelpunktstein als spurlos und unauffindbar verschollen, man könnte auch sagen: Europa hat seine Mitte verloren. Nach dem Krieg lag die Stelle, wo sie einmal zu finden gewesen war, sowieso in unmittelbarer Nähe des Eisernen Vorhangs und war folglich unzugänglich. In den 1960er Jahren errichtete die tschechoslowakische Armee im dortigen Sperrbezirk eine militärische Radarstation, das Abhörohr rutschte an die Stelle des Herzens, aber aus der Anatomie Europas war eh schon ein fürchterlich zerstümmelter Torso geworden, ein Bild, wie von Picasso gemalt, wo es doch einmal eine so schöne Lady Europa gegeben hatte, unter anderem von Johannes Putsch 1537 auf einem kolorierten Kupferstich in all ihrem Liebreiz festgehalten. Dort, wo die Lady übrigens den Solarplexus hatte, stand unüberlesbar das Wort *Bohaemia*. Jetzt war alles verrutscht und entstellt und amputiert (das Ohr am Bauch, das Herz verlegt). Damit nicht einverstanden erklären konnte sich eine kleine bayerische Gemeinde, am Westabhang des Tillenberges gelegen, Neualbenreuth. Dort fertigte man eine Replik der Mittelpunktsstele an und stellte sie 1985 nur 19,20 Meter von der Demarkationslinie des Eisernen Vorhangs entfernt auf bayerischem Boden auf. Nicht nur ein Ideen-, sondern ein Mitteklau, sozusagen. Gefertigt wurde die Stele von einem Tirschenreuther Steinmetzmeister, und zwar aus Flossenbürger Granit, denn Flossenbürg, das sollte man nie vergessen, liegt ebenfalls unbedingt in der Mitte Europas. Ebenfalls aus Flossenbürger Granit hergestellt wurde jene Reliefplatte mit 2,50 Meter Durchmesser, die den Kontinent Europas darstellt, mit einem kleinen Metallnippel genau an jener Stelle, wo Hildweinsreuth liegt. Und diese Platte wurde in eben jenem Hildweinsreuth in den Boden eingesenkt, weil neuere, sphärische, das heißt die Erdkrümmung miteinbeziehende

Berechnungen ergeben hatten, daß die Mitte Mitteleuropas genau hier zu suchen ist, hier und sonst nirgends, in einem Waldstück nahe der Ortschaft Floß, bekannt unter anderem für seinen alten jüdischen Friedhof. *Hier und sonst nirgends* behaupten aber auch noch andere. So zum Beispiel die Stadt Rachiw, wo es wieder einmal Habsburger gewesen sind, diesmal aber Ingenieure der Eisenbahnbaugesellschaft, die 1887 bei ihren Vermessungsarbeiten zur Bahnstrecke Máramarossziget–Stanislaus zu dem Ergebnis gekommen sind, Rachiw sei der geographische Mittelpunkt Europas. Rachiw liegt heute in der Ukraine am Fluß Theiß, also direkt an der Grenze zu Rumänien. Es ist überhaupt auffällig, daß sich die Mittelpunktstellen gerne in unmittelbarer Grenznähe finden lassen und sich durch wechselnde Identitäten auszeichnen, mal gehören sie zum Herrschaftsgebiet des einen Landes, dann rutschen sie hinüber auf das des anderen. Ob das Zufall ist, daß die besonders eifrig sich zum Mittelpunkt Ausrufenden oft ausgerechnet in Rand- und Grenzgegenden leben? – Eine Frage, die insbesondere die Bewohner der Böhmischen Masse beschäftigen sollte, eine Gegend, die behaupten darf, die älteste Grenze Europas auf ihren Bergrücken zu tragen.

VANČURA HATTE, NACHDEM ER schnurstracks vom Altenheim hinüber zu Jožo Blačič gelaufen war, ihn in seinem Garten beim Geräteschuppen angetroffen. Er zog gerade einem Kaninchen, das er mit den Hinterläufen nach oben im Türrahmen des Schuppens aufgehängt hatte, das Fell über die Ohren. Vančura hatte sich hinter ihn gestellt und gegrüßt, Jožo hielt nur kurz inne, maulte irgend etwas über die Schulter hinweg und machte weiter mit seiner Schlachterarbeit. Gesprächig war der ja nicht gerade. Ob er schon ahnte, warum Vančura bei ihm aufkreuzte? Und wie's der Zufall wollte, stand das Moped auch gleich noch neben ihnen, angelehnt an die Holzwand des Schuppens. Vančura tätschelte den Sattel und meinte möglichst arglos: »Du, schau her, das mit meinem Moped … das war … das war irgendwie voreilig. Ich … äh … ich hab's mir noch mal anders überlegt.«

»Erstens ist das nicht mehr ›dein‹ Moped, sondern ›mein‹ Moped, und zweitens kommt das überhaupt nicht in die Tüte. Verkauft ist verkauft.«

Das war klar, daß sich Jožo erst einmal sträuben würde. Vančura war gezwungen, in Vorleistung zu gehen. Er zog seinen Geldbeutel heraus, um einen 200-Kronen-Schein herauszufingern, eine lächerliche Anzahlung auf die Rückerstattung, aber immerhin ein Anfang. Denn selbstverständlich würde er Jožo die volle Summe zurückzahlen, die der für das alte Moped hingelegt hatte.

»Du spinnst wohl!« Jožo fand's nicht mal der Mühe wert, sich umzudrehen. Während er weiter an dem Kaninchen herumsäbelte, blaffte er: »Dein alter Rosthobel ist jetzt mindestens zweimal soviel wert, so wie ich den wieder aufpoliert hab.«

Jožo war bekannt dafür, was für ein Sturkopf er sein konnte. Und außerdem schlug in seiner Brust kein Herz, sondern ein Stein. Wie kalt und mitleidslos der war, hatte man bei dieser Geschichte mit dem Waller sehen können. War er es nicht gewesen, der nach stundenlangem Drill dem Ungeheuer, als es endlich ans Ufer gezogen war, mit einem Messerstoß genau hinter die Kiemen den Rest gegeben hatte? Von so einem gnadenlosen Killer Mitgefühl zu erwarten, war das nicht geradezu lächerlich? – Vančura probierte es trotzdem auf die Mitleidstour.

»Es ist ja gar nicht wegen mir, daß wir den Kauf rückgängig machen müssen.«

»Ich mach nichts rückgängig! Wie oft hab ich das schon gesagt? Sitzt du eigentlich auf den Ohren?«
»Es is' ja wegen der Bohumila. Die läßt sich so hängen, seit sie im Altenheim ist. Weißt du das denn gar nicht?«
Anscheinend nicht. Jožo ließ den Arm mit dem Messer sinken und drehte sich von seinem Kaninchen weg Vančura zu.
»Nein, und es interessiert mich auch nicht.«
»Komm, das glaub ich dir nicht. Die Bohumila! Du warst doch auch Stammgast bei ihr. Was waren das oft für Abende in der *Grünen Jungfer?* Und anschreiben lassen konnte man bei ihr immer, stimmt's oder hab ich recht? Und jetzt geht's ihr halt grad nicht gut. Man müßt mal eine Ausfahrt mit ihr machen.« Vančura klopfte wieder auf den Sattel des Mopeds. »Da hinten auf dem Sozius wenn sie saß, dann war sie immer ein anderer Mensch. – Ja, oder willst du das vielleicht übernehmen? Mal eine Ausfahrt mit ihr?«
»Spinnst du! Ich mit dem Tiger von Äschnapur hinten auf dem Moped?! Meinst du, mir graust vor gar nichts? – Und außerdem: den Ärger mit meiner Alten, wenn die das mitbekommt. Das bedeutet wieder dicke Luft bis Anno erschlagmich. Da war der Dreißigjährige Krieg ein lausiges Scharmützel dagegen, kann ich dir sagen.«
»Von jedem Kaufvertrag gibt es eine Rücktrittsmöglichkeit. Und die nehm ich jetzt in Anspruch. Indem daß es sich um eine Notlage handelt.« Vančura griff jetzt nach dem Lenker des Mopeds, so als ob er es – mir nichts, dir nichts – einfach davonschieben wolle.
»Moment mal: Fängst jetzt du auch schon mit diesen neumodischen westlichen Methoden an? Immer alles mit Advokat und Rechtsverdrehung. Rücktritt vom Kaufvertrag, daß ich nicht lache! Wir haben gar keinen Kaufvertrag gemacht, ist dir das vielleicht entfallen? Das ging nämlich nach der guten alten schattenwirtschaftlichen Art und Weise: Ein Mann, ein

Wort. Hat man sich früher auf ein Ehrenwort verlassen können oder nicht?«

Jetzt packte er ihn am empfindlichen Punkt. Als schlechter Kerl mochte Vančura nun nicht gerade dastehen. Er war ratlos.

»Wozu brauchst du überhaupt ein Moped? Hä? Kannst du mir das mal sagen?«

»Ha! Sehr wohl kann ich dir das sagen: Da häng ich meinen Gig dran und da leg ich dann mein Angelzeug rein und dann fahre ich zur Pivoňka runter. Weil der da ...«, Jožo streckte plötzlich den Arm aus und zielte mit der Spitze seines Kaninchenmördermessers direkt an Vančuras linkem Ohr vorbei, »mein angeblich guter alter Freund Pepin, mit dem ich Jahrzehnte die unglaublichsten Anglerolympiaden erlebt habe, der hat ja keine Zeit mehr für mich.«

Vančura drehte sich um. Und tatsächlich kam gerade in diesem Augenblick Pepin vorbei (Hlavanice ist bekanntlich klein genug für solche Zufälle). Im Rücken von Vančura wetterte Jožo indes weiter: »Und daß mein guter, alter Freund Pepin keine Zeit mehr für mich hat, das hab ich allein dir, Vančura, zu verdanken! Du hast ihn mir abspenstig gemacht. Möchte nur wissen, womit.«

»Ahoj! Was ist denn mit euch zwei los?« Pepin kam den Gartenweg entlang auf die beiden zu.

»Herr Blačič ist gerade im Begriffe, sein Herz auszuschütten, und zwar bis zur letzten Neige, was ich im Prinzip nur befürworten kann«, höhnte Vančura. »Jetzt ist nämlich die Katze endlich aus dem Sack. Er ist einfach nur eifersüchtig.«

Jožo schnaubte, drehte sich um und richtete sein Messer wieder lieber gegen das tote Kaninchen. »Wenn ein gewisser Herr Vondráček meint, ich bin auf ihn angewiesen und würde nicht alleine den Weg an die Pivoňka finden, dann täuscht er sich aber gewaltig.«

»He, was ist denn mit dir los?« Pepin verstand im Moment rein gar nichts.
»Jožo fühlt sich vernachlässigt. Von dir!« half ihm Vančura auf die Sprünge.
»Ja, wer ist denn schuld, daß ich nicht mehr zum Angeln komm? Du mit deinem dämlichen Museum.«
»Wieso?« Das wollte Jožo jetzt schon genauer wissen.
»Na, weil ich die Tippse für ihn machen muß.«
»Wir haben einiges an Schreibarbeiten zu erledigen«, übersetzte es Vančura ins Seriösere.
»Was für Schreibarbeiten denn?«
Vančura erklärte es Jožo. Der hörte sich alles genau an und war anschließend ... immer noch eifersüchtig. »Und warum fragt dann keiner mich? Weiß ich vielleicht keine Geschichten?«
»Ja, aber die müssen ins Gesamtkonzept passen!« wehrte Vančura gleich einmal ab. Und Pepin, ganz in der Rolle der loyalen untergebenen Schreibkraft, pflichtete bei: »Alles kann man da nicht nehmen. Wir haben ja schließlich unseren Plan.«
»Und wie die passen!« ließ sich Jožo nicht mehr länger bremsen. »Ich hab Geschichten auf Lager ... zum Beispiel vor Jahren, unser historisches Feuerwehrfest. Wißt ihr noch, wo wir alle in den alten Feuerwehruniformen ... weißes Segeltuchleinen?«
»... unten an den Hosenbeinen zum Zuzurren die Lederriemen über den Knobelbechern.« Pepins Erinnerungen waren noch genauso frisch und exakt.
»Ja, genau! Und der junge Jaroslav, ich weiß nicht, was er gemacht hat mit seiner Uniform ...«
»Der Mama hat er sie gegeben. Und die hat sie zu heiß gewaschen, mit ihrer roten Unterwäsche zusammen!«
»Jedenfalls, er als einziger in rosaroter Uniform«, Jožo und Pepin konnten sich schon kaum mehr halten vor Lachen,

»und er hat es nicht einmal gemerkt, wie er überall auffällt.« »Ein Rosaroter unter all den anderen ...«, »›was lacht ihr denn so blöd?‹ ... weißt du noch, wie er dauernd den Kopf geschüttelt hat ... ›ich weiß gar nicht, was da so lustig ist‹«, »ja, eine herrliche Geschichte«, kriegte sich jetzt Pepin langsam wieder ein und wandte sich an Vančura, »die wäre doch«, japste er, »also, die könnte man doch vielleicht mal aufschreiben, für unsere Abteilung ›Feste und Feierlichkeiten auf dem Gebiet der Böhmischen Masse‹, was Dokterchen?«

»Oder erst die Sache mit dem Panther«, machte Jožo sofort weiter.

»Ja, genau, wie damals hinten in Studenec das ganze Dorf auf Pantherjagd gegangen ist.«

»Pantherjagd in den Böhmischen Wäldern! Und alles nur, weil die alte Malková schreiend aus dem Wald vom Schwarzbeerzupfen nach Hause gerannt gekommen ist, aus dem Unterholz heraus hätten sie zwei Pantheraugen angestiert.«

»Wollten wir nicht eine Schautafel machen, Dokterchen, ›Fauna und Flora der Böhmischen Masse‹? Da darf doch der schwarze Panther von Studenec nicht fehlen.«

»Herrlich, wie der alte Jan mit seinem Dackel auf dem Arm dagestanden ist, bereit zur Pantherjagd, weil sein Dackel, der habe noch jeden Dachsbau ausgeräumt, warum soll der nicht auch einen Panther zur Strecke bringen.«

»Dabei war der schon so altersschwach, daß die Wampe unter seinen O-Beinen auf dem Boden geschleift hat!«

Vančura sah sich die beiden Kindsköpfe an, wie es ihnen die Lachtränen aus den Augen trieb. Und hatte eine Idee.

»Ja, ich denke, die ein oder andere eurer Geschichten, die wäre vielleicht ganz interessant, museumsreif sozusagen.«

»Oder der Vladimír Malý ...«

»Na, das war vielleicht ein Vogel!«

»Ihr habt den doch gar nicht mehr kennengelernt, persönlich, meine ich«, dämpfte Vančura jetzt etwas. Vom legendären Malý hatte er in Hlavanice natürlich auch reden gehört, die Geschichten um seine Person gehörten sozusagen zum unveräußerlichen Legendenschatz des Ortes. Aber gestorben sein mußte der doch, noch bevor Pepin und Jožo die Bildfläche betreten hatten. Die waren allerdings anderer Ansicht.
»Na, und ob wir den noch gekannt haben, den alten Malý. Diplomierter Taugenichts und König der Blaumacher.«
»Blau ist das richtige Wort!«
Das war die beliebteste Geschichte, die man über Malý, den Lebenskünstler, erzählte. Wie er einmal das Blau des Himmels zum Kunstwerk erklärt hatte. Und Jožo wußte noch mehr. »Der hat sich in die sternenklare Nacht hinausgestellt und 's Ohr in die Luft gehalten. Ob wir nicht hören? Den Chor! Und dann fing er zu dirigieren an. Walzer. Die Sterne drehen sich im Walzertakt. Hat er immer behauptet. ›Hört nur, welch melodisch Lied im Äther.‹«
»Einen wie den gab's kein zweites Mal«, pflichtete Pepin bei.
»Ja, ja, ist ja gut«, unterbrach Vančura jetzt. Er sah ein, daß man den beiden die Sache überlassen konnte. »Paßt auf, ihr geht jetzt zu mir in die Küche, du weißt ja, Pepin, wo noch die halbe Flasche Sliwowitz steht, und dann tippt ihr das alles schön in den Computer. Der Pepin schreibt, der ist jetzt schon geübt, und du, Jožo, erzählst, und außerdem leihst du mir in der Zwischenzeit das Moped.«
»Und dann müssen wir aber auch noch die Geschichte vom einäugigen Prokop aufschreiben«, sagte Jožo und ließ sein Karnickel halb abgezogen am Türrahmen hängen, hakte sich bei Pepin unter und ging mit ihm davon. Vančura sah ihnen nach und hörte, wie ihre Stimmen immer leiser wurden: »Du meinst den Alten vom Wald, dem wir als Kinder immer Kieselsteinchen gegen die Fensterscheiben seiner

Hütte geworfen haben?«, »ja, weil er dann herausgeschossen kam in Unterhosen und die abscheulichsten Flüche gegen uns ausgestoßen hat«, »in siebenerlei Sprachen, kam es uns immer vor«, »ja, der konnte sogar die Sprache der Vögel«, »er soll ja auch mit einer Wildsau zusammengelebt haben«, »hieß es immer, ja, in Küche und Schlafzimmer«, »jedenfalls, ein Verrückter ...«, »ja, ein Verrückter, der immer eine Kette hinter sich hergezogen hat«. Zum Schluß stand Vančura alleine da. Mit dem Moped. Er schwang sich auf den Sattel. Mit den Füßen schob er an und rollte über den Gartenweg bis zur Straße. So als ob er ganz leise sein müsse beim Entführen fremden Eigentums. Und als ein Lastwagen an ihm vorbeifuhr, mischte er das Knattern des gleich aufs erste anspringenden Krads unter den Lärm. Hatte Jožo also Ernst mit seiner Prahlerei gemacht, wenn erst einmal ihm das Moped gehöre, dann werde er es als erstes komplett zerlegen, alles neu einölen, gängig machen, Vančura habe ja nie die geringste Ahnung gehabt, was so ein armes Maschinchen an Liebe verlangt. Unter seinen Händen werde das Moped wieder aufblühen, hatte Jožo gesagt, und Vančura mußte zugeben: Auch der Gaszug hatte jetzt viel weniger Spiel, schon beim kleinsten Handgelenkdreher im Leerlauf machte der Motor willig mit.

Kurz gesagt: Es war ein Vergnügen, sich auf dem Weg bis zum Altenheim in die Kurven zu legen. So schräg war Vančura schon lange nicht mehr durchs Leben geweht. Und gleich würde auch noch die Bohumila hinter ihm aufsitzen. Zuvor war aber noch eine nicht ungefährliche Hürde zu nehmen. Das hatte Vančura schon längst bei seinen regelmäßigen Besuchen im Altenheim ausspioniert. Jedes Mal, wenn er durch die Empfangshalle gegangen war, hatte er sich gedacht: Wenn es einmal so weit sein und die Kommandoaktion *Befreiung des Tigers von Äschnapur* anlaufen würde,

dann wäre er das einzige wirklich schwerwiegende Problem: der Altenheim-Cerberus!
Es war dies Svatopluk, der Aufpasser. Er saß in der Pförtnerloge am Eingang, und kein Mensch wußte, ob er überhaupt das Recht dazu hatte. Denn: Vielleicht war er ja auch nur ein Heiminsasse, wenn auch ein schon sehr langgedienter. Er benahm sich jedenfalls, als sei er Direktor, Pförtner, Amtsarzt und Polizeipräsident in einem. Kein Besucher des Altenheims, den er nicht mißtrauisch musterte, und vor allem: kein Altenheiminsasse, den er einfach so die Eingangstreppe hinunter ins Freie entkommen ließ. Entweder es hieß: »jetzt nicht mehr sich vom Haus entfernen, in einer halben Stunde gibt es Abendessen!« oder »Olga, hast du auch schon deine Tabletten genommen, ohne die wird's dir immer so schwindelig?« oder »Marek, gleich wird's dunkel, und dann findest du wieder nicht mehr heim«. Von allen kannte er alle Gebrechen. Ob er selbst eines hatte, wußte man nicht. Gut möglich, daß er kaum mehr laufen konnte, man sah ihn nämlich immer nur auf seinem Beobachtungsposten sitzen. Vielleicht war er auch zusätzlich noch blind. Jedenfalls sah er die von ihm Gemaßregelten niemals direkt an. Sein »Blick« ging leicht himmelwärts ins Leere. Dafür war sein Hörsinn exorbitant. Kurzum: An ein unbemerktes Vorbeikommen an ihm war nicht im geringsten zu denken. Man würde ihn ablenken beziehungsweise ausschalten müssen.
Auch dafür hatte sich Vančura längst einen Plan zurechtgelegt. Für diese Mission kam nur eine einzige Person in Frage, und das war Karla. Sie galt im ganzen Heim als diejenige mit der unverwüstlichsten Libido. Unverwüstlich deshalb, weil sie auch schon weit über die Achtzig war. Das hinderte sie aber nicht, immer noch nach stürmischen Liebhabern Ausschau zu halten, und dies naturgemäß unter den Altenheimbewohnern männlichen Geschlechts, die sich doch gerade deshalb nach

langen inneren Kämpfen dem Heim anvertraut hatten, um hier endlich vor sämtlichen Inanspruchnahmen des Lebens in Sicherheit zu sein. Was exakt Karla von einem männlichen Begleiter noch erwartete, das wollte gar niemand so genau wissen. Es mußte wohl so etwas wie eine Mischung aus Liebhaber, Altenpfleger, Gentleman und Beichtvater sein, kein ganz so, aber ein bißchen dann doch noch stürmischer Sterbebegleiter. Verständlicherweise fühlten sich die meisten Herren von dieser Stellenausschreibung schlichtweg überfordert. Tauchte Karla in einem der Altenheimgänge auf, flüchteten schnell alle in ihre Zimmer. Im Speisesaal wollte niemand außer der schwerhörigen Blahová an ihrem Tisch sitzen, der konnte sie dann stundenlang vorschwärmen, was für ein fescher Herr doch der Neuzugang im dritten Stockwerk sei.

Wäre also gelacht, wenn nicht wenigstens Karla Svatopluk aus seiner Zyklopenhöhle vertreiben konnte. Als erstes informierte Vančura Bohumila, daß sie sich bereithalten solle, der Ausbruchsversuch stehe unmittelbar bevor. Er fand sie gerüstet in ihrem Zimmer, so wie sie sich immer ausstaffiert hatte, wenn sie zu einer Ausfahrt aufgebrochen waren: einen leichten Regenmantel hatte sie übergestreift, die Handtasche an den Unterarm gehängt und über die Haare ein durchsichtiges Plastikkopftuch gebunden. »Warten Sie, bis ich Sie hole«, hatte Vančura ihr verschwörerisch zugeraunt und war dann zum Zimmer von Karla gegangen. Die zeigte sich hocherfreut, vom Doktor in ihren Gemächern aufgesucht zu werden, sie hielt das selbstverständlich für eine Avance, die kurz unterhalb der Schwelle zum Heiratsantrag zu verstehen war. Aber Vančura machte ihr schnell und unumwunden klar, wo sie tatsächlich ihre Hoffnungen zu suchen hatte.

»Ist Ihnen eigentlich noch nie aufgefallen, Gnädigste, wie verlegen Svatopluk jedes Mal wird, wenn Sie vorne an der Pforte an ihm vorbeigehen?«

»Unser alter Svatopluk!« rief Karla erstaunt, »dieser Griesgram.«
»Griesgram … ja, vielleicht. Aber das ist nur Schüchternheit. ›Die Karla‹, hat er neulich zu mir gesagt, und jetzt passen Sie auf, ›die Karla ist die einzige hier im Haus, die Stil hat, sozusagen eine Dame von Welt.‹ Ich glaube, daß er exakt diesen Ausdruck verwendet hat: Dame von Welt!«
»Svatopluk … daß ich nicht lache!«
»Doch, doch, doch! Sie sollten mal zu ihm hingehen, an die Pforte und etwas freundlich zu ihm sein. Ich meine, rüstig ist er doch durchaus noch, eine, wenn man's recht betrachtet, gar nicht mal sooo schlechte Partie.«
»Ich weiß nicht …«
»Doch, doch, doch … und lassen Sie sich nicht entmutigen, wenn er erst wieder etwas barsch ist. Das ist die Verlegenheit. Zu mir hat er gesagt, ›eine wie die Karla würde doch einen wie mich gar nie anschauen‹.«
»Sie sind mir vielleicht so ein Postillon d'amour … ich werd's mir überlegen.«
»Nein, gleich! Sie müssen jetzt gleich hin!« Und schon faßte Vančura Karla unter den Achseln und zog sie aus ihrem Sessel hoch.
»Aber ich hab mich doch noch gar nicht zurechtgemacht.«
»Gnädigste sehen immer hervorragend aus. Und außerdem erkennt der Svatopluk sowieso kaum mehr was.«
»Er ist also doch blind, wie alle sagen?«
»Blind für Äußerlichkeiten. Dafür erkennt er umso besser die inneren Werte. Kommen Sie, beeilen Sie sich, sonst schnappt Ihnen am Schluß noch eine andere den guten Svatopluk weg.«
Mit diesen Worten schob Vančura Karla auf den Gang und wedelte sie mit den Händen Richtung Pforte. Während die sich nun also anschlich, holte Vančura die Bohumila aus

ihrem Zimmer. Hinter einer Säule verborgen, beobachteten sie, was an der Pforte geschah. Verstehen von dem, was gesprochen wurde, konnten sie nichts, nur sehen, wie sich Karla heranmachte. Erst klopfte sie vorsichtig gegen die verschiebbare Scheibe, hinter der Svatopluk in seinem Kabuff saß. Als er ihr öffnete, begann sie ganz offensichtlich mit ihrem Sirenengesang. Immer weiter verschwand ihr sich vorbeugender Oberkörper in die Schalteröffnung. Anscheinend erzielte sie aber noch immer nicht die gewünschte Wirkung. Denn sie lief um die Pforte herum, um durch die rückwärtige Tür in ihr Inneres zu gelangen. Da aber stand schon Svatopluk im Türrahmen und wollte den Zutritt verwehren. Erfolglos natürlich. Karla drang einfach immer weiter vor. Svatopluk mußte wohl oder übel zurückweichen, wollte er nicht in einen Nahkampf mit ungewissem Ausgang hineingezogen werden.

»Die Gelegenheit ist günstig«, flüsterte Vančura der Bohumila zu. Sie traten hinter der Säule hervor, Vančura hakte die Wirtin unter und war schon im Begriff, forsch und ohne einen Seitenblick auf die Pforte mit ihr am Arm hinaus ins Freie zu marschieren. Da schoß Svatopluk aus der Pforte hervor, allerdings nicht, um einzuschreiten, sondern auf der Flucht. Denn hinter ihm her kam gleich Karla, man hörte sie schon, »Svatoplukilein … jetzt renn mir doch nicht davon!«

»So lassen Sie mich doch in Ruhe«, versuchte er abzuwehren. Doch trotz der mißlichen Lage vergaß er nicht seine Pflicht und rief in Richtung Bohumila, »Sie sollen doch das Haus nicht verlassen, Katlecová, das hat die Heimleitung angeordnet«.

»Wir kümmern uns einfach nicht drum«, flüsterte Vančura ihr ins Ohr und zog sie weiter Richtung Eingang, was Svatopluk nicht verhindern konnte, er hatte genug damit zu tun, sich Karla vom Hals zu halten, die ihn bestürmte,

»daß du nicht mehr richtig siehst, Svatoplukilein, macht gar nichts, ich führ dich dann immer, wenn wir erst einmal ein Paar sind«.
Schließlich standen sie draußen, in Freiheit. Vančura führte die Bohumila zum geparkten Moped, bot ihr den Arm zum Festhalten beim Aufsteigen, ließ den Motor an und fragte ein letztes Mal: »Sind Sie bereit, Gnädigste?«
»Wozu immer Sie wollen, Dokterchen.«

TAFEL, ANZUBRINGEN DIREKT NEBEN EINEM FENSTER DES MUSEUMS, DURCH DESSEN SCHEIBE HINDURCH MAN EINEN MÖGLICHST UNVERSTELLTEN BLICK AUF DEN BÖHMERWALD UND DEN HIMMEL DARÜBER HABEN SOLLTE, LEDIGLICH IN DER RECHTEN UNTEREN ECKE DES FENSTERSCHEIBENGLASES SOLLTE DER HANDSCHRIFTLICHE NAMENSZUG »VLADIMÍR MALÝ« EINGRAVIERT SEIN

Von Vladimír Malýs großer Kunst, die genauso gut auch nur eine einzige große Scharlatanerie gewesen sein kann, wer weiß das schon so genau, gibt es leider nur Erzählungen und keine sogenannten Manifestationen (wobei selbstverständlich auch eine richtig gute Erzählung manifesten Charakter haben kann, wer würde das bestreiten wollen?). Daß er den Himmel über der Pivoňka seines unbeschreiblichen Blaus wegen an einem nicht mehr genau rekonstruierbaren Sommertag gegen Mitte der 1930er Jahre auf dem Rücken in einer Wiese liegend einfach signierte und zum »ersten immateriellen und unendlichen Kunstwerk« erklärte, weiß in Hlavanice jedes Kind. Übrigens soll ihm diese Idee ein Franzose später gestohlen und damit im sogenannten kapitalistischen Westen eine Unmenge an Geld verdient haben, aber das war Malý so schnurzpiepegal, wie wenn im Kreml ein Wachsoldat, eines plötzlichen Schwächeanfalls wegen, gestreckter Längs nach hinten umfällt. Daß er mit seiner Kunst nie auch nur einen Heller verdient hat, hielt er gleichermaßen für angemessen und gerecht, ihm wurden ja auch in der *Grünen Jungfer*, die damals noch in privatwirtschaftlicher Hand war, Wirt war der alte Zahradniček, auf die generöseste Art und Weise Schulden erlassen, Schulden, die sich aus einem regelmäßigen, nicht unbeträchtlichen Bierkonsum ergeben hatten. Malý, wenn er einmal wieder bargeldlos war, quittierte sie jedes Mal schwungvoll mit seiner Unterschrift auf dem kleinen, biergetränkten Rechnungsblock des Wirtes, der diese mit Lattenzäunen von Bierstricherln eingehegten Signaturen genauso penibel sammelte und aufhob, wie er die damit verbundenen Schulden mit überraschender Zuverlässigkeit einzutreiben einfach vergaß. Bei Malý wechselten sich Phasen des Broterwerbs mit denen des absoluten Nichtstuns sein Leben lang ab, das eine irritierte ihn so wenig wie das andere. Fand er Arbeit, fand er darin Kunst, war ihm Müßiggang beschieden, erklärte er eben diesen zum poetischen Akt. Er konnte über jede Tätigkeit jauchzen. Und sie verwandeln! Einmal stellte er sich vor die Straßenbaubrigade, der er zugeteilt worden war, und dirigierte das ganze Ensemble einschließlich der Männer an den Preßlufthämmern, als seien sie ein Orchester und führten die große Tiefbau-Symphonie auf. Wenn der Lärm kurz verstummte, drehte er sich um und verbeugte sich vor dem Publikum des vorbeirauschenden Verkehrs. Ja, vorbeirauschend. Denn das war das Auffälligste an Vladimír Malýs Kunstverrichtungen und poetischen Akten: Er führte sie aus, ohne geringste Rücksicht auf Beachtung oder besser Nichtbeachtung. Einmal stellte er sich mit Programmzetteln, die er Exemplar für Exemplar mit eigener Hand geschrieben hatte, frühmorgens an den Löschweiher von Hlavanice und wollte so dem Publikum die Abfolge der Sätze des nun gleich einsetzenden Vogelkonzerts zur gefälligen Kenntnisnahme bringen – Allegro moderato, Allegretto quasi andantino, Andante und Allegro moderato –, aber erst war das Publikum überhaupt nicht da (es war nämlich noch sehr, sehr früh, denn bekanntlich beginnt die Vogeluhr, je nach geographischer Lage und genauem Datum, schon um zirka vier Uhr), dann tauchte es nach und nach doch noch auf, verschlafen wie sibirische Bären im April, aber auch nur, um ohne einen Blick nach links und rechts zur Arbeit zu eilen, die am ausgestreckten Arm hingehaltenen Programmzettel ignorierte es einfach. Vladimír Malýs lakonischer Kommentar dazu: »Das Konzert fand natürlich trotzdem statt.«

»MERDE!«

Hélène stand mit ihrem Rollkoffer vor dem Aushängekasten des Bruderner Bahnhofs und mußte feststellen, daß man dort leider nichts über irgendwelche Abfahrts- und Ankunftszeiten von Schienenbussen erfuhr, dafür aber anhand längst verblichener Plakate allerhand darüber, was in den letzten Wochen und Monaten an Veranstaltungen in den umliegenden Ortschaften, meist in Gasthöfen und Pfarrheimen, stattgefunden hatte.
»Merde!« zischte sie noch einmal zwischen den Lippen hervor, »leben denn hier nur noch Idioten?« Dieser Eindruck drängte sich ihr deshalb auf, weil sie auf einem der Plakate die Ankündigung eines Diavortrages gelesen hatte, der mit der Überschrift »Wann landen die ersten UFOs auf dem Warzenstein?« für ein zahlreiches Erscheinen im Dorfgasthaus von Eulenschlag, einem Nachbardorf von Brudern, warb.

Der Abend fand im Rahmen der Veranstaltungsreihe »Magic Waldviertel« statt. Obwohl Hélène wahrlich andere Sorgen plagten, konnte sie dennoch nicht die wenigen Infozeilen über das an diesem Abend zu Erwartende einfach ignorieren. Sie mußte sie lesen! Und erfuhr so, daß am Warzenstein, einer Hügelgruppe nicht weit von Brudern entfernt, eine Granitfelsformation existiere, deren einzelne Brocken so über den Waldboden verstreut seien, daß sie auf das Genaueste das Sternbild des Stiers nachbildeten. Das müsse selbst vom All aus leicht aufzufinden sein, jedenfalls beabsichtige die kleine Gemeinde Eulenschlag, in der Mitte des Warzensteiner Kraftfeldes einen UFO-Landeplatz einzurichten, weil man sich eigentlich relativ sicher sei, daß wenn Außerirdische sich entschlössen, die Erde zu besuchen, dann würden sie ohne Zweifel das Waldviertel als Landeplatz wählen, nirgendwo sonst würde ihnen ein Ansteuern und auf sicherer Schneise Einfliegen so leicht möglich gemacht wie hier.

»Gut! Dann steig ich halt in ein UFO ein statt in einen Schienenbus!« hatte Hélène sarkastisch ausgerufen, ehe sie wütend ihren Rollkoffer gepackt hatte, um von diesem Gebäude mit den zerschlagenen Fensterscheiben wegzukommen, das seinen Fassadenputz überall bröckeln ließ, nur da nicht, wo das sinnlose Wort *Bahnhof* prangte. Mit ihrem Ausruf hatte Hélène eine alte Frau erschreckt, die sie zuerst gar nicht bemerkt hatte. Leise und verhuscht hatte die in dem Gärtlein neben dem Bahnhofsgebäude, das früher einmal der Familie des Bahnhofsvorstandes gehört haben mochte, die letzten kümmerlichen Paradeiser dieses Sommers gegossen, von denen man nicht wußte, ob es ihnen noch, erschreckt von den ersten kalten Nächten nahe der null Grad, gelingen würde, rot zu werden.

Die Frau wunderte sich, was eine einschichtige Dame vor dem aufgelassenen Bruderner Bahnhof zu suchen hatte. Aus der Tatsache, daß sie lauthals mit ihrem Schicksal haderte, schloß sie auf eine beträchtliche Verzweiflung der Person, und sah sich daher veranlaßt, auch ohne gefragt worden zu sein, den kurzen und sachlichen Rat zu geben, die zwei-, dreihundert Meter bis zu jener Jausenstation zu gehen, die sich kurz hinterm Ortsende, Richtung Grenze, befinde. Dort treffe die Dame sicherlich auf eine Mitfahrgelegenheit, denn beim Raimund verkehrten eigentlich immer irgendwelche Lkw-Fernfahrer, die froh seien, wenn ihnen jemand die stundenlangen Fahrten etwas unterhaltsamer mache. Doch die Dame drehte sich nicht einmal um, geschweige denn, daß sie sich für die – allerdings ungebetene – Auskunft bedankte. Auf einmal dämmerte es der Frau im Gemüsegarten, das könne nur die Gattin des Herrn Hlavatschek sein, die unnahbare Französin, die noch mit kaum jemandem in Brudern je ein Wort gewechselt haben soll. Die Leutseligkeit, die sie zur Schau stellte, indem sie sich nach Art der Einheimischen mit diesem Wetterfleck kleidete, war nämlich nichts als eine Finte. »Überspannte Person«, das war das allgemeine Urteil über sie. Gegründet auf Gerüchten, wie alle fundierten Vorurteile. Und was zog die jetzt mit dem Koffer allein durch die Straßen? War die ausgerissen von zu Hause? Auf der Flucht? Daß sie sich aus Brudern noch nie viel gemacht hatte, wußte jeder im Dorf. Typisch, daß sie nicht einmal mitbekommen hatte, daß der Schienenbusverkehr vor zwei Jahren eingestellt worden war. Sollte sie doch selber sehen, wie sie von hier wegkam.

Raimunds Jausenstation stand an der Straße nach Böhmisch Kanada. Sie war ein Betonwürfel mit Zeltdach, an dessen Spitze eine große Metallöse angebracht war. Irgendwann einmal hatte ein Autokran dort seinen Haken eingehängt gehabt und die Jausenstation an den Straßenrand abgestellt.

Und zwar so nah an eine mächtige, ausladende, alte Linde, daß deren Blätterdach vorbeikommenden Gästen Schatten spendete, zusätzlich zu der weinumrankten kleinen Pergola, die an den Würfel angebaut war, zwei kleine Plastiktischchen samt Stühlen standen unter ihrem Plexiglasdach. Dort saß aber selten jemand. Denn entweder versammelten sich Raimunds Gäste im lindgrünen Halbschatten rund um die Durchreiche, durch die der Wirt Essen und Getränke nach draußen gab, oder aber – bei schlechtem Wetter – gleich im Inneren. Dort hatte Raimund mit viel unglücklicher Liebe fürs nicht immer passende Detail einen Gastraum eingerichtet, mit nur einem einzigen ovalen Tisch. An dem mußten alle Platz finden, auf einer Sitzbank, die an drei der vier Innenwände angebracht war, allein die vierte Würfelseite blieb ausgespart, weil sich dort die Verkaufstheke befand. Hinter ihr stand Raimund, die Bestellungen konnte er ohne weiteres auf den Gästetisch hinüberreichen, so eng war es hier. Getränke entnahm er dem mannshohen Kühlschrank, einem Teil, wie es in keinem amerikanischen Film, in dem ein Trucker-Stop vorkam, fehlen durfte. Er war Raimunds ganzer Stolz, beanspruchte aber auch fast den gesamten Platz – aber vielleicht war es ja gerade diese besondere Enge, die die Gäste liebten.

Heute dagegen war das Geschehen noch relativ überschaubar. Bis jetzt saß lediglich Walter in Raimunds Jausenstüberl, einer der treuesten Stammgäste. Sein Platz war direkt neben der Theke. Er saß ganz nach vorne auf die Kante der Sitzbank gerückt, ein Bein übers andere geschlagen, auf dem Knie aufgestützt der rechte Arm, und in die Hand geschmiegt das Kinn. Ergab als Pose zwar noch nicht ganz »der Denker«, aber doch »der Zerknirschte«. Raimund konnte sich schon denken, welche Laus Walter wieder einmal über die Leber gelaufen war. Die fehlende »Marie« … und damit war ausnahmsweise, was bei Walter eh wundernahm, keine Frau gemeint.

»Der Hlavatschek, der hat doch einen Haufen Geld, oder?« kreiste Walter sein Problem vorsichtig ein.

»Gesagt wird's«, hielt sich Raimund mit einer eindeutigen Aussage zurück. Viel wichtiger war ihm, seine Gläser mit einem Geschirrtuch auf Hochglanz zu bringen.

»Der hat für alle was übrig, oder?«

»Kann sein.«

»Für alle, die was mit Kunst zu tun haben. Komm, was der schon alles gesponsert hat! Damals diesen Künstler, erinnerst du dich nicht, ein Slowake oder was es war, der entlang der Straße nach drüben diesen riesigen Schriftzug installiert hat. Wie hieß der Satz doch gleich?«

»Wohin verschwinden die Grenzen?«

»Genau! Und alles bezahlt vom Hlavatschek. Jetzt will er sogar ein Kulturzentrum bauen.«

»Gesagt wird's.«

»Warum macht er dann nicht mal meinen Mäzen? Nicht ein Tropfen trifft mich von dem seinen Geldsegen.«

»Er hat's wahrscheinlich nicht so mit der Musik. Er ist mehr ein Förderer der stillen Künste.«

Walter hob sein Kinn aus der Handstütze und sah Raimund beinahe feindselig an. So ausufernde Kommentare von ihm, das war nicht abgemacht. An sich war die Rollenverteilung klar: Walter redete, Raimund gab sein gelegentliches »Gesagt wird's« oder »Kann sein« hinzu, mehr aber auch nicht. Und jetzt auf einmal diese Stichelei. War das nicht sogar eine Beleidigung gewesen, eine versteckte? Wollte Raimund etwa behaupten, seine Kunst sei eine laute, vielleicht sogar ohrenbetäubende? – Das konnte man nun wirklich nicht sagen. Walter verzichtete, wo es nur ging, auf jegliche Form von elektrischer Verstärkung. Mehr als seine akustische Westerngitarre,

die zwölfsaitige, brauchte er nicht. Trat er mal vor größerem Publikum auf, genügte ein ansteckbarer Tonabnehmer. Sein Gesang war rauh, zugegeben. Manche meinten auch krächzend. Durchdringend krächzend. Mag sein, er war kein Caruso und kein Harry Belafonte. Das hätte eh nicht zu seinen Liedern gepaßt. Schon allein deswegen, weil die Texte allesamt in Kärntner Dialekt geschrieben waren. Ein Kärntnerisch singender Belafonte ... unmöglich! Gut, es gab Leute, die behaupteten, Walter könne überhaupt nicht singen. Aber nicht einmal das störte ihn. *His Bobness,* hatte der vielleicht eine Singstimme? Und der Kanadier, der weltberühmte, der mit dem Vogel auf dem Telegrafendraht, der zelebrierte ja doch auch seit Jahrzehnten nichts anderes als einen wenig sonoren Sprechgesang, aber das, man mußte es neidlos anerkennen, mit ziemlichem Erfolg.
Letzteres konnte Walter von sich nun leider nicht behaupten. Deshalb war er ja überhaupt auf die Idee gekommen, ob ihn nicht vielleicht der Hlavatschek etwas unterstützen könnte, seine Gönnerhand über ihn halten. Er würde ihn auch dafür preisen. Er, Walter, Dichter, Musikant! Der kärntnerische Seasick Steve, der Johnny Cash aus dem Lavanttal!
Jedenfalls behaupteten das alle. Daß Walter ursprünglich aus Kärnten stamme, eben aus einem Dorf im Lavanttal. Andere sagten, er käme aus Tirol (das typisch tirolerische Halskratzen in der Aussprache war bei ihm allerdings nicht einmal im Ansatz zu hören). Walter selbst hielt sich mit Auskünften über seine Herkunft zurück. Er ließ es auch zu, wenn behauptet wurde, er sei definitiv im Waldviertel zur Welt gekommen, auf einem gottverlassenen Einödhof in der Nähe von Eulenschlag – oder vielleicht auch Walders –, in Kärnten sei er nur aufgewachsen. Ja, es schien, als ob ihm diese über ihn verbreitete Version sogar die liebste sei. Jedenfalls: Über seinen Geburtsort war nichts wirklich Verläßliches zu erfah-

ren. Und Walter selbst änderte das ganz bewußt nicht. Sein Zuhause war eh, wie er fand, das Unterwegssein. Lonesome Hobo. *Lei nit an daham denkn* hieß eine seiner Balladen. Wobei Ballade vielleicht nicht der richtige Ausdruck war. Seine Lieder waren ja in dem Sinne nicht narrativ, wie besonders schlaue Exegeten bereits festgestellt hatten, sondern eher lyrisch, sentenzenhaft, vielleicht ursprünglich sogar gedacht als Gedichte.

Mit ihnen zog Walter also über Land und nannte sich auch Landsänger, zum einen, weil er diese grassierende Seuche des überall eindringenden Englischen haßte und zum anderen, weil er fand, das höre sich fast nach einer nur durch ihn repräsentierten Vogelart an: Landsänger. Er trat bei Alternativfestivals auf und auf Kleinkunstbühnen und neuerdings auch bei den immer beliebter werdenden Mittelaltermärkten … doch da war er im Grunde völlig deplaziert. Aber wo war Walter überhaupt richtig am Platz? Seine Lieder waren allermeist entweder so melancholisch, ja todtraurig oder aber so anklägerisch, daß sie jedes Mal verläßlich das Publikum spalteten, in einen weitaus überwiegenden Teil derer, die das nicht hören wollten, und in einen kleinen Teil von Fans, die Walter für seine Unerschrockenheit liebten. Kommerzieller Erfolg war damit jedenfalls keiner zu erzielen.

Seinen Lebensunterhalt verdiente sich Walter während der Sommermonate als Fischereiranger im Urlaubs- und Erholungsgebiet des Ottensteiner Stausees. Ausgerechnet er, der sein ganzes Landsängerleben lang über den Tourismus und seine allerschlimmsten Exzesse wie die Verschandelung der Landschaft mit diesen gräßlichen Hotelbettenburgen gewettert hatte, mußte einer Urlauberkundschaft, die er selber immer nur als »Piefkes« bezeichnete (fast alle kamen von »draußen«, aus Deutschland), zu den besonders fischreichen Kampgründen bringen, wo diese Freizeitpetrijünger naturgemäß die allerfettesten Hechte, Brachsen und Aiteln an ihren High-tech-Angelruten aus dem Wasser zogen. Für Walter, Angler seit seinen frühesten Bubenjahren, als ihn das erste Schwarzfischen an der Lavant (andere behaupten: an der Thaya) mit dieser seit damals durch nichts zu stillenden Leidenschaft infizierte, war es jedes Mal so, als ob ihm einer dieser unausstehlichen Piefkes »sein Madl« ausspanne. So jedenfalls hatte er es Raimund einmal erklärt.

Daß Walter ein Liebling der Frauen war, wußte jeder, der in Raimunds Jausenstation ein und aus ging. Man konnte nicht Stammgast bei Raimund sein und Walter nicht kennen. Und weil er, der Landsänger, im höchsten Maße auskunftsbereit allen gegenüber war, ganz gleich, ob sie ihm ihr Ohr liehen oder nicht, wußte auch bald jeder über Walters Leben im Detail, aber auch in den unterschiedlichsten Versionen bestens Bescheid. »Is' schon recht«, winkten die meisten nur mehr ab.

Man fragte sich manchmal, ob die vielen Frauengeschichten, die in diesen immer neu und anders erzählten Abenteuern vorkamen, gewissermaßen nur eine Begleiterscheinung dessen waren, daß Walter nun mal Landsänger war. Die Vereinbarung zwischen Künstler und Publikum schien ja zu sein, daß Landsänger über die Liebe zu singen hätten. Von etwas anderem wollten die Trucker in den Führerkabinen ihrer Lkws doch gar nichts hören. Von der verlassenen oder zurückgelassenen oder ganz und gar ausgelassenen Liebe und von sonst nichts. (Vielleicht hie und da mal ein Lied über die miserable Bezahlung und daß ohne Moos nix los sei beziehungsweise die über den Rundfunkäther dem Boß entgegengeschleuderte Botschaft: Ich brauch mehr Geld. Aber wer hatte überhaupt noch einen Boß und rollte nicht schon lange als freier Unternehmer und sich selbst ausbeutende Ich-AG Tag

und Nacht und mit manipuliertem Fahrtenschreiber über die Autobahnen Europas?) Walter hatte zwar immer wieder versucht, auch etwas über die »Heimat«, die bei ihm immer nur die »vakafte Hamat« hieß, einfließen zu lassen, aber da war das Publikum schnell ungehalten geworden. Zumal das bitterböse war, was er über die Trachtler und Hoteliers, die Gemeinderäte und Schilehrer zu sagen und zu singen hatte. Überall ging es aufwärts mit dem Fremdenverkehr, und Walter war beinahe der einzige, der darauf hinwies, daß es mit all den Hotelburgen und Schiparadiesen, mit den übers Land ausgegossenen Betonlawinen und Autobahnanschlüssen genau betrachtet nur bergab ging. Früher, als er noch in Wirtshausnebensälen in seiner (angeblich) kärntnerischen Heimat aufgetreten war und seine Konzerte gerne mit dem sarkastisch ins Publikum geschrieenen Satz »Lei so weita!! Lei so weita! Wea ma jo segn, wo ma hinkemman« beendet hatte, kam es immer wieder zu Handgreiflichkeiten, und Walter mußte nicht nur einmal, um seine Haut zu retten, durch das Fenster im Wirtshausabort fliehen. Wann hatten Lieder jemals solch eine Wirkung gehabt?
Auf und davon zu müssen, war für Walter also nichts Neues. Fahrender Sänger hieß es ja. Seine Zuhörer mußten bleiben, er durfte weiter. In der Kärntner Mundart Walters klang das besonders trocken und emotionslos, fast schon westernmäßig. Klar, es galt die alte Regel »nua ka Schmoez ned«! Und damit nur ja kein Heimatschmalz aufkam, schmuggelte Walter immer auch Wörter mit ein, die eigentlich in Heimatliedern, zumal wenn sie im Dialekt vorgetragen wurden, nicht hineingehörten. »Schuttoblodeplotz« zum Beispiel. »Schuttoblodeplotz« mußte Walters Meinung nach unbedingt mit hinein in ein Lied, das ein heutiges Heimatlied sein wollte.

Beim Obndleitn
is dei Lochn wia da Mohn
am Rond von an Schuttoblodeplotz

Oder auch »Presawativ«.

A Schwimmblosn von an Fisch
hob i ausn Wossa ausagfongen
mit an Schteckn
Wia is mein Madl gezagt hob
woas a Presawativ

So wie andere in jedem Hafen hatte er in jedem Dorf eine andere Braut, erzählte man sich bei Raimund. Ein regelrechter Seebär sei er, und habe ja auch einen seebärmäßigen Zauselvollbart. Allerdings heuerte er nie auf irgendwelchen Kuttern an, sondern immer nur auf ÖBB-Bussen, die im Novembernebel von Dorfschimäre zu Dorfschimäre schaukelten. Und überall, wie gesagt, eine Braut!

Da Autobus is schon long
bei dem Dorf voabei
Duat hot a Diandl
a Kind von mia …

Ob das alles tatsächlich so stimmte, wie er es sang, war gar nicht so wichtig. Sich es auszumalen, war für die Zuhörer das aufregende.

Zwa obaglossene Eisnbahnschronkn
du bist da Plotz
dazwischn drin

Die Lieben unglücklich und der Sänger unglücklich und seine Landlieder und überhaupt alles miteinander von einer Traurigkeit, gegen die nichts auszurichten war, aber schon rein gar nichts.

Da Zug kimmt
und i konn nit fuat –
Schnöll noch a Heaz
in des Eis zwischn de Schienen
einikrotzn –

Walter war der Sänger von der traurigen Gestalt. Ob das mit einer der Gründe war, warum die Weiber gar so auf ihn flogen, darüber fachsimpelten die Trucker in Raimunds Jausenstüberl, wenn Walter einmal nicht dabei war. Sie wollten es nur ungern wahrhaben, daß dem tatsächlich so sein könnte. Weil dann hätten sie zugeben müssen, daß sie zu so einer betörenden Traurigkeit leider nie in der Lage sein würden und folglich ihre Chancen bei den Frauen deutlich geringer einzustufen waren.
Hatte es Walter also vielleicht doch gar nicht so schlecht in seinem Leben? Er wußte es selber nicht. Er mußte darüber nachdenken. Von Raimund war ja auch kein wirklich hilfreicher Zuspruch zu erwarten. Würde er ihn fragen, ob das Leben denn wirklich so sinnlos sei, würde er aller Voraussicht nach antworten: »Gesagt wird's.« Ach, manchmal war es ein Jammer in Raimunds Jausenstation. Walter legte sein Kinn wieder in die Hand, den Arm hatte er aufgestützt auf dem Knie. Jausentaljammer. Vor allem, weil's auch so leer war. Leer und öd und keine weiteren Gäste.

Doch was passierte da? Die Tür zum Jausenstüberl ging auf. Hélène Hlavatschek stand im Türrahmen. Raimund hät-

te lange überlegen müssen, um sagen zu können, wann es das letzte Mal gewesen war, daß ein weiblicher Gast bei ihm eingekehrt war. Und wenn, dann war es wahrscheinlich irgendeine Truckerbraut gewesen, eine, die ihren Prinzen der Landstraße auf allen Fahrten begleitete, eine von denen, die man beim Entgegenkommen auf dem Beifahrersitz des Brummis sich flegeln sieht, die Barfußsohlen gegen die Windschutzscheibe gedrückt oder gleich gar aus dem offenen Seitenfenster hinausgehalten. Aber eine solche Lady! Daß sie eine war, erkannte man sofort. Auch durch diese groteske Verkleidung hindurch, Wetterfleck und Filzhut. Letzteren nahm sie jetzt ab. Darunter kam ein Kurzhaarschnitt zum Vorschein, die Haare ausgebleicht, fast schon weiß. Irgendwie erinnerte Walter das Gesicht an diese Frau, die man jetzt öfter im Fernsehen sah, Chefanklägerin irgendeines Gerichtshofes war sie und sollte Licht in jene furchtbaren Geschehnisse bringen, die bei den Schlächtereien in Ex-Jugoslawien vorgefallen waren. Sicherlich war sie es nicht wirklich. Was sollte so eine Frau in Brudern suchen? So eine war vielleicht auf dem Weg nach Den Haag, so eine gehörte in die Abflughalle von Wien-Schwechat, aber sicher nicht in die wahrlich bescheidene Betonhütte am Straßenrand nach Böhmisch Kanada.
Raimund war für einen Moment sprachlos.
Während Walter noch so überlegte, sprang Raimund hinter seiner Theke hervor, um der Dame behilflich zu sein, denn die kleinen Räder ihres Rollkoffers wollten, trotz allen Ziehens und Zerrens, einfach nicht über die eh nur fingerhohe Schwellenleiste hupfen. Raimund hob den Koffer, spürte das Gewicht und dachte: ›Oh, die Dame geht auf große Reise.‹
Er wies ihr einen Platz an und verstaute den Koffer unter der Eckbank (war ja sonst kein Platz). Wieder aufgerichtet mit

hochrotem Gesicht fragte er nach etwaigen Wünschen der Dame. Sie bestellte ein kleines Mineralwasser. Was Raimund erneut ziemlich aus der Fassung brachte. Nicht daß er erwartet hätte, die Lady würde jetzt ein 16er Blech ordern, das dann doch nicht, aber ein *kleines Mineralwasser* … er wußte ja nicht einmal, ob er so etwas überhaupt im Sortiment hatte. Nichtsdestotrotz katzbuckelte er sich wie ein Ober im Hotel Sacher mit einem »bitte sehr, bitte gerne, kommt sofort …« zurück hinter die Theke.

Ob hier denn niemand sei, der sie mitnehmen könne, wartete Hélène nicht einmal ab, bis das Wasser vor ihr stand. Walter und Raimund sahen sich an, als hätten sie nicht richtig gehört. Dann fragten sie wie aus einem Mund: »Mitnehmen? Wohin?«

»Das ist ganz egal, nur weg von hier.«

So zuwider wie jetzt war es Walter noch nie gewesen, zugeben zu müssen, daß er leider weder Besitzer eines Führerscheines noch eines Fahrzeuges war. Bisher war er immer der Meinung gewesen, man käme in allen Lebenslagen auch bestens ohne so einen dämlichen ›Abschleppwagen‹ aus. Die anderen erzählten zwar immer die unglaublichsten Geschichten, welche Wirkung ihre Kisten auf Frauen ausübten, aber erstens hielt Walter das müde lächelnd allessamt für Lügen- und Aufschneidergeschichten und zweitens verließ er sich da lieber auf seine Erfahrungen als fahrender Sänger, und die sagten ihm: Nichts knipst die Weiber verläßlicher an, als ein *lonesome rider* ohne Dach überm Kopf und ohne Pferd unterm Arsch. Da nimmt dich jede mit in ihr schützendes Heim.

Jetzt aber mußte er einsehen, ohne Auto war er ein Niemand. Zumindest für diese Lady. Sie sah ihn nämlich nicht einmal an, als er bedauerte, ihr leider nicht dienen zu können. Und auch Raimund mit seiner umgebundenen Schürze,

wie er ihr aus einer großen Plastikflasche Mineralwasser in ein kleines Glas einschenkte, war nicht wirklich eine Hilfe.
»Gefällt es Ihnen denn gar nicht, hier bei uns in Brudern?« fragte er.
»Ich hätte niemals hierher kommen dürfen«, sagte Hélène, und sie sagte es genau an den zweien vorbei, ja, sie achtete peinlichst darauf, weder den einen noch den anderen anzuschauen, sondern lenkte ihren Blick zwischen ihnen hindurch und durch die Fensterluke in der Betonwand hinaus in eine unbestimmte Weite. Draußen hätte sie einen Kastenwagen näherkommen sehen können und wie er anhielt in der Parkbucht gegenüber der Jausenstation.
»Wie hab ich mich nur hierher entführen lassen können? Und noch dazu von diesem Mann, der mir vorkommt wie einer, der mit dem Schmetterlingsnetz über die Wiesen hüpft, um Schimären zu fangen. Weil er einmal in seinem Leben Mut hatte, hab ich mich gleich getäuscht in ihm. Oh, war ich blöd! Wie er da geflohen ist, aus seinem Land, von dessen Sprache ich nie auch nur ein Wort verstanden habe, da schien er mir ein Held. Und er konnte Französisch. Und Deutsch. Und tanzen. Wie der tanzen konnte! Seine Vorfahren waren ja Grafen. Ich dachte, ich hätte einen Tangotänzer erobert. Einen Herrn mit Formen! Ich dumme Gans!! Und dann stellt sich heraus: er ist nur ein Traumtänzer. Ein Traumtänzer mit Schmetterlingsnetz. Eine Lachnummer, die über Weiden hüpft, Vogelweiden … Waltherwiesen. Wie ein Mondsüchtiger. Ein Halluzinant. Er glaubt, daß er Mitteleuropa sieht. Pah! Was soll das überhaupt sein? Mitteleuropa? Immer wenn ich ihn das gefragt habe, ist er an sein Bücherregal gegangen, um dort nachzuschauen. So ist er: Alles immer nur aus den Büchern. Sein ganzes Geistreichsein ist nur Zitat. Und wie sich die Leute blenden lassen: ›Herr Graf, wie belesen Sie sind, was Sie alles

wissen.‹ Ohne seine Bücher wäre er dumm wie ein Karpfen und genauso verstockt. Der brächte kein Wort heraus.«

›Wem erzählt sie das denn alles?‹ dachte sich Raimund. Genau in diesem Augenblick wandte sie sich mit einem Ruck zu ihm, sah ihm streng in die Augen. »Das wenn mir nur gleich aufgefallen wäre, daß dieser Mensch nur eine Liebe kennt … die zu seinen Büchern. Und zu seinen fixen Ideen. Für die hatte er schon immer Zeit. Für seine Kinder nicht. Wenn seine Ideen zu krabbeln anfingen, dann hat er gejauchzt. Aber daß seine Kinder laufen gelernt hatten, das bemerkte er mit einem Jahr Verspätung. Sie hätten Bücher sein sollen, dann hätte er sie zärtlich in die Hand genommen. Oder seine abstruse Idee dieses Walther-von-der-Vogelweide-Begegnungszentrums. All unser Geld wirft er zum Fenster hinaus. Nur damit sich hier diese Wald-und-Wiesen-Experten treffen können. Internationale Symposien, sagt er. Konferenz der Bücherwürmer! Warum lädt er nicht gleich zum Gipfeltreffen der Schnarchnasen ein!«

Raimund flüsterte Walter zu: »Ich glaub', ich weiß jetzt, wer die ist.«

»So.«

»Ja, die Frau vom Hlavatschek.«

»Die noch nie gesehene Französin …«, murmelte Walter und faßte es nicht.

Und als ob nun die halbe Welt käme, um dieses Wunder zu bestaunen, öffnete sich an diesem turbulenten Nachmittag gleich noch einmal die Tür. Diesmal erschallte ein beschwingtes »Ahoj!« zur Begrüßung. Solchermaßen maritim grüßten normalerweise nur die meerlosen Tschechen. Und tatsächlich: Es war Jiří. Und wen brachte er mit? Noch eine Frauensperson. Langsam wurde der Glanz in Raimunds enger Würschtelhütte nachgerade augenblendend.

VITRINE MIT EINEM TOTEN INSEKT, VORZUGSWEISE HIRSCHKÄFER ODER SCHWARZER TOTENGRÄBER, AUFGESPIESST MIT EINER STECKNADEL

Die Liebe zu den fixen Ideen, sie scheint eine Spezialität der Bewohner der Böhmischen Masse zu sein. Ob es mit den langen Wintern zusammenhängt, in denen es nicht selten in den unwegsamen Wäldern zu Situationen des Eingeschneitseins kommt, in denen man dann Zeit hat, sehr viel Zeit, um sich der gedanklichen Ausgestaltung eben dieser fixen Ideen zu widmen? Einer wurde mal in Lackenhäuser östlich von Passau am Dreiländereck eingeschneit, die Einheimischen meinten zwar, es sei ja doch nur ein Winter gewesen wie jeder andere auch, »g'schniebelt hot's halt a weng«, für den Legationsrat aus Linz aber, ein solcher nämlich war der Eingeschneite, war dies eine völlig neue Erfahrung und es kam ihm vor, als hätte man ihn – zur Bestrafung welch schwerer Sünden? – in eine »weiße Hölle« gestoßen. Er sei einer Schneekatastrophe ausgeliefert gewesen, schreibt er, wie sie alle 1000 Jahre nur einmal vorkomme, und für den Rest seiner eh nur mehr wenigen Erdentage war der solchermaßen vom Schneesturm Erschreckte nun von der fixen Idee des lebendig Eingeschneitwerdens besessen, er konnte gar nicht mehr die Augen zumachen, ohne von diesen Schreckensbildern des mal von links, mal von rechts, dann von oben, schließlich im Kreis wirbelnden Flockengestöbers heimgesucht zu werden. Nicht recht viel anders der Magier des Sauwaldes, der in einem einsam gelegenen Landschlößchen vom Ende des 16. Jahrhunderts lebte, um von dort aus, seiner »Arche«, wie er sagte, immer wieder Expeditionen »auf die andere Seite« zu machen, in ein Traumreich, in dem seltsame Gesetze herrschen, zum Beispiel scheint dort nie die Sonne, aber solches kennt man in den Waldgebieten der Böhmischen Masse, wo auch oft wochenlang keine Sonne scheint, und vielleicht ist von daher der den ersten Eindruck zusammenfassende Satz des »Reisenden auf die andere Seite« verständlich, der nämlich lautet: »So sieht es ja bei uns in jedem Drecksnest aus!« Eigenartige Gesetze, wie gesagt, herrschen dort, eines der wichtigsten beispielsweise lautet, es darf niemals eine Idee, fix oder nicht, so lange weiterverfolgt werden, bis es zu deren tatsächlicher Realisierung kommt. In jenem Traumreich der anderen Seite hat nämlich alles ohne Ziel und Ausführung zu bleiben – auch das eine reichlich fixe Idee. Sehr angetan von dieser Vorstellung zeigte sich auch ein Versicherungsbeamter in Prag, der es, was die Verfertigung fixer und übrigens allermeist Fragment gebliebener Ideen betrifft, zu einzigartiger Meisterschaft gebracht hat. Daß das Leben ein Process sei, zwar mit Anklage, aber ohne Begründung, dafür aber mit endgültigem, nämlich letalem Urteil, ist eine solche Idee von ihm, die ebenso reizvoll erscheint wie jene des plötzlichen Erwachens eines Morgens und Gewahrwerdens, daß man in ein Insekt verwandelt sei. Nette, fixe Ideen, wie gesagt, die, soweit bekannt, niemals zur vollständig realen Ausführung kamen, sofern man nicht doch der Ansicht zuzuneigen beabsichtigt, daß ausgedacht und aufgeschrieben zu werden schon reale Ausführung genug ist. Noch manches wäre zu diesem in der Tat weiten Feld der fixen Ideen vorzubringen, zum Beispiel wie es enden kann, wenn sie doch einmal zur Ausführung kommen. Denn einen Vertreter der Böhmischen Masse gab es (wenn ihm auch gewisse Stimmen diesen Status *Vertreter der Böhmischen Masse* als einem im mährischen Zlín Geborenen vehement absprechen), der hat seine Ideen rigoros in die Wirklichkeit umgesetzt und ist so zu einem der größten Schuhhersteller der Welt geworden. Ja, mehr als das. Man könnte ihn als Architekten einer schönen neuen Welt ansehen, denn was er aus seiner Heimatstadt Zlín gemacht hat, war bahnbrechend. Die erste Stadt der Welt, in der alles funktioniert, ein Plätze und Straßen überwölbendes riesiges funktionalistisches Schloß, wie es sich unser Versicherungsbeamter aus Prag nicht schöner ausdenken hätte können. Wohnungen und Produktionsstätten, firmeneigene Kinos und Einkaufsläden, aber auch Sportplätze und Friedhöfe und alles unter einem Dachgedanken, alles der Idee des Schuhs untergeordnet, eines Schuhs, der millionenfach in alle Welt ausgeliefert wurde, KEIN SCHRITT OHNE BAT'A hieß eine der Losungen. Losungen waren überhaupt sehr beliebt in der Realität gewordenen Zukunftsstadt, in der auch für das Vergnügen der Arbeiter gesorgt war, zwar gab es keine Bierstuben und Kaffeehäuser, dafür aber Tischtennisplätze und Kegelbahnen, jede Menge Schachspielplätze, praktischerweise gleich mit darüber hängender Losung, MAN MUSS UNAUSGESETZT DENKEN, aber auch Bibliothekssäle, selbstverständlich, Lesen erwünscht, aber natürlich das Richtige, das Ertüchtigende, russische Romane eher nicht, LEST KEINE RUSSISCHEN ROMANE, weil russische Romane machen trübsinnig, und trübsinnige Fließbandarbeiter sind so ungefähr das Unerwünschteste, was man sich in Zlín vorstellen kann. Glückliche Arbeiter soll es geben in den durchnumerierten Fabrikationshallen entlang der ebenfalls durchnumerierten Werksgeländestraßen, der Chef, der in einem gläsernen, zum Büro ausgebauten Fahrstuhl entlang eines mehrstökkigen Verwaltungsbaus von Etage zu Etage gleiten und somit überall präsent sein konnte, wollte nichts als glückliche Arbeiter bei sich sehen, so manches von seinen Ideen hatte er sich von Amerika abgeschaut, denn so sehr LEST KEINE RUSSISCHEN ROMANE galt, so sehr galt auch, SCHAUT

EUCH AMERIKANISCHE FABRIKEN AN, und das hatte der Chef höchstpersönlich getan, 1904 war er über den großen Teich gereist, um sich in Amerika die *modern times* anzuschauen und vor allem die neuen Fabrikationsstraßen. 28 Jahre war er da alt und schon seit 9 Jahren Unternehmer, denn mit 19 Jahren hatte er bereits angefangen, Zlín zu einer funktionierenden Stadt zu machen. Und wer weiß, vielleicht hat er ja in Amerika auch den damals 16jährigen Dale Carnegie kennengelernt und ihn mit seinen fixen Ideen so angesteckt, daß dieser einige Jahre später seinen ersten Ratgeber schreiben konnte, »A Practical Course for Business Men«, der Millionen Menschen in aller Welt zu Trägern der fixen Idee machte, auch sie könnten vom Tellerwäscher zum Millionär aufsteigen. Schließlich ist aus dem armen Zlíner Schusterbub sogar ein Milliardär geworden.

DIE ART UND WEISE, wie sich Hlavatschek und die Bacherin eben begrüßt hatten, war schon reichlich ungewöhnlich, fand Lober. Immerhin hatte Hlavatscheks Gattin noch kurz zuvor einen ziemlich melodramatischen Abgang hingelegt, mit Blechschaden, Schimpfkanonade und was sonst noch dazu gehörte, aber ihren Ehemann schien das nicht im geringsten zu interessieren. Alles, was er tat, war, die Bacherin überschwenglich zu halsen und zu sich ins Haus hereinzubitten. Die Einladung schien nur ihr zu gelten, Lober wurde vom Hausherrn geradezu mit Nichtbeachtung gestraft. Auch machte die Bacherin nicht die geringsten Anstalten, Lober dem Gastgeber vorzustellen. Vielleicht war aber auch die Zeit gekommen, so kam es Lober in diesem Augenblick vor, nicht mehr länger der treudoofe Begleiter und ewige Hinterherdackler der Bacherin zu sein. Doch bevor er irgendeine Konsequenz aus dieser Einsicht ziehen konnte, schaute er,

daß er schnell hinter den beiden durch die Haustüre huschte, nicht daß sie ihm die direkt vor der Nase zuschlügen.
Im Flur stand die Bacherin plötzlich Mucha gegenüber, im Rücken denjenigen, den er immer im Rücken hatte, Lánský. Mucha gefroren die Gesichtszüge, als er die Bacherin sah. Daß diese Frau ihm aber auch überall hineinfunken mußte? Alles, was er hervorbrachte, war ein barsches »Sie schon wieder hier!«
Selbiges hätte genauso gut die Bacherin Mucha entgegenhalten können, aber sie kam nicht dazu, weil nämlich Hlavatschek sich gleich dazwischenzwängte und in Anspielung auf die Hlavanicer Rathausdelegation meinte: »Die Herrschaften wollten sowieso gerade gehen, stimmt's?« Er hatte die ganze Zeit über schon nicht recht begriffen, was die Hlavanicer Delegation eigentlich von ihm wollte.
»Wir kommen später noch mal wieder«, räumte Mucha überraschend kampflos das Feld, »was ist, Lánský, was stehen Sie hier noch rum?« raunzte er seinen Mitarbeiter an, irgendeiner mußte schließlich als Blitzableiter für den Frust des Bürgermeisters darüber herhalten, daß er hier und heute keinen Stich mehr machen würde. Und folglich konnten Hlavatschek, Lober und die Bacherin so schnell gar nicht schauen, wie Mucha und Lánský zur Tür draußen waren, in den Dienstwagen des Hlavanicer Bürgermeisters stiegen und die Auffahrtsallee hinunter verschwanden.
»Aber so warten Sie doch«, lief nun Hlavatschek mit beträchtlicher Verzögerung doch noch hinterher, weil ihm war ja eingefallen, »wollen Sie denn gar nicht Ihren Begleiter mitnehmen, den Herrn Fotokünstler?« Aber das hörten die beiden schon nicht mehr. Kopfschüttelnd kehrte Hlavatschek um, dieser heutige Tag war einfach zu viel für ihn, ein solches Kommen und Gehen hatte er in seinem Haus die letzten drei Jahre nicht erlebt.

Doch das sollte längst noch nicht alles gewesen sein. Eben bog Multerer mit seiner Ehefrau Erna in die Auffahrt zu Hlavatscheks Anwesen ein, als ihnen aus der Allee heraus eine schwarze Limousine entgegengeschossen kam, lediglich eine Vollbremsung des Bauunternehmers verhinderte einen Zusammenstoß. Es ging alles so schnell, daß Multerer unmöglich erkennen konnte, wer da auf dem Beifahrersitz der Limousine saß, Bürgermeister Mucha nämlich, jener Mann also, dem Multerer eines der größten Debakel seiner Firmengeschichte zu verdanken hatte. Hätte er es gewußt, vielleicht hätte Multerer dann nicht abgebremst, sondern wäre seinem ärgsten Rivalen frontal vor den Kühler geknallt, eigene Beschädigungen hätte er in diesem Fall billigend in Kauf genommen. Denn da war noch eine Rechnung offen. So aber hatte er seinen Wagen gerade noch zum Stehen gebracht und mußte sich jetzt etwas anhören. Von seiner Gattin nämlich. – »Mein Gott, Zacharias, paß halt besser auf!«
Für heute war Multerer schon wieder bedient. Dauernd diese Vorhaltungen. Was war es da doch für eine Wohltat, im Haus von Hlavatschek die Bacherin zu erblicken. Multerer schmiß sich ihr zur Begrüßung regelrecht an den Hals. Ehefrau Erna übersah das geflissentlich. Ihre Aufmerksamkeit wurde im Moment auch mehr von Lober in Anspruch genommen. ›Den Mann kennst du doch‹, dachte sie. Aber ihr wollte partout nicht einfallen, woher. Und vorgestellt wurde ihr der Herr auch nicht. Hlavatschek, dem solches als Hausherr am ehesten oblegen hätte, wußte ja selber nicht einmal, wer dieser Begleiter der Bacherin war. Es interessierte ihn auch nicht sonderlich. Ihm war anderes wichtig. Nämlich Multerer und die Bacherin möglichst ohne Umschweife an den großen Tisch mit den ausgelegten Plänen zu bringen, um sich dem Thema zuzuwenden, dessentwegen man schließlich zusammengekommen war: Planung und Bau des Walther-

von-der-Vogelweide-Begegnungszentrums. Und so sprang Hlavatschek auch gleich in medias res, indem er mit dem Zeigefinger auf einen bestimmten Punkt des Planes stach und sagte: »Da! Da wäre der Platz für Ihre Plastik, Frau Bacher. Ganz prominent plaziert im Eingangsbereich.«
»Ja, genau«, blieb Multerer als einziges übrig zu sagen, denn seine großartige Idee, die er vorhin noch mit Erna besprochen hatte, schien ihm dieser Hlavatschek geklaut zu haben. *Er* hatte doch vorschlagen wollen, ob nicht die Bacherin für etwas Kunst am Bau sorgen könne, denn schließlich war sie doch sein Schützling und er hatte sie immer unterstützt. Damit er jetzt nicht ganz ins Hintertreffen geriet, würde er schnell beweisen müssen, daß er ein kompetenter Gesprächspartner bei diesem Thema war. Und zwar einer mit glänzenden eigenen Ideen. »Also ich würde ja einen Walther vorschlagen. Walther, wie er auf einem Stein sitzt. Selbstverständlich Granit. Das eine Bein übers andere geschlagen, den Arm aufgestützt, und dabei den Kopf in die Hand geschmiegt.« Multerer versuchte das Ganze vorzumachen, im Stehen natürlich, und sah dabei aus wie ein Moriskentänzer, den Bauchkrämpfe plagen. Hlavatschek und die Bacherin sahen sich nur kurz an und zogen die Augenbrauen hoch, denn über eines waren sie sich von Anfang an sofort einig gewesen: Alles konnte in Frage kommen, zumal bei einer im Informellen so bewanderten Künstlerin wie der Bacherin, bloß nicht dieser abgeschmackte, grauenvolle Realismus einer »ich saz ûf eime steine«-Waltherfigur.
Währenddessen fühlte sich Lober immer unwohler. Von niemandem begrüßt, von keinem, wie es schien, willkommen geheißen. Und jetzt musterte ihn auch noch diese Frau, die mit dem Bauunternehmer zur Tür hereingekommen war, so herausfordernd, als wolle sie etwas von ihm. Lober sah sich im Raum um, auf der Suche nach einer Ausflucht. Und

entdeckte Černý, um den sich ebenfalls niemand zu kümmern schien. Er lag in seiner Hängematte und winkte Lober freundlich zu.

»Ahoj, Helmut!«

›Der wenigstens freut sich noch, dich zu sehen‹, dachte Lober. Schnaubend versuchte Bohuš, aus dem durchhängenden Tuch, in dem er sich behaglich grunzend schon seit geraumer Zeit mit größtem Vergnügen verfangen hatte, wieder herauszukommen. Lober half ihm dabei. Sie standen sich gegenüber, umarmten sich.

»No, Helmut, ich sehe, du bist auf dem Weg nach Hause. Ich freu mich für dich.« Bohuš spielte an auf das letzte Mal, da sie sich gesehen hatten. Da hielten sie sich beide noch weit, weit im Osten auf. Alles war unsicher, ob sie den alten Benz der Bacherin wieder zurückbekommen würden, wie die Heimreise aussähe und ob es eine solche überhaupt noch jemals geben würde. Helmut war ihm etwas verzagt vorgekommen, damals in Andys Wohnwabe, wie lange war das her? Tage? Wochen? Vielleicht war Helmuts Desorientierung aber auch lediglich eine Langzeitwirkung jenes Niederschlags, den ihm ein paar ukrainische Rotzlöffel beigebracht hatten. Jedenfalls hatte besagter Kickboxtreffer ihn ganz schön durcheinandergerüttelt. Der wußte ja zeitweise gar nicht mehr, wer er war. Was Bohuš allerdings gar nicht so tragisch fand. Sollte jeder mal erleben, für eine kurze Zeit zumindest. Alle Gewißheiten weg. Kein Auskennen mehr nirgendwo. (Fließt jetzt die Donau von Ost nach West und doch umgekehrt?) Doch wie Bohuš jetzt feststellen konnte, wurde Helmut mittlerweile sogar schon wieder von anderen erkannt. Denn in diesem Augenblick tippte Erna Multerer ihm auf die Schulter.

»Woher kennen wir uns?« störte sie den innigen Moment. Sie war einen Schritt näher auf Lober zugegangen.

»Bedaure. Ich wüßte nicht …«

»Doch, doch, die Stimme.« Sie überlegte noch einmal. »Sagen Sie doch mal den Satz, ›ein Gulasch, ein richtiges Gulasch, das muß anbrennen, die Ungarn lassen immer alles anbrennen‹. Ja, genau, diesen Satz fand ich immer so drollig, wenn Sie so vor der Haustür standen. Ach, sagen Sie doch bitte noch einmal ›die Ungarn lassen immer alles anbrennen‹ … bitte!«

Lober war perplex. »Wie meinen, Madame?«

»Genau! Und dieses ›Madame‹. Ich kenne keinen zweiten Menschen, der an der Haustür ›Madame‹ sagt. – Sie sind der Herr von der Firma *Nachschaff!* Zacharias, das ist der Herr … Herr … wie war doch gleich der Name?«

»Lober«, folgte der brav.

»… der Herr Lober von der Firma *Nachschaff.* Der ist früher jedes Jahr mindestens einmal vor unserer Tür gestanden. Wutzelshofen liegt doch auf Ihrer Außendiensttour, hab ich recht? Oder lag? Mir kommt's so vor, als wenn Sie jetzt schon länger nicht mehr bei uns gewesen wären. – Findest du nicht auch, Zacharias, daß der Herr Lober schon lange nicht mehr bei uns geklingelt hat?«

Multerer winkte ab. Als ob das jetzt interessiere. Er hatte eine ganz andere Scharte auszuwetzen. Er wandte sich an die Bacherin. »Is' ja nur ein Vorschlag, Christa. Die Künstlerin bist selbstverständlich du. Ich hab ja nur gemeint …«

»Unsere Bacherin ist eine international anerkannte Künstlerin im Bereich der Abstraktion«, wandte sich Hlavatschek im vorwurfsvollen Ton an Multerer, um gleich darauf der Bacherin schönzutun, »ich erwarte mir alles von Ihnen, Verehrteste, nur keinen sitzenden Walther«, und die Art, wie die Bacherin dem Hlavatschek daraufhin zulächelte, ließ keinen Zweifel, daß Multerer nicht nur in dieser, ihn sowieso überhaupt nicht interessierenden kunsttheoretischen Frage den Kürzeren ziehen würde, sondern überhaupt. Generell.

»Worüber wir beide zu reden haben«, nahm sich Hlavatschek wieder Multerer vor, noch immer mit einem Unterton der Zurechtweisung in der Stimme, »ist der Rohbau.« Es klang, als ob man über etwas anderes als Rohheiten mit diesem Menschen aus Wutzelshofen sowieso nicht reden könne. Multerer verletzte das, aber was half's, er mußte natürlich sogleich jovial einlenken. »Selbstverständlich!« beeilte er sich zu versichern. »Ich schlage vor: Schalungsbeton, da ist die Sache in Null Komma nichts hochgezogen.«
»Ja, eben gerade nicht!« Hlavatschek wirkte genervt. »Das Gebäude muß unbedingt den Geist des Granits atmen. Das Vogelweidehaus im Waldviertel. Da kommt selbstverständlich gar nichts anderes in Frage.«
»Ja, klar: Granit. Das sehen wir im Bayerwald doch überhaupt nicht anders. Die Multerers, seit Generationen gewissermaßen, nichts anderes als Granit. Ich würde vorschlagen: Wir machen eine Verblendung der Betonwände, poliert oder gestrahlt.«
»Nein!! Keine Blendung. Natürlich massiv. Nichts anderes als massiv! Und es muß der unsrige sein, der Granit der Böhmischen Masse.«
»Das versteht sich ja von selber.«
»Daß Sie mir da ja nicht über einen Subunternehmer billigen Chinagranit unterjubeln.«
»Niemals«, sagte Multerer und dachte für sich: ›Da bringst du mich auf eine Idee.‹ Gegenüber Hlavatschek beteuerte er: »Das käme bei mir nie in Frage. Da habe ich eine granitene Berufsehre, Herr Graf. Wir nehmen das Material aus unserem alten Steinbruch. Wo jetzt die letzte Zeit die Christa gearbeitet hat. Das ist eins a Mühlviertler Granit, aus dem Herzen der Böhmischen Masse.«
»Ja, aber da arbeite doch ich! Im Steinbruch. Da kann jetzt niemand rein. Das ist mein Atelier«, protestierte die Bacherin.

»Ja, Christa, für dich finden wir schon etwas, eine Übergangslösung. Weil da müssen wir schon mit modernen Maschinen dann ran. Dein ganzes altes Gelump … ich sag Ihnen, Hlavatschek, Maschinen wie aus dem Museum … also das muß weg. Du kannst doch in der Zwischenzeit mal was anderes machen. Man darf nicht so eingleisig fahren. Wolltest du nicht mal mit Wasserfarben, Aquarell genau … man muß als Künstlerin auch mal zu neuen Ufern … oder was sagen Sie, Herr Graf?«

»Sie können ja auch hier bei mir arbeiten, Christa. In der ehemaligen Wagenremise. Wir haben soviele Leerstände, hier auf dem Gutshof. Ich lasse Ihnen aus dem Steinbruch einen Block hierher transportieren, und dann können Sie ganz in Ruhe den Waltherstein beklopfen.«

›Ich hör dich auch klopfen‹, dachte sich Multerer. ›Auf den Busch höre ich dich klopfen.‹ Aber vorerst war er machtlos. Das einzige, was er tun konnte, war, Hlavatschek abzulenken, indem er sich über den Plan beugte und möglichst umständlich jede Kleinigkeit der Bauausführung mit ihm besprach.

Černý hatte sich längst wieder in seine Hängematte zurückgezogen. Und Lober stand jetzt mit der Multerergattin da. Sie stupste ihn an: »Und was führt Sie hierher, ins Waldviertel?«

»Das ist eine lange Geschichte. Die kann ich vielleicht ein andermal erzählen.«

»Na, wie Sie meinen«, sagte die Multererin ziemlich schnippisch. »Aber Sie könnten mich trotzdem etwas begleiten. Nach draußen. Eigentlich ein viel zu schöner Tag, um ihn in dieser Höhle zu verbringen. Finden Sie nicht? Und die Herrschaften da, mit denen ist die nächsten Stunden garantiert nichts mehr anzufangen. Ich kenn doch meinen Mann.«

»Ja, aber wo sollen wir denn hier …?«

»Ach, wir finden schon was!«

»Ich weiß nicht«, zögerte Lober.
»So kenne ich Sie ja gar nicht. Früher, an der Haustüre, da waren Sie immer viel forscher. Der große Charmeur. Sagen Sie bloß nicht, das war wegen der Staubsauger. Da wäre ich jetzt wirklich enttäuscht.«
»Also gut«, stimmte Lober zu. Und drehte sich noch einmal zur Bacherin um, so als ob er von ihr eine Erlaubnis erwarten würde. Aber die sah gar nicht her.
Im Hinausgehen trällerte die Multererin noch, »wir nehmen dann mal unseren Wagen, Zacharias«, und wedelte schon mit dem Zweitschlüssel, den sie aus ihrer Handtasche gekramt hatte. Aber auch das blieb am Tisch von den über die Pläne Gebeugten unkommentiert.

›Jetzt sitzt du halt schon wieder neben einer Frau im Auto und weißt nicht, wohin die Reise geht‹, mußte Lober denken, nachdem er zur Multererin in den Wagen eingestiegen war. Doch anders als die Bacherin, die einfach wortlos drauflosgefahren war, fragte die Multererin: »Was schlagen Sie vor, wohin sollen wir fahren?«
Auf ihn sollte es plötzlich ankommen? Er sollte sagen, was das Ziel sei? Damit war er jetzt fast überfordert. Lober nahm die Straßenkarte, die in der Ablage der Beifahrertür steckte, und begann hektisch zu blättern. Die Zufahrtsallee führte von Hlavatscheks Anwesen weg zur Gemeindestraße, soviel war klar, rechts ginge es Richtung Grenze (aus der Richtung war er mit der Bacherin gekommen und dahin wollte er eigentlich nicht noch mal zurück), links hinein ins Waldviertel, hinüber über die Kamp, die in West-Ost-Richtung floß, durch den Weinsberger Wald hindurch und dann war schon die Donau zu erahnen. Folgte man erst einmal deren Tal, war sowieso überall hinzukommen, in die weite und über das Schwarze und Mittelmeer letzten Endes sogar in die wei-

teste Welt. Aber genausogut auch nach Hause! Würden sie entlang der Donau fahren, flußaufwärts, wäre Lober noch an diesem Tag wieder daheim. Aber hatte er überhaupt noch ein Daheim? Oder würde er es sich neu suchen müssen? War es nicht so, daß seine Aventürefahrten nun vorüber waren? War jetzt nicht die Zeit, an den Heimweg zu denken? Plötzlich stand es ihm klar vor Augen: Sein neues Heim würde genau in der Mitte sein. Er war aufgebrochen zu den Rändern, und nur deshalb konnte er jetzt wissen, wo seine Mitte war. Warum nicht genau zwischen München und Prag? Komisch, warum fielen ihm jetzt die beiden winzigen Weiler ein, mitten im Bayerwald, die lediglich eine Gehstunde voneinander entfernt lagen, der eine hieß München, der andere Prag. Man konnte Kartengrüße an Daheimgebliebene schicken, und zwar des Inhalts, daß es einem gelungen sei, an nur einem Tag von München nach Prag zu Fuß zu spazieren.
Nach solcherlei Wundern stand Lober der Sinn. Nicht mehr nach Welteroberung. Aber nach einem Spaziergang von München nach Prag. Und nach einem kleinen, unscheinbaren Platz zum Leben. Warum nicht auch zwischen Not, Jammer und Elend. Denn auch ihn gab es wirklich, den Landstrich, wo im Abstand weniger Kilometer »Not«, »Jammer« und »Elend« nebeneinander lagen. Dort würden sie leben, warum nicht? Er und Franzka, die vielleicht ja doch noch irgendwo auf ihn wartete. Ja, jetzt war er soweit. Immer hatte er das Zusammenziehen mit ihr zu verhindern gewußt, war ihrem fordernden Fragen, ob ein gemeinsamer Haushalt nicht praktischer wäre, ausgewichen. In größter Not hatte er sogar argumentiert, das Zusammenwohnen lohne sich doch rein faktisch in seinem Falle gar nicht, wo er doch als Außendienstler sowieso ständig unterwegs sei. Das wolle er ihr gar nicht zumuten. Und sie war in ein leises, bitterliches Weinen ausgebrochen, wegen dieser Wortfügung »rein fak-

tisch« und der coolen Art seiner Kosten-Nutzen-Rechnung. Doch damit war jetzt Schluß. Außendienstmitarbeiter würde er jedenfalls keinen mehr machen, da war er sich sicher. Er würde die Kündigung einreichen, bei der Firmenleitung von *Nachschaff*. Oder war die längst eingereicht, durch das lange Fernbleiben und dadurch, daß von ihm keine Kaufvertragsabschlüsse mehr gekommen waren, die letzten Wochen? Monate?
»Nun, was ist jetzt?« wurde die Multererin ungeduldig. Sie stand längst an der Einmündung in die Gemeindestraße.
»Links«, sagte Lober. Denn er wußte jetzt, wohin er wollte.

Derweil wurden in der Jausenstation die Neuankömmlinge freudig begrüßt. Zumindest was Jiří betraf. Dem wurde vom aufspringenden Walter sogleich die Schulter geklopft, die beiden kannten sich von ihren Zwischenstopps bei Raimund. Auch war Walter schon manches Mal von Jiří mitgenommen worden, als »Hitchhiker im Leichenwagen«. Genau unter dem Titel hat er später ein Lied geschrieben, es wurde beinahe so etwas wie eine Hymne der Trucker, allerdings mit der kleinen, nicht unwesentlichen Korrektur, daß es im Lied ein Mädchen war, das vom Straßenrand aufgegabelt wurde und nicht ein abgehalfterter Landsänger.
Und nun schien das Lied sogar Wirklichkeit geworden zu sein. Denn woher kam die Lady, mit der zusammen Jiří das Stüberl betreten hatte?
»Frag sie selber!« sagte Jiří zu Walter, und zwar so laut, daß es Franziska unbedingt hören mußte. Die verstand auch die Aufforderung und begann von sich aus zu erzählen. Sie sei auf der Suche nach einem Bekannten. Der sei auch so ein Ritter der Landstraße wie die anwesenden Herren. Gut möglich, daß er hier schon einmal eingekehrt sei, wer weiß. Vielleicht gehöre er ja sogar zur hiesigen Tafelrunde, sagte Franziska

mit Blick auf das resopal-beschichtete Tischlein, hinter das sich Jiří soeben zwängte, justament auf den Platz neben die Dame, die da bereits saß. »Grieß Godd, dobrý den« stellte er sich vor, unsicher, wen er da vor sich habe und wie die Dame anzusprechen sei. Und erhielt ein ihn dann doch überraschendes »Bonjour, Monsieur« zur Antwort.

Eigentlich liege das Gebiet, in dem ihr Bekannter für gewöhnlich unterwegs sei, weiter westlich, erklärte Franziska, im Dreiländereck, sie würde sagen: ungefähr zwischen Ulrichsberg, Freyung und Passau. Doch jetzt sei dieses Dreiländereck plötzlich zu einem regelrechten Bermudadreieck geworden, ihr Bekannter sei darin, was solle sie sagen, einfach verschwunden. Mehr oder weniger spurlos.

»Sagenhaft!« kommentierte Walter.

Sein letztes Lebenszeichen sei eine SMS gewesen, vor … ach, sie wisse nicht mehr, wie lange das schon her sei. Können Tage sein, vielleicht Monate, jedenfalls habe er geschrieben – Franziska machte eine kurze Pause, um auch ja den genauen Wortlaut zu erinnern –, »no roots, but routes. Bin unterwegs«.

»Interessant«, sagte Raimund und ob die Herrschaften etwas zu trinken wünschten. Jiří entschied sich für ein Bier. Franziska hatte keine Zeit für diese Frage. Denn sie mußte weiter erzählen, daß dann – in dieser letzten SMS ihres Bekannten – noch ein paar erklärende Worte gefolgt seien, von wegen einer Bildhauerin, Steinbruch, Aufbruch, Osten, unbedingt und begleiten. Ja, »begleiten« habe sie noch deutlich in Erinnerung.

»Öh ha«, war der Kommentar von Walter, der nun anscheinend glaubte, im Bilde zu sein.

Raimund war schon hinter seiner Theke, um das Bestellte zu holen, als er trocken und teilnahmslos mitteilte, »eine Bildhauerin, die gibt's hier eh«.

Franziska horchte auf. Wer das denn sei? Raimund erklärte es ihr. Und wie zur Bestätigung, daß seine Angaben auch richtig seien, sagte die Französin, die die ganze Zeit aufmerksam zugehört hatte: »Sie ist gerade im Haus meines Mannes. Die Straße hinunter Richtung Dorfmitte, nach dreihundert Metern geht links eine Allee hinauf zum Gutshof. Da finden Sie sie.«
Franziska sah die drei Männer und die Frau an, unsicher, ob sie das wirklich glauben sollte. Eigentlich war das Wahnsinn gewesen, zu was sie sich am Brenner, bei diesem Zwischenhalt an einer Espresso-Bar, sie wußte selber nicht, aus welchem Grund, entschlossen hatte, nämlich Lober zu suchen. Er konnte überall sein, in Mittel-, Süd-, Ost- oder Nordeuropa. Die berühmte Stecknadel im Heuhaufen. Und jetzt sollte sie tatsächlich Glück haben? Ausgerechnet in diesem verlorenen Nest am Ende der Welt? So jedenfalls war es Franziska erschienen, als sie mit Jiří immer tiefer in diese Waldgegend hineingefahren war.
Sie wollte am liebsten gleich aufbrechen, zu dieser Villa. Obwohl es nur wenige hundert Meter sein konnten, nach der Beschreibung der Französin, erklärte sich Walter sogleich bereit, ihr den Weg zu zeigen. Raimund grinste. Jiří zuckte die Achseln. Als wollte er sagen: ›Wenn du meinst, dann wechsle halt das Pferd.‹ Es schien, als ob seine Schuldigkeit getan sei. Und auch Franziskas Dankbarkeit hielt sich in Grenzen. Kurz und fahrig verabschiedete sie sich von Jiří. Walter dagegen nahm sie sogleich am Arm und kommandierte: »Kommen Sie!« Alles, was Walter Raimund im Hinausgehen noch zurufen konnte, war: »Schreib's auf«. Und Raimund wußte schon, daß damit nicht gemeint war: Mach einen Roman aus diesen wahrlich seltsamen Begebenheiten, wie sie sich in Brudern so noch nie zugetragen hatten.
Und Jiří mußte sich auch nicht lange grämen. Denn schon rutschte die Französin etwas näher zu ihm her. »Haben Sie

noch Platz in Ihrem Wagen?« fragte sie. Jiří dachte sich: Nicht schon wieder eine, die überhaupt nicht wissen will, wohin die Fahrt eigentlich geht. Was war denn nur los? War das die neue in Mitteleuropa ausgebrochene Mobilität? Hauptsache unterwegs, egal wohin. Und egal womit? Und erst recht egal mit wem? Sollte er ihr sagen, wer noch mitfahren würde in seinem Kastenwagen? (Seit Weikertschlag nämlich nun schon zwei stumme Passagiere, die, in ihren Holzkisten liegend, ungeduldig darauf warteten, daß es endlich weiterging.) Ach was, das konnte er ihr auch während der Fahrt erzählen. Aber eine Frage mußte er schon noch loswerden. »Wo wollen Sie eigentlich hin, Madame?«
Hélène sah ihn einen Moment lang an, bis sie, höchst erstaunt über soviel Ahnungslosigkeit, barsch sagte: »Fort!«

VITRINE MIT EINEM GRANIT-PFLASTERSTEIN

Du mußt im Grunde einen noch graniteneren Charakter haben als der Granit selber, wenn du ein Steinhauer sein willst, in einem der eh nur mehr seltenen Steinbrüche der Böhmischen Masse, die noch in Betrieb sind, sei es im Bayerischen Wald, in der Šumava oder im Waldviertel, die meisten sind längst aufgegeben worden und verwaist, zurückerobertes Terrain von Salamander und Kreuzotter. An dir muß sich sogar der Stein seine Zähne ausbeißen, wo es doch normalerweise umgekehrt heißt: jemand beißt auf Granit, wenn er gar nicht mehr weiterkommt und am Verzweifeln ist. Mit Vorschlaghammer und Federkeilen hinterläßt der Steinhauer einen Abdruck seines woltern Willens, die nebeneinander aufgereihten Keiltaschen, die man am Rand jeder Spaltfläche sieht, ein Abdruck seines nie aufgebenden Gebisses, wie von Zähnen in einem frischen Kanten

Brot, mit deutlichen Lücken zwischen den Zähnen, denn mit so gut durchlüfteten Zahnreihen lacht nur ein Steinhauer. Im Grunde ist so ein Steinhauerleben ein ewiger Kampf, in dem es darum geht, wer härter ist: der Stein oder du. Es handelt sich um einen Kampf mit allen nur erdenklichen Waffen, wozu im Falle des Steinhauers alle Formen von Hämmern und Meißeln zählen, im Falle des Granits herabstürzende Brocken, entgleisende Loren, aufsitzende und daher bei einem Hammerschlag wie Geschosse aus den Taschen herausfliegende Keile, kaum ein Steinhauer, dem nicht ein Auge fehlt oder der noch alle zehn Finger an seinen Händen abzählen kann, dem nicht schon einmal ein Steinblock den Haxen abgequetscht hat. Da heißt es, eine granitene Natur und Statur an den Tag legen, da heißt es, ein Kerl sein wie ein Albaner oder ein Kosovare, bei denen nämlich soll es den männlichen Vornamen »Granit« geben. Der Granit, genau wie sein ihm mit Hämmern und Keilen zu Leibe rückender Steinhauer, ist ein Tiefengestein, das weit unter der Erd- beziehungsweise Zivilisationskruste entsteht, dort, wohin die Wurzeln der Böhmischen Gebirgsmasse reichen. Zähflüssig sind die granitenen Magmen und zähflüssig ist das Blut eines Steinhauers, aber wehe es gerät in Wallung, was nach Ausspülen der Steinstaubgurgel mit etlichen Maß Bier beinahe naturgesetzhaft zu erwarten ist, dann kommt es zu Magmen- und Wutaufstiegen, die einen finden in sogenannten Magmenaufstiegswegen statt, die anderen in Wirtshäusern, wo die Steinhauerkundschaft schon von jeher als eine messerstecherische und maßkrughauende bekannt und gefürchtet ist. *Intrusion* nennt man das Aufsteigen der Magmablasen und ein *Raffats* die tektonischen, Tischplatten verschiebenden Vorgänge in solchen Steinhauer-Boazn, wie sie einst über den ganzen Bayerischen Wald verteilt waren, Zutritt für feinere Naturen ist eher nicht angeraten. Wird eine aufsteigende granitene Magmablase in ihrem Aufstiegsweg aufgehalten und verliert sie Wärme an das sie umgebende Gestein, so kann es vorkommen, daß in der erstarrten Materie unaufgeschmolzene Fremdgesteine, sogenannte *Xenolithe* zu finden sind, wohingegen bei einem aufsteigenden Streit in der Wirtsstube noch selten einer der aufspringenden und Stuhlbeine zwecks Schlagstockgewinnung ausreißenden Steinhauer unaufgeschmolzen geblieben wäre, nein, nein, die gelangen schon alle zu einer wahrlich magmaheißen Wuthitze, die erst nach Entladung eines zünftigen *Raffats* sich abkühlt und erstarrt. Erst durch weitere Bewegungen der Erdkruste und Abtragung der darüberliegenden Gesteinsschichten gelangt der Granit ans Tageslicht, so wie der Steinhauer erst wieder an die frische Luft gelangt, indem er entweder an einen resoluten rausschmeißerischen Gastwirt gerät (was äußerst selten der Fall ist, notfalls verbünden sich die widerstreitenden tektonischen Kräfte des *Raffats* kurzzeitig gegen den streitunterbrechenden Wirtsstörer, um anschließend in der vollständigen Aufschmelzung des gesamten Wirtsstubeninventars fortfahren zu können), oder aber indem er bei einem gemeinsamen Abgang nach getaner Aufschmelzung und Wuterkaltung, sich gegenseitig stützend und schon wieder liedträllernd, der steinhauerischen Verbrüderung anheimfällt, schließlich gilt es ja am nächsten Morgen in aller Herrgottsfrüh gemeinsam den Kampf gegen den Granit aufzunehmen und der Steilwand im Steinbruch mit einer Ladung Schwarzpulver zu Leibe zu rücken. Explosionismus, steinhauerischer! Und da darf kein Schädel mehr brummen, um die Spaltrichtung selbst noch im Kleinstgedruckten der unscheinbarsten Quarzgänge lesen zu können, damit das Kunststück eines sauber herunterfallenden Rohblocks auch tatsächlich gelingt. Und bis der dann kleingebissen ist von der Spaltmaschine zu lauter kleinen, aber millimetergenau gleichgroßen Pflastersteinen, da erweist sich dann der Durchhaltewillen der wahren Steinhauernatur. Und nachgeben muß er ja doch: der Granit!

ENDLICH WAR ES WIEDER WIE FRÜHER! Vančura vorne, an den Lenker geklammert, mit seinem breiten Kreuz den Fahrtwind abhaltend, sie, die Bohumila hinter ihm, die Arme um seine Hüften geschlungen, die Hände vor seinem Bäuchlein verschränkt, zu dessen bierfaßähnlicher Gerundetheit – Bohumila dachte mit Stolz daran – sie seinerzeit als Wirtin der *Grünen Jungfer* nicht unwesentlich beigetragen hatte. Immer hatte sie ihm blind vertraut bei ihren gemeinsamen Ausfahrten, so auch jetzt, nur er wußte, wohin die Reise ging, alles, was sie tat, war, ihre Wange auf seinen Rücken zu legen und auf seine Bewegungen zu lauern, denn die wahre Sozia ahnte die Schräglagen in den Kurven instinktiv voraus und brillierte durch eine Anschmiegsamkeit, die Fahrer und Fahrerin zu einem einzigen vereinten Körper machte. Wenn sie so durch die Kurven glitten als der perfekte Pas de deux für Moped und Landstraße, dann mußte jeder am Rinnstein Stehende, der sie vorbeiknattern sah, denken: Was für ein schönes Paar doch! Zwar war Bohumila dieser Meinung schon immer gewesen, nur Vančura sträubte sich gegen dieses felsenfest stehende Faktum. Eigentlich hätte er sie heiraten müssen, wenn es mit rechten, nämlich mit Herzensdingen zugegangen wäre, nachdem das mit ihrem Alten passiert war. Aber es ging ja auf der Welt nicht mit rechten Dingen zu. Anstatt vor den Standesbeamten hatte er sie vor die Leiterin des Pflegeheimes geführt. Ach, Bohumila wollte gar nicht mehr daran denken, an diesen größten Verrat

ihres Lebens, denn jetzt schien ja doch noch alles gut zu werden … sie hatte Vančura schon fast verziehen. Gut wurde es immer dann, wenn sie beide auf dem Moped saßen und Bohumila sich schwerelos fühlen durfte, und das bei gerade einmal 60 km/h, mehr gab nämlich die Maschine des Dokterchens beim besten Willen nicht mehr her. Für die Bohumila aber war es, als flögen sie dahin, und speziell heute, da sie von Vančura aus ihrer langen Pflegeheimkerkerhaft befreit worden war, ertappte sie sich bei dem Gedanken: Ach, wenn doch nur die letzte, die allerletzte Fahrt auch einmal so wäre …
Vančura dagegen hatte das Gefühl, als ob Bohumila heute nicht recht bei der Sache sei. Geradezu teilnahmslos hing sie an ihm dran, wie ein Sack voller Kartoffeln, leblos und unbeweglich. Manchmal dachte er: Ist sie überhaupt noch da? Weil er gar nicht spürte, daß sie sich mit ihm in die Kurven legte. Oder war sie ihm schon längst von der Sitzbank gekippt? Den frischesten Eindruck hatte sie schon den ganzen Tag über nicht auf ihn gemacht. Und auch die letzte Woche nicht. Er würde sie doch hoffentlich nicht überfordern mit dieser kleinen Spritztour? Noch dazu, wo sie doch an einem Ort enden würde, wo eine große Aufgabe auf sie wartete. Er war der festen Überzeugung gewesen, er würde ihr eine Freude damit machen. Und vielleicht sogar ein klein wenig neuen Lebensmut entfachen. Auf einmal wurde er unsicher.
Die Straße führte einen Hügel hinauf. Das letzte Dorf, durch das sie gekommen waren, lag schon lange hinter ihnen. Der Wald rechts und links der Straße schien immer noch näher an die Fahrbahn heranzurücken, im Unterholz war es schummrig und nur hie und da stach das Bild einer besonders giftig hervorleuchtenden Pilzkappe aus dem Graugrün.
Oben auf der Hügelkuppe weitete sich eine nicht sehr große Lichtung, die von einem hohen Zaun umgrenzt war. Von

Spitze zu Spitze der betonierten Zaunpfähle mußte früher ein Stacheldraht gespannt gewesen sein, mittlerweile, vom Rost zerfressen, hingen nur mehr Reste davon herunter. Die Straße führte auf ein Tor im Zaun zu, seine zwei Flügel standen weit offen. Was immer hier einmal abgesperrt und abgeriegelt worden war, es hatte seine Wichtigkeit, seine staatstragende Heimlichkeit verloren.
Im Inneren des Areals standen mehrere langgestreckte, zweigeschossige Wohnbauten, ehedem mit Eternitplatten verkleidet, die ebenso zerschlagen waren wie etliche Scheiben der Sprossenfenster. Das Glas war längst erblindet, und so manche Scheibe hing zersplittert im bröckelnden Fensterkitt. Man hatte sich nicht einmal die Arbeit gemacht, die Scherben vollständig herauszuschlagen, sondern nur ein Stück Pappkarton von innen dagegengeklebt.
Die Häuser standen im Karree um einen Turm herum, der dreimal so hoch wie die Häuser war und ohne Fenster. Sein walzenförmiger Baukörper war vollständig mit Blech verkleidet, er erinnerte, wenn nicht vom Material, so doch von der Gestalt her an den Bergfried einer Burg. Wie bei einem solchen befand sich auch hier der Zugang vier, fünf Meter über Bodenniveau und war über eine Treppe zu erreichen. Im Falle einer Belagerung und bei Entfernen der Treppe müßte man in diesem Turm eigentlich relativ sicher sein, allerdings auch lichtlos eingeschlossen wie in einem senkrechten Grab. Wozu nur hatte der mal gedient, früher?
Vančura steuerte auf einen der Wohnbauten zu, der durch eine Bierreklame an der Hauswand und aufgespannte Werbesonnenschirme als eine Art Gaststätte auszumachen war, außerdem standen aus unbearbeiteten Baumstämmen gezimmerte Bänke und Tische davor. Nur Gäste waren keine da, sah man von einem kleinen Rudel räudiger Hunde ab, die rund um die Tische alles abschnüffelten und aus braunen

Wasserpfützen in den Mulden der festgetrampelten Lehmerde tranken.
»Wir sind da«, sagte Vančura. Er half Bohumila abzusteigen, es schien, als ob sie taumelte.
»Was ist das hier?« fragte sie.
»Das werden Sie gleich sehen.«
Sie betraten das Haus durch eine Schwingtür, die allerdings mehr eine knarzende Klemmtür war. Man hörte Stimmen im Haus, Frauen, Kinder, Männer, alles durcheinander, und vor allem: alle Sprachen durcheinander, keine kam Bohumila oder Vančura irgendwie bekannt vor. Erst hörte man nur die Stimmen, sah niemanden, außer einem vorwitzigen Kleinkind, das gerade erst laufen gelernt hatte. Es wackelte aus einer offenstehenden Wohnungstür heraus, mit nichts weiter bekleidet als einem T-Shirt, der Anblick der beiden Fremden warf es sofort um, auf den Hintern, mühsam richtete es sich wieder auf und lief schreiend dorthin zurück, wo es hergekommen war.
Vančura und Bohumila gingen einen langen Flur entlang. Nach und nach zeigten sich die Bewohner des Hauses, jedoch nur zögerlich, gemäß einer über lange Zeit erworbenen Vorsicht, wie es schien. An den Türstöcken tauchten Gesichter auf, es fing meist weit unten an, auf Kniehöhe, daß sich ein Kleinkindgesicht hervorschob, mit breiumschmiertem Mund, darüber der nächste Kopf des schon älteren Geschwisterchens, darüber der Bruderkopf mit einem ersten Oberlippenflaum, darüber ein Grimassen schneidendes wieder jüngeres Geschwistergesicht und fast schon unterm Türsturz dann der Mutterkopf, der aber nur kurz, weil sogleich ließ er ein Kommando vernehmen, auf das hin alle Köpfe wieder verschwanden, diesmal blitzartig in einer einzigen Bewegung. Kurz darauf ging drei Meter weiter rechts dasselbe Schauspiel los, und so fort. Bohumila und Vančura

schritten durch ein Spalier von Neugierigenblicken, deren Choreographie – durch viel Übung vielleicht – aufs genaueste einstudiert war und an keiner einzigen Stelle hakte oder gar aussetzte.
Vančura schritt auf eine Art und Weise zielstrebig voraus, daß Bohumila annehmen mußte, er kenne sich in diesem Gebäude bestens aus. Als ihm am Ende des Ganges aus der letzten Tür freundlich ein Frau entgegenkam und ihn überschwenglich begrüßte, war klar: Er war hier bekannt. Bohumila fiel auf, daß diese Frau eine helle mitteleuropäische Hautfarbe hatte. Die anderen Gesichter waren alle braun gewesen, und zwar in sämtlichen Farbabstufungen. Bohumila wollte sich noch einmal vergewissern, ob sie auch wirklich richtig gesehen hatte, drehte sich daher um, den Flur entlangzuschauen – aber da war niemand mehr. Allenfalls ein aufgeregtes Geschnatter war zu hören, so als ob in sämtlichen Zimmern rechts und links des Flures die Ankunft der Fremden heftig besprochen und weitergesagt würde.
»Willkommen, Bohumila!«
Die Katlecová war überrascht, daß man sie hier kannte, beim Vornamen nannte und anscheinend schon erwartete. Sie sah Vančura an, der neben ihr stand, ob er ihr nicht eine Erklärung schuldig sei. Der grinste nur. Und sagte: »Nun schauen Sie sich doch erst mal die Küche an!«
»Ja, genau, kommen Sie! Ich zeige Ihnen Ihr Reich. Sie können übrigens Lenka zu mir sagen.«
Die Frau ging voraus. Bohumila und Vančura folgten. Die Wirtin flüsterte ihm zu: »Wollen Sie mir nicht endlich sagen, wo wir überhaupt sind, Dokterchen? – Und wer die ist … diese Lenka?«
Lenka hörte natürlich das Geflüster. Man hatte sofort den Eindruck, sie hörte überhaupt alles, was in diesem Haus vor sich ging. Es schien ihr Haus zu sein. Nicht daß es ihr ge-

hörte, aber daß es unter ihrer Obhut stand. Das merkte man allein schon an der Art, wie sie durch die Gänge schritt. »Wir sind hier das Heim für Gestrandete«, sagte sie.

»Wieso gestrandet? Seit wann hat Böhmen ein Meer?« konterte Bohumila. Und Vančura dachte sich: ›Schau an, so ganz und gar desorientiert, wie sie im Pflegeheim immer tut, ist sie demnach gar nicht.‹ Er klärte Bohumila auf: »Nicht alle Gestrandeten spuckt das Meer aus. Manchmal liegen sie auch am Flughafen auf dem Fußboden und das, obwohl sie gar nicht mit einem Flieger gekommen sind. Sie tauchen plötzlich auf, sind da, und keiner weiß, woher sie kommen. Es ist, als täte sich der Boden auf, spucke sie aus und schließe sich danach sofort wieder, und zwar fugenlos. Du weißt nicht, woher sie kommen und wie sie plötzlich da sein können. Spricht man sie an, ziehen sie ein Pappschild unter ihren Trainingsjacken hervor, und da steht, manchmal im lateinischen Alphabet, manchmal aber auch in arabischen Schriftzeichen: Asyl. Oder man öffnet die verplombten Türen eines Kühllasters und drinnen steht ein Häufchen schnatternder Menschen, halb verdeckt von gefrorenen Schweinehälften, die mit klappernden Zähnen gerade noch ein Wort hervorbingen: Asyl. Oder sie hocken droben an der Grenze zu Polen in den Wäldern, in diesen Bunkern, die es dort noch immer gibt, obwohl wir gar keinen Krieg mehr haben … oder vielleicht ist ja doch Krieg, aber nur ein anderer, dessen Aussehen wir noch nicht kennen. Jedenfalls sie sitzen in diesen Bunkern, in denen sie irgend jemand abgesetzt hat, und wenn ein Förster sie entdeckt, dann schicken die Mütter die Kleinsten nach vorne, daß sie sich an das Bein des Försters hängen und betteln: Asyl.«

Lenka blieb stehen, legte Vančura die Hand auf den Unterarm. »Ja, ja, Sie haben recht, Vančura«, und vorgebeugt zu Bohumila sagte sie, »ihm als Schriftsteller gefällt so etwas natürlich. Jede Woche kommt er zu uns, früher mit dem Moped, in letzter Zeit mit dem Bus. Unten an der letzten Kurve, wo es geradeaus Richtung Burgruine geht, dort ist die Haltestelle. Steigt nur nie jemand aus. Bis halt auf unseren Doktor. Der läßt sich hier oben von allen ihre Geschichten erzählen. Unser Doktor versteht ja allerhand Sprachen«, sie drohte ihm mit dem Zeigefinger, »oder er tut vielleicht nur so. – Jedenfalls: Geschichten gibt's hier im Haus ohne Ende. Das gäb Romane! Aber er schreibt ja nicht mehr, unser Doktor, schade. Allein der Roman dieses Ortes hier, ich meine die ganze Bergkuppe und was hier schon alles war und geschah, früher und jetzt, das wäre großartig, ein Roman so dick wie ›Krieg und Frieden‹, aber er schreibt ihn ja nicht mehr. Es müssen wohl Jüngere ran. Apropos ›ran‹: Das hier wäre jetzt die Küche.«

»Ja und?«

»Schauen Sie doch mal hinein!«

Bohumila hatte immer noch nicht die leiseste Ahnung, was man von ihr eigentlich wollte. »Meinetwegen«, sagte sie und öffnete die Türe mit der Milchglasscheibe. Dahinter: tatsächlich eine Küche. Bohumila stutzte. In der Mitte ein großer Kochherd, von allen Seiten her bedienbar. Nicht gerade neu, aber frisch gescheuert und eins a eingekocht. Da war eine Fachfrau am Werk gewesen. Bohumila ging zum Herd, klappte das Backrohr auf und holte die Backreinen verschiedener Größe, die ineinander gestellt waren, heraus. Alte emaillierte Backreinen, in den Ecken waren kleine Stücke des Glasflusses herausgeplatzt, das darunterliegende Metall schwarz oxidiert. Bohumila nahm eine der Reinen, drehte sie hin und her. Um auch die allerletzten Zweifel zu zerstreuen, nahm sie noch eine der Soßenkellen, die an einem Gestänge über dem Herd hingen, und sah sie sich an.

»Das ist meine Küche!«
Vančura grinste. »Wie sie die *Grüne Jungfer* abgerissen haben«, sagte er, »glauben Sie, da hätte ich zugeschaut, wie ein Bulldozer einfach Ihre ganze Küche auf einen Haufen schiebt?«
»Was?! Die *Jungfer* ist abgerissen worden?«
Das hatte Vančura für einen Augenblick ganz vergessen, daß sie diese Nachricht der Wirtin bislang tunlichst verschwiegen hatten. Man mußte ihren Wunsch nach einem zuckersüßen Hingehen, den sie die letzten Wochen rigoros in die Tat umzusetzen versucht hatte, nicht noch zusätzlich unterstützen. Auch Lenka bemerkte, daß gerade ein heikler Punkt erreicht war. »Wir sind Herrn Vančura sehr dankbar«, mischte sie sich ein, »daß er uns den Tip gegeben hat. Ich bin mit ein paar von meinen Schützlingen runtergefahren nach Hlavanice. Wir haben alles ausgebaut und hierher gebracht. Sie hätten einmal sehen sollen, wie sich die gefreut haben. Vor allem, daß sie endlich einmal etwas zu tun haben. Ich hab ja alles hier, vom Professor bis zum Mechaniker, von der Programmiererin bis zur Schneiderin. Wir leben auf unserer Bergkuppe völlig autark. Man könnte uns ruhig unten ganz vergessen. Wir würden hier leben wie in dieser Arche, Sie wissen schon, die an der Bergspitze hängengeblieben ist.«
»... gestrandet«, warf Vančura ein. »Damals, der Noah mit seiner Crew. Da war auch kein Strand vorhanden, kein Meer und kein Strand, und trotzdem gestrandet.«
»Nur das Essen«, machte Lenka weiter, »das wurde bisher geliefert. Uns fehlte einfach die Köchin zu dieser Küche. Die sich mit all dem hier auskennt. – Bis jetzt haben wir uns von der Werkskantine unten in Pec beliefern lassen.«
»Aber das soll jetzt anders werden«, mischte Vančura sich wieder ein. »Sie wissen doch, Gnädigste, wie die in dem Betonröhrenwerk in Pec kochen. Der reinste Schlangenfraß.

Kein Vergleich mit der Küche der *Grünen Jungfer.* Die hier wieder auferstehen wird, meinen Sie nicht?«

Bohumila tat sich schwer, diesem wechselseitig auf sie eindringenden Redestrom zu folgen. Was wollten die bloß von ihr? Vančura erklärte es ihr, ganz langsam und ganz genau.

»Ich hab mir gedacht, weil Sie unten im Altenheim ... na, da sind Sie doch immer nur herumgesessen, Sie hätten sich mal sehen sollen, ein Häufchen Elend. Und es muß ja nicht gleich in Arbeit ausarten, jede Menge Helfer hätten Sie jedenfalls. Mehr so eine Fernsehköchin, verstehen Sie, alles dirigieren, schlau daherreden, Anweisungen geben ... wenigstens zwei-, dreimal in der Woche. Juckt es denn gar nicht auf der Zungenspitze, mal wieder die alten Gerichte, Kohlsuppe süß-sauer, wär das nichts?«

Bei den Worten »jede Menge Helfer« waren Bohumilas und Lenkas Blicke Richtung Tür gewandert. Denn dort lugte tatsächlich schon wieder eine ganze Reihe von Köpfen um den Türpfosten herum. Doch diesmal verschwanden sie nicht wieder schreckhaft, sobald sie entdeckt wurden. Lenka winkte ihnen, näher zu kommen. Schüchtern betraten Frauen und Mädchen die Küche. Mädchen mit Haarzöpfen, in die Perlen geflochten waren und die waagrecht über den Ohren von den Köpfen abstanden. Sie kamen näher an Bohumila heran, zupften an ihrem Mantel, nestelten an ihrer Handtasche. Nicht daß es zudringlich gewesen wäre, wie sie sich der Bohumila näherten, sondern vielmehr einnehmend und umgarnend, so daß die Wirtin gar nicht anders konnte, als sich zu dem ein oder anderen Mädchen herunterzubeugen, es nach seinem Namen zu fragen, seine Perlenkette zu loben, die es um den Hals trug, »ist die aber schön«. Dann richtete sie sich auf. »Habt ihr denn gar keine weiße Kittelschürze hier?« fragte Bohumila, und sogleich war Lenka damit zur Stelle.

»Was wollen wir heute kochen, Kinder?« fragte sie beim Überstreifen der Kittelschürze die vielen Helfer, die nun alle um sie herumstanden. Und erhielt ein Kichern und Schwatzen als Antwort, von dem sie allerdings kein einziges Wort verstand. Aber was machte das schon? Bohumilas berühmte Kohlsuppe jedenfalls würde in Zukunft eine deutlich andere Geschmacksnote bekommen, mehr weltrezeptmäßig.

Vančura und Lenka ließen die Meute alleine in der Küche. »Die kommen auch ohne uns klar«, sagte Lenka. Und das sogleich einsetzende Klappern und Scheppern diverser Töpfe und Reinen gab ihr recht.

VITRINE MIT EINEM SARI UND ZEHENSANDALEN, DANEBEN AN DER WAND DER LEBENSGROSSE SCHATTENRISS EINES MANNES, IM GEHEN BEGRIFFEN, MIT BOWLERHUT

Die Zeiten, da Europa und der Schwarze Kontinent zusammen ein gemeinsames Urafrika bildeten, sind lange schon vorbei. Grenzen und Meere liegen mittlerweile zwischen den Erdteilen, und ein Herüberkommen von hier nach da gestaltet sich schwieriger als zu Zeiten, als noch nicht einmal das Rad erfunden war. Heutigentags klettern blinde Passagiere in die Radkästen mächtiger Flugzeuge, die sich erst einige Zeit nach dem Abheben und Einziehen riesiger Pneus schließen (was für Blicke hinunter bei donnerndem Luftzug mögen sich da ergeben?), und müssen aufpassen, daß sie beim Landeanflug nicht abgeworfen werden wie unnütze Sandsäcke. Und das alles, um dann doch nur von der Flughafenpolizei irgendeines Airports in Frankfurt, Paris, Prag oder Mailand aufgegriffen und – welch humanistisch geprägte, abendländisch christliche Grundeinstellung wird hier doch offenbar! – nicht noch einmal für den Rückflug in diesen Radkasten, sondern mit in Handschellen gefesselten Händen in die Touristenklasse gestopft zu werden, wohlgemerkt: Touristenklasse! Andere probieren es über das Meer, in oft nicht einmal steuerbaren Nußschalen, und können von Glück reden, wenn sie als halbverdurstetes Strandgut an einer der Küsten des freien Europas angeschwemmt werden. Wieder andere vertrauen sich Menschen an, die mit aufgehaltener Hand und klaren Preisvorstellungen ihnen aufs glaubhafteste versichern, sie würden den Weg ins Gelobte Land kennen. Tatsächlich aber setzen sie ihre Kundschaft mitten in einer Novembernacht draußen im Wald aus und zeigen mit ihrem Finger in das Bleigrau eines gerade aufkommenden Schneesturmes, verbunden mit der Aufforderung: Die letzten paar Meter bis zum Paradies, die geht mal schön alleine. Man selbst müsse mit dem Schlepperauto (fensterlose Kastenwägen zumeist) leider schon wieder umkehren, denn das nächste Häuflein Orientierungsloser warte ja schon im Hinterland. Die auf den letzten Metern bis zur Grenze Alleingelassenen werden leider nicht vollzählig an ihrem Ziel, wo sie sogleich von Schleierfahndern in Empfang genommen werden, ankommen, eine Mutter mit ihren beiden Kindern wird in der weißen Hölle des Schneesturms den Anschluß an die übrigen verlieren, man wird alle drei später erfroren unter einem zuwenig Schutz bietenden Felsüberhang finden, Sari und Zehensandalen waren halt doch nicht die richtige Ausrüstung für die Überquerung eines mitteleuropäischen Gebirgszuges. Unter den auf der anderen Seite der Grenze Aufgegriffenen soll es einen Mann gegeben haben, der anscheinend ganz alleine, völlig ohne Familie unterwegs gewesen ist, jedenfalls wollte auf der Polizeistation, als man familienweise Grüppchen bildete, niemand mit ihm in Verbindung gebracht werden. Er war auch der einzige, der in einen Anzug gekleidet war, wobei die dunkelblaue Färbung des Stoffes gar nicht recht mit dem Dunkelbraun seiner Haut harmonieren wollte. Dieser Mann mit Hut, nicht unähnlich dem englischen Bowler, war sogar der einzige, der einen Paß bei sich führte, was insofern dumm war, weil solche Herkunftspapiere normalerweise eine Rückführung und Abschiebung deutlich vereinfachen (weshalb sie von den anderen Flüchtlingen stets frühzeitig weggeworfen werden). In diesem Fall aber nicht, denn der Paß war ausgestellt auf eine hellhäutige blonde Frau mit einem zweifelsfrei finnischen Namen. Grinsend zeigte der Mann diesen seinen Paß vor und schien enttäuscht zu sein, als er bei den Polizeibeamten eine erst verblüffte, dann ärgerliche Reaktion erzeugte. (»Kerl, wenn du uns verarschen willst, paß auf ...!«) Es begann nun seitens der Polizeibehörden eine langwierige Befragung dieses Mannes. Dolmetscher verschiedener Sprachen wurden hinzugezogen, doch der Mann reagierte auf sämtliche Anreden in keinster Weise. Allenfalls daß er sich an die Krempe seines Bowlers griff. »Pan Tau« nannten ihn die Polizeibeamten schon bald in ihrer Hilf- und Ratlosigkeit. Landkarten, die ihm vorlegt wurden und auf denen er sein Heimatland hätte anzeigen sollen, quittierte er lediglich mit einem Lächeln. Vorschläge, die man ihm seitens der Polizeibeamten machte, indem man auf Länder zeigte, die mit einiger Plausibilität mit der dunklen, vielleicht in Richtung Indien weisenden Hautfarbe des Mannes in Übereinstimmung zu bringen gewesen wären – »home?! your home?, are you there at home?« –, beantwortete der ins Kreuzverhör Genommene mit einem bedauernden Kopfschütteln. »Pan Tau« war und blieb ein Rätsel. Ein Gestrandeter an den Ufern des Böhmischen Meeres. Einer, der alles verloren zu haben schien, Paß, Gedächtnis, Sprache. Der nebenstehende Schattenriß an der Wand mit dem charakteristischen Bowler soll an ihn erinnern, an den Mann ohne Heimat, den ewigen Wanderer über die Böhmische Masse.

III.

Glossa mundi
und
Aufbrüche unterm Abendstern

»Man begegnet überall Leuten, die Uhren haben,
und sehr selten Leuten, die Kompasse haben.
Man muß immer die Zeit wissen […],
aber man fragt sich nie, wo man ist.«
George Perec

›WARUM NUR ERZÄHLST DU DER DAS ALLES?‹ hatte sich Franziska einen Moment lang gefragt und sich selbst nicht verstanden. Immerhin war die Bacherin doch so etwas wie ihre Rivalin. Sie hatte ihr ganz offensichtlich den Lober entführt. Vielleicht ja sogar verhext? (Warum sonst hatte er sich nicht mehr gemeldet?) Jedenfalls: Ohne dazu aufgefordert worden zu sein, hatte Franziska losgelegt mit ihrer Lebensbeichte. Alles war aus ihr herausgesprudelt, die ganze Geschichte mit Lober, wie sie sich kennengelernt hatten, wie sie versucht hatten zusammenzuleben, nämlich kurioserweise, indem jeder weiter in seiner eigenen Wohnung hauste, das hatten sie so ausgemacht und das war ja auch irgendwie in Ordnung gewesen, jedenfalls hatte sich Franziska sehr bemüht, sich das immer wieder einzureden. Nur der gewisse letzte Liebesbeweis habe ihr halt doch manchmal gefehlt, »es hätte ja gar kein glühend-heißer zu sein brauchen, mir wär ja auch schon ein lauwarmer recht gewesen, ein lauwarmer Liebesbeweis, ist denn das wirklich zuviel verlangt?« hatte sie ihre frisch gewonnene Intimfreundin gefragt. ›Blöd eigentlich‹, kam es Franziska jetzt zu Bewußtsein, ›sie ist doch deine Konkurrentin, und wer weiß, vielleicht hat Helmut ihr ja die heißesten Schwüre ins Ohrläppchen geknabbert, Zusammenzieh- und Heiratsanträge, und ich dumme Gans frag sie auch noch, ob sie das versteht, daß man manchmal ja auch mit einer lauwarmen Liebeserklärung zufrieden wäre‹, aber da kam schon die Antwort und Absolution durch die Beichtmutter. Es war ein etwas österreichisch geknautschtes, aber doch auch recht verständnisvolles «jo, eh!«.

Franziska verstand ihre eigene Vertraulichkeit nicht. Aber dieser Frau war einfach alles zu gestehen. Natürlich auch, daß die Geschichte mit dem Weinstöpselfabrikanten, dem Werner, doch nur deshalb von ihr eingefädelt worden war, um Lober endlich einmal aus der Reserve zu locken. Mittlerweile habe sie ihn ja einfach stehen lassen, diesen Cabriolet-Schnösel, Knall auf Fall, mitten auf der Straße, droben am Brenner, weil plötzlich sei ihr klar geworden, Werner sei ja nur ein Reizmittel gewesen, sie habe Lober endlich einmal zu irgendeinem Gicks oder Gacks provozieren müssen, »ist der bei dir auch immer so verstockt?« fragte Franziska noch einmal nach, »hat sich der von dir auch immer alles aus der Nase ziehen lassen?« und alles, was die Bacherin dazu zu sagen hatte, war wieder nur ein »jo, eh!«.
Bei der war anscheinend alles »jo, eh!«, kam es Franziska vor. Schon wie sie im Haus von diesem Hlavatschek ihr entgegengekommen war, um sie zu begrüßen. Als ob sie auf sie gewartet hätte, jo!, weil sie ja scheinbar eine alte, längst vertraute Freundin war, eh! Dabei hatten sich Franziska und Walter wie Einbrecher ins Haus geschlichen. Walter tat so, als kenne er sich aus im Anwesen, was natürlich nicht stimmte. Jedenfalls: Man hätte auch ganz anders auf die Eindringlinge reagieren können, erschrocken zum Beispiel, kreischend oder zumindest ein barsches »Wer sind Sie und wie kommen Sie hier herein?« ausstoßend. Die Haustüre war nur angelehnt gewesen, und auch die Klingel hatte nicht funktioniert. Franziska und Walter waren den Stimmen ins Hausinnere gefolgt. Bis sie in jenem Zimmer standen, in dem sich zwei Männer und eine Frau eifrig über Pläne beugten, die auf einem Tisch ausgerollt lagen. Franziska war es gewesen, die sich erst geräuspert und dann »Grüß Gott« gesagt hatte. Langsam drehten sich die drei am Tisch um. Der Hausherr hob etwas erstaunt die Augenbrauen. Multerer wandte sich gleich wieder den

Plänen zu, so als ob er sich von diesem ungebetenen Besuch nicht im geringsten stören lassen wollte. Nur die Bacherin hatte interessiert aufgeschaut, Franziska gemustert und war dann auf sie zugegangen.
Erst da sah sich Walter bemüßigt, die Situation zu erklären.
»Ich bin hier vom Ort … der Walter«, sagte er und streckte Hlavatschek die Hand zur Begrüßung entgegen, und der war auf einmal sichtlich erfreut über diesen eigentlich doch recht dreisten Eindringling. Aber nachdem es ja »Walther« höchstpersönlich war … Nur daß der eines Tages ausgerechnet in Cowboystiefeln vor ihm stehen würde, das hätte sich Hlavatschek auch nicht träumen lassen. Walter stellte Franziska vor und schilderte erstaunlich kurzgefaßt und präzise, wer sie sei, wen sie suche und warum sie beide glaubten, den Betreffenden ausgerechnet hier zu finden.
»Bei Ihnen hält sich doch ein gewisser Herr Lober auf, nicht wahr? Ihre Frau jedenfalls hat uns das gesagt.«
»Lober? Ich kenn keinen Lober«, antwortete Hlavatschek hörbar genervt, »kann sein, daß hier ein Lober durchgehuscht ist, heute. Sie machen sich ja keine Vorstellung, wer hier alles kommt und geht.«
»Sie meinen sicher diesen Vertreter«, ließ sich nun Multerer vom Tisch her vernehmen, aber auch er schien von der ganzen Angelegenheit nur bei weit Wichtigerem gestört zu sein. »Der ist mit meiner Frau aufgebrochen, wenn Sie's interessiert. Weiß auch nicht genau wohin. Kleine Fahrt ins Grüne, nehm ich an. – Können wir jetzt vielleicht wieder zum Wesentlichen zurückkehren? Ich meine, wir sind ja nicht nur zum Vergnügen hier!«
»Richtig!« pflichtete ihm Hlavatschek bei. Er wandte sich jetzt an den männlichen Teil seiner Gäste. Die Bacherin und Franziska waren eh in ein angeregtes Gespräch vertieft. Hlavatschek nahm Walter beim Arm und zog ihn zu

Multerer mit an den Tisch. »Sie müssen uns erzählen, Herr Walther, wo Sie überall herumgekommen sind.« Und an Multerer gewandt, wurde er auf einmal auch viel verbindlicher, »Zacharias« hieß es jetzt auf einmal und »darf ich Ihnen Walther vorstellen? Herr Walther hat zu uns gefunden, ist das nicht fantastisch? Wir sollten überlegen, ob Sie nicht, lieber Walther, gewissermaßen als *Singer in Residence,* ständiger Gast unseres Begegnungszentrums werden sollten. Wir sind nämlich gerade dabei, sehen Sie, das Walther-von-der-Vogelweide-Begegnungszentrum zu planen. Sie könnten hier wohnen und die Gäste begrüßen. Als guter Geist des Hauses. Nur, wenn es Ihnen nichts ausmacht, dann würde ich vorschlagen, daß wir die Cowboystiefel gegen Schnabelschuhe austauschen.« Walter verstand kein Wort. Außer daß Hlavatschek von ihm wissen wollte, wo er schon überall herumgekommen sei.

»Ich hab Gigs schon in ganz Österreich gespielt.«

»Interessant!« meinte Hlavatschek.

»Am ärgsten war's immer in Kärnten. Einmal wollten sie die Bühne stürmen. Die hätten mich ordentlich am Wickel gehabt. Aber ich bin durchs Fenster vom Abort stiften gegangen. Schaun S' her, mit solche Händ', sucht man da einen Fetz?«

Hlavatschek neigte sich zu Multerer und fragte, mit Blick auf den Plan vor ihnen, »was meinen Sie, können wir nicht noch irgendwo so eine Art Zimmerkuchlkabinett mit einplanen, für unseren Herrn Walther. Das wäre doch wirklich eine Sensation, wenn er hier gewissermaßen als Meister des Hauses …«

»Sie meinen Hausmeister?«

Hlavatschek lachte. »Aber nein, Multerer! Unser Herr Walther doch nicht. Kommen Sie, lassen Sie uns das in Ruhe besprechen. Ich geh noch mal in den Keller, da muß doch

noch irgendwo ein Flascherl ...« Und schon war er draußen bei der Tür und die Kellerstiege hinunter.
Für die Bacherin war dies das Signal zum Aufbruch. In dieser Herrenrunde würde sie nicht mehr länger gebraucht werden. Und Franziska, sollte sie die mitnehmen? Ohne daß sie einen Ton zu sagen brauchte, las ihr die Bacherin die bettelnde Frage von den Augen ab. ›Darf ich mitfahren?‹ Und ihre Antwort darauf? – Jo, eh!

* * *

»**VON UNS WIRD WOHL NIE ETWAS** in diesem Museum zu lesen sein, was Pepin?«
»Hhm.«
Das war alles, was Pepin dazu zu sagen hatte. Statt solcher schwergewichtigen philosophischen Fragestellungen beschäftige ihn ein ganz anderes Problem: Wo nur hatte Vančura die letzte Flasche Sliwowitz versteckt? Denn daß ihnen jetzt ein Gläschen zustand, nach der harten Arbeit, war wohl klar. Außerdem: Hatte Vančura nicht selber gesagt, als sie sich nach der Abwicklung des Mopedrückkaufs verabschiedet hatten: »Bedient euch nur. Is' alles da!« Also: Wo war die Flasche? Den Küchenschrank hatte Pepin schon von oben bis unten durchsucht. Blieb nur noch die Speisekammer.
»In unserem Leben ist halt nichts passiert. Nichts Weltbewegendes. – Nichts Museumswürdiges!« Jožo schwelgte noch immer, mit verlorenem Blick an den Plafond, in Grundsatzüberlegungen.
»Hm«, war aus der Speisekammer zu hören.
»Obwohl ... damals, als wir diesen Prachtkerl aus der Pivoňka herausgezogen haben, diesen Zweitmeterburschen, das wär schon was gewesen.«

Scheppern und Klirren aus der Speisekammer. Und ein »Harrgott, is' hier vielleicht ein Saustall! So was will ein Geistesmensch sein, ein Mann von Kultur. Und kann nicht mal ordentlich aufräumen.«

»Wir hätten ihn vielleicht doch nicht aufschnabulieren sollen, sondern zum Tierpräparator bringen. 'N Genuß war der sowieso nicht mehr, der fette Kerl.«

»Jetzt fang du bloß nicht auch noch an, daß der fett gewesen ist!« Strahlend kam Pepin aus der Speisekammer zurück. In seiner Hand die Flasche Sliwowitz. »Und außerdem kann man gegen Fett was machen! – Im hintersten Eck hat er sie versteckt, unser Dokterchen.«

»Auf alle Fälle, unser Wallerfang, das wär das Prunkstück der ganzen Chose gewesen, in diesem … wie soll es gleich wieder heißen?«

»Museum zur Geschichte der Böhmischen Masse.«

»Genau! Oft kommt das nämlich nicht vor, daß jemand einen solchen Apparillo fängt. Und noch dazu in der Pivoňka, was ja in dem Sinn eigentlich kein Wallergewässer ist. Wir hätten halt doch irgendeinen Beweis von der ganzen Sache behalten sollen. Wenigstens den Kopf ausstopfen lassen, damit jetzt das Maul aus der Wand rausschauen könnte. Weißt du, so als ob er von außen gegen das Haus gekracht wäre und das Maul wär durch die Museumswand durchgebrochen und steckt jetzt fest. Wir haben nicht mal ein Foto gemacht, stimmt's? Wieso eigentlich?«

»Das war die Euphorie. Diese Hochstimmung, in der hat keiner an so was gedacht.«

»Wir erlegen das größte Biest aller Zeiten, zumindest der letzten vierzig Jahre, und nicht mal ein Foto davon können wir herzeigen. Ich sag ja, von uns bleibt mal nichts.« Jožo hielt sein Glas hin, damit ihm Pepin etwas einschenken konnte. Sie stießen auf ihr hartes Los an.

»Und alles andere spielt ja sowieso keine Rolle. Wie man all seine Tage so zugebracht hat, ich mein, wenn mal nix Besonderes passiert ist. Bei uns Anglern zum Beispiel, wenn den ganzen Nachmittag nur so ’ne halbwüchsige Karausche angebissen hat, die du gleich wieder in den Fluß zurückwirfst, weil du ja kein Kindermörder bist. Verstehst du, was ich meine?«

»Nicht genau.«

»Na, der ganze Kleinkram vom Leben … das Nichts … naja, das Fastnichts, das niemandem auffällt, an das sich keiner mehr erinnert, wenn es einmal vorbei ist. So was gehörte mal in ein Museum.«

»Meinst du?«

»Aber ja! Eigentlich war doch an dem ganzen Wallerfang das Schönste der Augenblick, als wir heimfuhren, den Kerl hinten auf der Rückbank vom Škoda, die Barteln von seinem Fischmaul hingen mir über die Schulter und du hast ein Lied gepfiffen.«

»Ja, eins von den Zelenáčí. Meinst du, ich weiß das nicht mehr?« Jetzt wurde auch Pepin auf einmal ganz rührselig.

»Aber was willst du da ausstellen, in ’nem Museum? Von so ’nem Augenblick bleibt ja nix.«

»Oder genauso, nachdem ich dem Vančura sein Moped abgekauft hatte …«

»Abgeluchst, wenn du mal ehrlich bist!«

»… ich hab ’nen fairen Preis gezahlt. Und überhaupt: Mußte ja generalüberholt werden. Ich hab das Ding erst mal komplett zerlegt. Da ist alles vor mir gelegen, Pleuelstange, Kolben, jedes Zahnrädchen vom Getriebe, und dann hab ich plötzlich Fracksausen gekriegt, ob ich das jemals wieder zusammenbringe. Weil auseinandergeschraubt ist schnell, aber das Zusammensetzen. Ich hab Blut und Wasser geschwitzt. Und was soll ich sagen, zum Schluß hat alles gepaßt. Eine

einzige Mutter ist übrig geblieben. Die hab ich dann über die Schulter weggeworfen. Hab partout nicht gefunden, wo die fehlen könnte. Mensch, war das ein Triumph. Wie das komplett gereinigte, neu geölte Moped da vor mir stand. Wie neu. Aber hier genauso: Was willst du da jetzt ausstellen? – Die eine Mutter vielleicht, die übrig geblieben war. Hätt' ich mal nicht wegwerfen sollen, was?«
»Siehst du, und genau davon rede ich.« Jožo schenkte Sliwowitz nach. Weil das einfach schön war und gefeiert werden mußte, daß sie jetzt doch noch zusammengefunden hatten und einer den anderen verstand. Darauf mußte doch angestoßen werden. »Das sind die wahren Augenblicke. Aber davon steht nie nix in keiner Ortschronik, und kein Museum wird jemals davon erzählen.«
»Ja. Da könntest du recht haben.«
Sie kippten das Wässerchen ex hinunter. Und glotzten anschließend auf die Böden ihrer Schnapsgläser. Als ob dort stünde, wie's weitergehen soll im Text. Sie schwiegen.
»Ein solches Museum, das bräuchten wir mal.« Anscheinend hatte Jožo doch was entziffern können, am Schnapsglasboden. »Ein Museum des Nichts. Könnt auch nur 'n Buch sein, meinetwegen. Eigentlich ist ja ein Museum auch nichts anderes als ein Buch, oder? Und ich würde gern einmal ein Buch lesen über nichts.«
»Du liest doch sowieso keine Bücher!« warf Pepin ein.
»Weil's eben die falschen Bücher sind. Meine Alte erzählt's mir doch immer. Die frißt ja die dicksten Schinken. Und ich muß mir jeden Morgen beim Frühstück wieder das *Was bisher geschah* anhören. Wer wieder welchen Mörder gejagt und welche Frau welchen Mann verlassen hat, natürlich auch welcher Mann welche Frau, und wie die Geschlechter kommen und die Geschlechter gehen und Krieg und Frieden und dann wieder das Gesicht eines jahrzehntelang Vermißten und plötz-

lich Heimgekehrten von draußen an die vereiste Fensterscheibe gedrückt, und nicht zu vergessen Wahnsinn und Eifersucht und in einem Geheimfach des Sekretärs plötzlich aufgefundene Liebesbriefe, die alles zerstören, und Spielschulden und an Schläfen gehaltene Pistolen und erwachsene Söhne, die völlig unverhofft an der Haustüre stehen und sagen, ›oh, endlich find ich dich, Papilein, ich bin's, dein Sohn‹.«

»Hab schon kapiert«, sagte Pepin. Aber Jožo war trotzdem grad so schön in Fahrt.

»Und dann erst noch die Heerscharen von Medicussen und wandernden Dirnen, vergiftete Domherren und kopfüber in Blutfässern steckende Mönche, Wunderheiler, Alchemisten …«

»Es is' gut, Jožo! Ich hab verstanden. Aber kein einziger, der über zwei so nette Kumpels wie uns schreibt. Zum Beispiel.«

»Genau! Schon weil sich mit uns keiner abgeben will.« Jožo dachte nach. »Außer der Vančura vielleicht?«

»Wie kommst du jetzt auf den?«

»Na, weil er doch Schriftsteller ist … zumindest gewesen ist. Ich hab ja nie was gesehen von ihm, aber erzählt worden ist es ja immer, daß der früher Bücher geschrieben hätte. Würd' gern mal wissen, was da drin stand. Überall haben sie herumerzählt, was wir hier für eine Berühmtheit in Hlavanice wohnen hätten. In letzter Zeit freilich weniger. Die Jungen sowieso nicht mehr. Die scheinen den gar nicht mehr zu kennen. Dabei wollte sogar der Clinton unbedingt unseren Doktor sehen … bei seinem Staatsbesuch, wann war das gleich wieder?«

»Auch schon 'ne Ewigkeit her. Mein Gott, der Clinton, lebt der nicht längst schon im Altenheim?«

»Damals jedenfalls wollte er unbedingt unseren Vančura kennenlernen, den berühmten tschechischen Schriftsteller … das Gewissen der Nation.«

»Der Doktor hat mir ganz was anderes erzählt.«

»Was denn?«
»Daß der Clinton nur angeben wollte, was für ein Riesen-Saxophonspieler er ist. Nicht nur amerikanischer Präsident, sondern auch noch Saxophonspieler. Ja, der und seine Blasinstrumente, ich glaub, der hat seinen Job als Ami-Präsident nicht so richtig ernstgenommen. Wie der überhaupt so manches nicht richtig ernstgenommen hat.«
»Wahrscheinlich sitzt der längst in einem Heim für gealterte Künstler. Seine Alte soll ja jetzt ständig unterwegs sein. Die hat den Spieß einfach umgedreht.«
»Jaja, aber paß auf, was mir der Vančura weiter erzählt hat. Die Berater vom Clinton jedenfalls hätten gesagt, damit er so richtig cool rüberkommt, soll er doch in diese berühmte Prager Kneipe gehen und dort mit seinem Saxophon ein Ständchen spielen.«
»Da war der Husák noch dran, nicht wahr?« Jožo wollte beweisen, daß er mitdachte.
»Spinnst du! Husák und Jazz. Nein, das war natürlich später. Da war der Havel schon dran.«
»Na klar, der!« Jožo war noch nie ein Freund von Havel gewesen. »Der war ja immer für Hallodri und Künstlertum. Jazz, das sieht dem gleich.«
»Jedenfalls, da saß eben zufällig auch der Vančura drin. In dieser Kneipe, wo der Clinton seinen großen Auftritt hinlegen wollte. Weil er da immer drin saß, wenn er in Prag war, unser Dokterchen. Damals hatte er noch seine Wohnung in Smíchov. Er läßt sich doch von so einem Ami-Fatzke nicht aus seiner Kneipe vertreiben, hat Vančura zu mir gesagt. Und dann hat sich der auch noch, natürlich ungefragt, genau neben den Vančura an den Stammtisch gesetzt, wo doch jeder Mensch – ausgenommen Amerikaner anscheinend – weiß, daß man in dieser Welt so ungefähr alles ungestraft tun kann, nur eines nicht: sich als Fremder ungefragt an einen einhei-

mischen Stammtisch setzen. Aber zu Protest war überhaupt keine Gelegenheit. Sofort ist eine Horde von Fotografen um den Tisch herumgestanden. Am liebsten hätt' er sich einfach weggeduckt, hat mir der Vančura erzählt, unter die Tischplatte geduckt, aber mehr als ein deutlich mißbilligender Gesichtsausdruck ist ihm in der Schnelle leider auch nicht gelungen, und schon ging das Blitzlichtgewitter los.«
Jožo hörte interessiert zu. »Du weißt wohl alles über unseren Vančura?«
»Naja, wenn man so Tag für Tag beieinander ist. Der Vančura hat mich ja zu seinem Mitarbeiter ernannt. Mich hat er gewählt, sonst niemanden. Wir beide sind im Grunde die Museumsleitung, der Vančura und ich. Unsere Aufgabe ist eine ziemlich verantwortungsvolle, wenn du mich fragst.«
»Jaja, ich weiß schon. Aber ich wollte dich ganz was anderes fragen. Wenn du ihn schon so gut kennst, hast du dann wenigstens eine Antwort auf die Frage, die sich hier in Hlavanice doch jeder gestellt hat? Das Geheimnis, das keiner lüften konnte, all die Jahre. Nicht mal der Lovec, den sie ja von der Staatssicherheit nur zu diesem Zweck auf ihn angesetzt hatten, ist dahintergekommen. Ich wüßte ja zu gern, was der Lovec die zwanzig Jahre lang ständig in seinen Berichten gemeldet hat. Wirklich was gewußt hat doch der auch nicht. – Hat er dir wenigstens was erzählt, der Vančura? Jetzt sag schon: Hat er nun noch weitergeschrieben oder hat er nicht mehr?«
Pepin grinste. Es war das Grinsen des Wissenden. Was insofern irritierend war, weil er jetzt selbst einräumen mußte: »Darüber haben wir nie gesprochen.« Grinste aber immer noch. Sah sich Jožo genau an. Ob der einer war, dem man ein Geheimnis anvertrauen konnte. Pepin zögerte einen Moment. Dann aber sagte er sich: ›Is' er nicht mein bester Freund seit 30 Jahren? Waren wir nicht immer ein unschlag-

bares Team drunten an der Pivoňka und hat er auch nur einmal eine von den Stellen verraten, wo wir die sagenhaftesten Kaventsmänner herausgezogen haben? – Nein, hat er selbstverständlich nicht.‹ Und weil das so war, sagte Pepin jetzt zu Jožo: »Natürlich hat er auch mir das Geheimnis nicht verraten, is' doch klar. Aber ein altes Holzauge wie ich, du kennst mich ja, dem bleibt trotzdem nichts verborgen.«

»Was heißt das?«

»Na, daß ich mich hin und wieder etwas umgeschaut habe, wenn ich hier allein war.«

»Vančura hat dich hier in seiner Bude ganz alleine gelassen?«

»Hat er! Wenn er die Bohumila im Heim besucht hat, zum Beispiel. Und wenn ich genau darüber nachdenke, dann bin ich fast der Meinung, er hat es darauf angelegt, daß ich es finde.«

»Was finde?«

»Komm mit!«

Sie gingen auf die verglaste Veranda, die an die Südseite des Hauses angebaut war. Sie hatte dasselbe Bodenniveau wie das Wohngeschoß, das auf einem Bruchsteinfundament von zirka einem Meter Höhe aufsaß. Von der Verandatür ging man ein paar Stufen hinunter in den Garten. Der Raum unter der Veranda war aber weder unterkellert noch war die Fundamentmauer entsprechend vorgezogen. »Einem einigermaßen aufmerksamen Beobachter hätte auffallen müssen, daß hier die ideale Voraussetzung für einen Geheimschacht besteht. Ich bezweifle, daß Lovec je ein solcher aufmerksamer Beobachter war.« Pepin ging in eine der Ecken der Veranda, schob ein dort stehendes Kommödchen zur Seite, kniete sich hin und hatte im Nu zwei, drei der Bodenbretter gelöst. Er griff in den darunterliegenden Schacht und zog eine Art Reisetasche aus khakifarbenem Segeltuch hervor. Er öffnete den Reißverschluß und ließ Jožo hineinschauen. Die

Tasche war voller Papier, alles im DIN A 4-Format und mit Schreibmaschine beschrieben, zum Teil waren die Blätter zu dicken Packen zusammengebunden mit Paketschnur, teilweise lagen sie lose durcheinander.
»Was ist das?« fragte Jožo.
»Das Buch, an dem Vančura zwanzig Jahre lang geschrieben hat, ohne daß irgend jemand etwas davon wußte. – Irgendwann hat er damit aufgehört. Er weiß selber nicht mehr, ob er damit fertig war oder ob er einfach keine Lust mehr hatte. ›Da geht's mir wie Gott‹, hat er zu mir gesagt und gelacht. – Dreitausend Seiten sollen's sein.« Pepin griff in die Tasche, zog ein paar Blätter heraus, strich sie auf seinem Oberschenkel glatt. »Hier, das ist der Anfang. ›Glossa Mundi‹ … das ist der Titel, und hier das Inhaltsverzeichnis: Es geht los mit Ägypten, später spielt es dann im Jenseits und dazwischen in Prag und da wiederum in den Sechzigern und Siebzigern, aber auch zur Regierungszeit von Kaiser Rudolf, weil da soll's nämlich in dessen Schatzkammern oben auf dem Hradschin so ein seltsames Buch gegeben haben, das heute irgendwo in Amerika in einem Safe liegt, und das ist in einer Geheimschrift verfaßt, die noch niemand entschlüsseln konnte, nicht mal die Experten vom KGB.«
»Woher weißt denn du das alles? Hast du den etwa gelesen, den ganzen Packen?«
»Ach woher!«
»Hast du mit Vančura darüber geredet?« Jožo hätte an Pepins Stelle, wenn er eine solche Entdeckung gemacht hätte, ob gewollt oder ungewollt, schön die Klappe gehalten. Er hätte alles wieder an seinem Platz verstaut, hätte die Bodenbretter darüber gelegt und die Sache am besten schnell wieder vergessen.
Anders Pepin. Ihn hatte die Sache nicht in Ruhe gelassen. Immer wenn er mit Vančura zusammen war, machte er

erst versteckte, dann zunehmend eindeutige Anspielungen, daß er da von einem Geheimnis wisse, das unter einem der Fußbodenbretter verborgen sei. Bis schließlich Vančura selbst eines Tages dem Spielchen ein abruptes Ende bereitete, indem er ohne jegliche Vorbereitung Pepin plötzlich fragte: »Wie findest du eigentlich den Titel? ›Glossa Mundi‹? Eine Zeitlang hatte ich als Alternative ›Glutinum Mundi‹, Leim der Welt, im Endeffekt kommt's aufs Gleiche raus. Ich wollte erzählen, was die Welt zusammenhält«, und über diese Bemerkung sind sie schließlich in ein Gespräch über das in der Segeltuchtasche verborgene Manuskript geraten.

»Wie hast du das nur gemacht, Dokterchen?« gestand Pepin Vančura seine Bewunderung. »Dreitausend Seiten … und wir in Hlavanice dachten alle, der hockt doch eh nur den ganzen Tag bei der Bohumila in der *Grünen Jungfer* herum, was tut denn der schon?«

Vančura lachte. »Zwanzig Jahre, mein Lieber, rechne halt mal, das sind 150 Seiten im Jahr, das sind 3 Seiten pro Woche, das schreib ich dir doch mit links und ohne jede Anstrengung … Allerdings frage ich mich heute: Wozu überhaupt? Lesen wird das sowieso niemand. Was interessiert die Jungen dieses endlose Gewäsch eines gealterten Dissidenten, das er sich nachts an diesem Küchentisch ausgedacht hat. Kassiberliteratur … daß ich nicht lache.«

Pepin und Jožo waren zurückgegangen in die Küche. Jožo brauchte noch einmal einen Schluck aus der Sliwowitzflasche. »Und was passiert jetzt mit der Tasche?«

»Weiß nicht. Der Vančura jedenfalls macht nicht die geringsten Anstalten, sie aus dem Versteck in der Veranda herauszuholen. Zu mir hat er einmal gesagt: Vollkommen aussichtslos, daß daraus mal ein Buch wird. Und wieso auch? Ihn liest ja sowieso niemand mehr. Ja, so lang er noch verboten war, da wollten alle seine Bücher haben. Aber seit sie völlig ungehindert überall ausliegen ... kein Interesse mehr. Das meiste ist eh schon verramscht und aus den Verlagsprogrammen geflogen.«

»Ja, aber man kann doch so ein 3000-Seiten-Ding nicht einfach in dem Loch da draußen verschimmeln lassen!«

Pepin zuckte mit den Achseln. Jožo hatte recht, aber was sollte man machen. Solange Vančura hier der Hausherr war ... »Ich hab manchmal den Eindruck, er hat schlicht und ergreifend aufgegeben.«

»Aber die Texte fürs Museum, die wenigstens schreibt er doch noch?« wandte Jožo ein, dem Vančuras Schicksal plötzlich irgendwie zu Herzen ging.

»Schon! Aber auch da hat er in letzter Zeit ziemlich nachgelassen. Ich weiß nicht, irgendwie ist der nicht mehr bei der Sache. Und auch diese Aktion heute nachmittag, wo er unbedingt dein Moped wieder zurückhaben wollte ... ich meine, was fängt er damit an? Der wird uns doch nicht flüchten und einfach davonfahren?«

»Mit der Bohumila auf dem Sozius?«

»Wer weiß es.«

Jožo überlegte. Plötzlich riß ihn irgendeine Idee hoch. »Darum ist es um so wichtiger, daß wir weitermachen.« Er setzte sich zum Laptop an den Küchentisch, klappte ihn auf. »Was ist, Pepin?«

»Man muß es nicht übertreiben mit der Planerfüllung.« Pepin klappte den Laptop wieder zu. »Für heute ist's genug.«

»Meinst du wirklich?«

»Weißt du eigentlich, wie alt die Böhmische Masse ist? Die Tethyssee und all das Zeug?«

»Keine Ahnung! Was ist das überhaupt, Tätissee?«

»So was lernt man, wenn man Mitarbeiter bei unserem Dokterchen ist. Eine Milliarde Jahre übrigens, das Alter von dem Boden hier, auf dem wir stehen. Ich meine, kommt es da jetzt wirklich auf die eine oder andere Woche früher oder später an? Na, mit dem Fertigwerden. Vonwegen dem Museum.«

»Nein, eigentlich nicht.«

»Find ich auch. Entscheidend is' ausnahmsweise mal nicht auf'm Platz, sondern im Kopf.« Pepin tippte sich gegen die Stirn. »Hauptsache, da drin is' es. – Und jetzt wird es langsam Zeit für eine Einkehr.«

»Du meinst im *Kaiser Karl*?«

»Wo sonst?«

Seit es die *Grüne Jungfer* nicht mehr gab, waren Pepin und Jožo Stammgäste im *Gasthaus zum Kaiser Karl* geworden. Der soll hier früher öfter durchgekommen sein, auf seinem Weg von Nürnberg nach Prag. Müßte man mal genauer nachrecherchieren. Das hatte sich Pepin schon seit längerem vorgenommen. Denn eigentlich durfte Karl nicht fehlen im Museum. Es war überhaupt noch viel zu tun. Aber nicht mehr heute. *Es vertagt der kluge Enzyklopädist / was leicht aufs nächste Buch zu verschieben ist.*

* * *

»**UND SIE SIND HIER ALSO ENGAGIERT**, um sozusagen den Walther zu machen?« Multerer nutzte die Zeit, die Hlavatschek in seinem Keller auf der Suche nach einem weiteren Fläschchen verschwunden war, um mit dem Neuling in der Runde etwas warm zu werden. Er streckte ihm die Hand hin. »Multerer! Hoch- und Tiefbau … aus Wutzelshofen. Ich werde die Bausache des Herrn Hlavatschek in die Hand nehmen. Na, das Begegnungszentrum, haben Sie noch gar nichts davon gehört? Das wird ein Prachtbau. Massiv Granit. Ungewöhnlich, ich geb's zu, aber ich hab Hlavatschek dazu überreden können. Man muß auch mal

das Außergewöhnliche wagen, sage ich immer. So ein repräsentatives Haus im Waldviertel, das muß einfach Granit atmen. Unsere Familie lebt ja schon seit drei Generationen vom Granit. Uns liegt der Granit im Blut sozusagen. – Und was machen Sie … beruflich?«
»Ich bin Sänger.«
»Na klar, als Walther.« Multerer drehte sich um, schaute durch den Raum. Außer Černý, der sich gar nicht mehr aus der Hängematte von Hlavatschek herausbequemen mochte, war niemand da. »Schade, daß meine Gattin gerade verhindert ist. Wo steckt sie bloß? Mit der hätten Sie sich ausgiebigst über Sängertum und das alles hervorragend unterhalten können. Unsereiner ist halt doch mehr praktisch veranlagt. Armierungseisen statt Lautensaiten, wenn Sie verstehen, was ich meine.« Es fehlte nur noch, daß ihm dieser Multerer jetzt auch noch jovial gegen den Oberarm boxen würde, dachte sich Walter und sah flehentlich Richtung Tür, ob nicht bald der Hausherr wieder zurückkäme. »Obwohl ich das Künstlerische schon auch schätze«, machte Multerer weiter. Gott sei Dank erschien jetzt Hlavatschek, mit einer Flasche Rotwein in der Hand. Sofort zog Multerer ihn mit ins Gespräch. »Unser Freund Walther erzählt ja interessante Sachen«, erklärte er Hlavatschek. »Wußten Sie zum Beispiel, daß es in diesem Mitteldeutsch heißt, ›es regnet bedenthalben‹, wenn so ein richtiger Platzregen loslegt?« Multerer war mächtig stolz, daß er sich doch etwas von all dem hatte merken können, was ihm Erna auf der Fahrt hierher noch schnell einzubleuen versucht hatte. Jetzt hatte er sicher einen Stein im Brett beim Hlavatschek. Einen Granitstein selbstverständlich.
Černý, der gesehen hatte, daß Hlavatschek mit einer Flasche zurückkam, hatte sich jetzt doch aus der Hängematte gequält. Er trat zwischen die drei Männer, hatte schon ein Glas in der

Hand, allerdings das Bierglas von vorhin. »Quatsch nicht«, raunzte er in Richtung Multerer und hielt Hlavatschek das Glas zum Einschenken hin, dabei war die Flasche noch nicht einmal entkorkt, »der Graf will einen ausgeben«. Nachdem schließlich alle ein gefülltes Glas in der Hand hatten – Hlavatschek hatte schnell noch stilvolle Weingläser geholt –, war es Multerer, der den, wie er fand, passenden Trinkspruch anbrachte. »Ist direkt mal angenehm, wenn all die Weiber ausgeflogen sind, hab ich recht? Prost, meine Herren!«

Es wurde dann noch ein richtig beschwingter Herrenabend. Und blieb auch nicht bei der einen Flasche. Hlavatschek schien im Stollen seines Gewölbekellers eine Rotwein führende Ader entdeckt zu haben. Jedenfalls förderte er Bouteille um Bouteille nach oben. Das Gespräch wurde immer lebhafter. Ein Gespräch im Sinne von Rede und Antwort, Zuhören und Eingehen war es allerdings genaugenommen gar nicht, sondern eher ein aus vier Monologen kunstvoll gewebter Stimmenteppich. Die Kettfäden, in die die drei anderen ihre Redebeiträge ab und an einschießen durften, bildeten dabei Hlavatscheks Einlassungen. Da die Redefarben Černýs, Multerers und Walters – ohne daß darüber irgendeine Form der Abmachung getroffen worden wäre – in der immer genau selben Reihenfolge und in der genau selben Breite aufschienen, ergab sich als Ganzes ein überraschend gleichmäßiges Gesprächsmuster.

Hlavatscheks Kettfäden also: Er schwärmte von seinem Walther-von-der-Vogelweide-Begegnungszentrum. Ein *Think Tank* in der Abgeschiedenheit des Waldes, wo das neue Europa gedacht werden könne, »versuchsweise, spielwiesenhaft, das ist es, was mir vorschwebt, meine Herren«. Gerade die jungen Leute wolle er hierher ziehen, und sie dann aber auch mit Walther in Kontakt bringen, »dem alten Walther«, weil der nämlich genau besehen unglaublich modern sei.

Allein sein Europäertum, sein ständiges Unterwegssein, sein Nichtanerkennen irgendwelcher nationalen Grenzen, das mache ihn doch so modern wie kaum einen anderen. Mit ihm könne ein völlig neuer Ton in die Debatte kommen, »bloß weil das Mittelhochdeutsch ist und sich etwas altertümlich anhört, ist es trotzdem ein unerhört neuer Ton, hören Sie doch nur, meine Herren, ›wie man zer werlte solte leben‹, das ist doch die Frage, die sich alle jungen Leute heutzutage stellen, ob aus Tallinn oder Laibach, ob aus Belgrad oder Liptovský Mikuláš, diese Frage, ›wie man zer werlte solte leben‹, wollen wir ihr nicht hier in Brudern helfen, daß sie eine Antwort darauf findet, die Jugend Europas? Ich stelle mir so etwas wie Graduiertenaufenthalte vor, ich meine, warum soll es neben dem Erasmusjahr und dem Comeniusstipendium nicht auch noch das Waltherviertel geben. Ja, genau, jetzt hab ich's, das Waltherviertel im Waldviertel! Ein Vierteljahr, abgeschirmt von allem Störenden, eingehüllt in die Nebel von Brudern. Ganz ungestört soll sich die Jugend Europas hier zusammenfinden, und dann wollen wir mal sehen, ob es ihnen nicht gelingt, ein neues Haus Europa zu bauen, und die ganzen alten Ressentiments sind vergessen, es kommt doch aufs Neue an, ein neues Haus Europa, in dem ein ganz neuer, anderer Ton herrscht.«

»Eine neue Flasche wär auch nicht schlecht.« Es war Černý, der wieder den alten, ihm anscheinend einzig möglichen Ton anschlug. Ein anderer Beitrag zum Bruderner Symposium dieses Abends war von ihm leider nicht zu erwarten. Die Lakonie und Einförmigkeit seiner Einlassungen wurde ihm aber von den anderen nachgesehen. Schließlich war Bohuš mit Abstand der Älteste in der Runde, der Älteste und der Fertigste. Er war gewissermaßen das personifizierte alte Europa, mit all seinen Leiden, Traumata und Verletzungen. Er hatte am meisten mitgemacht in seinem Leben, am meisten und das Bitterste. Wie oft war er im Gefängnis gesessen? Wie oft hatte ihn die Geheimpolizei zusammengeschlagen? In was für einer Art von Loch hatte er drei Jahrzehnte lang hausen müssen? Auch mit seinem Werk war er am Ende. Eine dermaßen neue Tönung wie er hatte zuvor noch nie jemand aufs Fotopapier gebracht. Mit neuem Ton und neuer Welt brauchte man ihm also nicht mehr kommen. Dafür war er zu müde. Dafür war er zu durstig. So war das, und so war das zu akzeptieren. »Gibt's jetzt noch 'nen Schluck, Graf, oder nicht?«

Und während Hlavatschek der freundlichen Bitte seines gar nicht einmal eingeladenen Gastes folgte und noch einmal im Keller verschwand, war es nun an Multerer, seinen Schußfaden dazwischenzuweben. Eine Wendung von dem, was Hlavatschek eben gesagt hatte, fand besonderen Nachhall bei ihm.

»Das neue Haus Europa bauen … ganz richtig. Aber ich frag mich manches Mal, wissen wir überhaupt noch, was bauen ursprünglich heißt? Ob Sie's jetzt glauben oder nicht, meine Herren, aber ich hab da viel, unglaublich viel, von meinen tschechischen Freunden gelernt. Ich liebe es, durch böhmische Dörfer zu fahren. Und soll ich euch auch sagen, warum? – Weil ich dann wieder weiß, warum ich das Bauen so lieb'. Den Geruch von Zement und Brettern. Wenn du dir nämlich anschaust, wie die in den böhmischen Dörfern ihre Häuser bauen, ihre Schaluppen, und zwar ohne daß sie überhaupt das zum Bauen Notwendige haben! Die haben ja keine Hohlziegel, sondern höchstens ein zusammengeklaubtes Sammelsurium aus Backsteinen, Betonsteinen und Ytong, und da draus bauen die dir ein Haus, mit allem Drum und Dran, unterkellert und mit Windfang vor der Haustür. Das wenn du siehst, mein Lieber, begreifst du, was Bauen für ein Urtrieb ist. Du kannst einem Menschen alles nehmen,

Urlaubsreisen, daß er seine Meinung sagen darf, Bananen und Orangen meinetwegen, aber Wasserwaage, Senkblei und Maurerkelle, die kannst du ihm nicht nehmen. – Ich hab mal einen Arbeiter gehabt … leider ist er mir abhanden gekommen …, das war meine tschechische Perle, der Schiri. Dem seine ganze Leidenschaft war das Bauen. Den hast du in eine Letten hineingestellt, eine Schaufel in die Hand gedrückt und dann angeschafft, ›vykopávka! für Streifenfundament‹. Der hat dir das händisch ausgehoben, und zwar mit Freude! Der ist nach zehn Stund' Arbeit bei mir in Wutzelshofen heimgefahren in sein böhmisches Dorf und hat dort weitergebaut an seinem eigenen Häusl. Und zwar mit meinem Werkzeug. Der hat zwar geglaubt, ich merk' das nicht. Aber ich bin doch auch nicht deppert. Ich hab genau gesehen, was er alles mitgehen hat lassen. Ich hab zugeschaut, ohne einzuschreiten. Weil ich mir gesagt hab, Zacharias, hab ich mir gesagt, da ist ein Bauarbeiter am Werk, einen solchen Bauarbeiter gibt es schon fast nicht mehr. Der ist ein Geschenk des Himmels. So wie der als Maurer den Menschen … oder den Menschen als Maurer … also wie der den verkörpert, du, da mußt du lang suchen. Und mittlerweile bin ich soweit, daß ich sag: So einen findest du nur mehr unter den Böhmen. Einen, der dir noch eine schuhige Fensterlaibung mauern kann… ja, zeig mir mal so einen bei uns? Aber in Böhmen, da gibt es ihn noch.« Multerer war ganz ergriffen von seinen eigenen Einsichten. »Was wär die Menschheit ohne den Typus des Maurers? Wir täten doch immer noch in Höhlen leben. Die ganze Menschheitsentwicklung verdanken wir doch letztlich nur dem Maurer. Und deshalb, meine Herren, hab ich mir gesagt: Zacharias, hab ich gesagt, da darfst du jetzt nicht so kleinlich sein, da schaust jetzt einfach einmal weg, wenn der Schiri auf dem Bauhof wieder Ausschau hält, was er noch mitgehen lassen könnt'. Und wie dann der Hammer gefragt hat: Darf ich mitgehen? Oder die Maurerkelle. Darf ich mitgehen? Hat mein Schiri gemeint: Freilich, laß ich euch mitgehen. Auch die Wasserwaage. Ich hab's doch jedes Mal gesehen. Und mich, wenn ich ehrlich bin, gefreut wie ein Vater über seinen Sohn, wenn er beobachtet, wie der Filius ausgerechnet deine Fußstapfen ausprobiert, ob er nicht vielleicht hineinpaßt. Und er ist ja dann immer mutiger geworden, der Schiri. Zum Schluß direkt unverschämt. Der hat die Herzschaufel mitgenommen ... einfach am Stiel gepackt und mitgenommen. Weil in seine alte, mörtelverschmierte Lederaktentasche hätt' die ja nie hineingepaßt. Und wie er dann auch noch das Baugerüst angeschaut hat, ›magst ned auch mitgehen?‹, da hab ich mir dann schon gedacht, Bürscherl, jetzt übertreibst es. Gesagt hab ich aber nichts. Schon allein aus einem gewissen Interesse heraus. Und was soll ich sagen, er hat sogar das Baugerüst davongetragen, Teil für Teil, erst die Gestänge, dann die Böden zum Einhängen, Nacht für Nacht, erst im Kofferraum und dann auf dem Pritschenwagen, den sich mein Schiri, der unverschämte Hund, übers Wochenend bei mir persönlich, das muß man sich mal vorstellen, bei seinem Chef, ausgeliehen hat. Und dann hat er mit diesem Pritschenwagen das Baugerüst weggeschafft, Wochenend für Wochenend. Naja, ich hab, wie gesagt, ein Aug zugedrückt. Aber das Häusl, das sich der Schiri mit eigener Hände Arbeit und mit meinem Werkzeug an Feierabend gebaut hat, ich muß schon sagen: Respekt! Alle Achtung! Das müßte man mal denen in Brüssel zeigen. So baut man ein Haus Europa. Und zwar mit fast gar nix. Man hat nix, und hernach steht ein Haus da. Einmal hat er mich eingeladen, ›Chäf‹, hat er gesagt, ›mußt kommen meine Chalupa anschauen.‹ Ein Garagenanbau würde noch fehlen, ein Windfang vor der Haustüre, hat er gesagt. Beim Schiri hast einfach gespürt: Der Mensch, der wenn nicht mauern darf, der ist todunglücklich, ach was, der geht dir ein wie ein kranker Hund. Ich hab dann zum Schiri gesagt, aus Spaß, du baust wohl am Haus Europa, und er hat bloß gelacht. Wahrscheinlich weil er nicht gemerkt hat, daß ich alles mitgekriegt hab, was er mitgehen hat lassen. Und jetzt meint er, er hätt' mit meinem Werkzeug, das er jeden Freitag nachmittag über die Grenze geschmuggelt hat, sein kleines privates Haus Europa gebaut. Aber um den Multerer hinters Licht zu führen, muß man früher aufstehen.«

»Apropos Haus Europa«, sah Walter endlich seine Chance gekommen, auch noch etwas beizusteuern. »Wie wär's, wenn wir in diesem Begegnungszentrum ... ich mein, wo es doch schon nach diesem Walther von der Vogelweide benannt sein soll ... wenn wir da einen europäischen Sängerwettbewerb etablieren würden?«

»Glänzende Idee!« war Hlavatschek sogleich begeistert. Er war für jede Anregung dankbar. Und er spann sie auch gleich weiter. »Das ist eine großartige Idee! Wir schreiben einen Preis aus, einen Sängerpreis. Warum nicht den ›Brudernen Fink‹? Oder noch besser die ›Bruderne Bachstelze‹ ... B B. Bachstelzen sind übrigens hervorragende Sänger ... *dschi-witt, dschi-witt* geht ihre Strophe. Manchmal auch dreisilbig ... *tsi-di-lipp, tsi-di-lipp.*« Hlavatschek hatte sich nämlich zu einem passionierten Ornithologen entwickelt, seit er in Brudern lebte. Und das nicht nur, weil er den Verdacht hegte, sein geliebter Walther von der Vogelweide beziehungsweise dessen Ahnen hätten etwas mit der Vogel-, genauer noch Falkenzucht zu tun gehabt. Er liebte es einfach, den Vogelkonzerten zuzuhören. »Der Eichelhäher dagegen mit seinem *dchää-dchää* ... das ist dann mehr ein Halskratzen. Vielleicht als Name für einen Sängerpreis nicht unbedingt geeignet. Oder, was meinen Sie? Eichelhäher Award, ich weiß nicht ...«

»Kolossal interessant«, meinte Multerer und wäre gerne wieder zu seinem Thema, dem Bauhandwerk und seinen Gerätschaften, zurückgekehrt, aber Walter, der sich freute, daß sein Vorschlag auf so enthusiastische Resonanz traf, ließ sich jetzt nicht mehr bremsen.

»Nein, auf keinen Fall! Es sollte was Landmusikmäßiges sein. Wie wär's mit dem Bo-Diddley-Prize? Ja, genau, und als Trophäe gibt's eine kleine Bronze-Gitarre mit rechteckigem Korpus, genau wie sie der Bo gespielt hat. Teilnahmeberechtigt sind alle europäischen Landsänger. Einzige Voraussetzung: Ihr Auftritt darf in keiner der üblichen europäischen Amtssprachen stattfinden, sondern nur in einer der vom Verschwinden bedrohten Mundarten des alten, schon sterbenskranken Europas. Die Einladung ergeht an die Lachen und Wepsen, an die Samen und Sorben. Wir suchen den gagausischen Tom Waits und den katalanischen Johnny Cash.«

»Sie meinen den aus dem Kaukasus?«

»Nein, eben nicht. Ich meine den gagausischen. So wie ich auch den rätoromanischen Woody Guthrie meine. Wir wissen nur noch nichts von ihm und all den anderen. Aber es gibt sie. Irgendwo müssen sie sich verstecken. In irgendeinem Kärntner Wirtshausnebenzimmer … oder gibt es schon keine Wirtshäuser mehr? Auf einer dieser Liederbühnen, wo's nach Kuhstall stinkt und Schweinegrunzen für den Background-Chor sorgt. Eine slowenische Besenwirtschaft, eine slowakische Schaluppe, wo nach dem Verzehr einer Runde Knoblauchbrote für alle die Gitarren herausgeholt werden. Ich weiß schon, das alles ist im Verschwinden, und trotzdem: Ehe es so weit ist, soll es noch einmal das große Landmusik-Treffen in Brudern geben. Ich stelle mir ein Symposium im Herbst vor. Einen Kongreß, zu dem aber nur Tramper anreisen dürfen. Schon Symposium, aber limousinenlos. Dieses letzte Landmusikertreffen würde sicher gut in den Herbst passen. Vielleicht daß wir es ›Musik im Nebel‹ nennen. Die huzulischen Sänger und die bretonischen Landmusiker, ein letztes Mal sollen sie aus dem Nebel heraus hörbar werden. Mit einem ihrer Lieder im Ohr machen wir uns dann auf die Reise.«

»Was für eine Reise denn?« platzte jetzt Černý, der längst wieder in seiner Hängematte lag, dazwischen, die anderen hatten schon fast vergessen, daß er auch noch da war. »Mir reicht's mit Reisen«, knurrte er, und kaum war das Wort *Reisen* hinter seinem Vollbart hervorgedrungen, ließ er auch schon ein aus tiefstem Rachen kommendes Schnarchen hören. – Eigentlich hätte dies Hlavatschek zumindest ein wenig erschrecken sollen, denn nun war klar, diesen ungebetenen Gast würde er mindestens bis morgen früh beherbergen müssen. Den würde keiner mehr aus Schlaf und Hängematte heben. Aber es schien dem Hausherrn ganz egal zu sein. Er, der sonst immer sehr darauf bedacht war, in seiner Bruderner Einsamkeit nicht gestört zu werden, war heute gastfreundlich und offenherzig wie noch selten. Gebannt lauschte er dem, was Walter zu sagen hatte.

»Was für eine Reise und wohin die geht? Das kann ich euch sagen. Richtung Neueuropa geht die. Das alte verschwindet und das neue kommt. Bloß ob wir uns noch in ihm zurechtfinden werden? Vielleicht sind wir wirklich zu alteuropäisch und haben hier nichts mehr verloren. Hier zieht jetzt nämlich eine neue Zeit ein. Die spricht zum Beispiel englisch. Warum auch nicht. Ich hab nichts dagegen. Nur daß bald alle verlernt haben werden, daß man jemanden auch siezen kann, das finde ich bedenklich. Ja, daß es überhaupt ein ›Sie‹ jemals gegeben hat. Das wird dir in dreißig Jahren keiner mehr glauben auf diesem Kontinent. Wie ja auch keiner mehr wissen wird, wie man aus den Innereien der Tiere die

sagenhaftesten Gerichte kocht. Und daß ein Mokka gesiedet und neben die Kleine Schale Gold ein Glas Wasser gestellt gehört. Untergehende Formen, meine Herren. Und daß es vor einer Generation noch Menschen gegeben hat, stell dir vor, die sind ihr Leben lang nicht aus ihrem Dorf herausgekommen. Und haben auch gewußt, was das Leben ist. Aber die Neueuropäer werden bald nicht mehr wissen, was ein Dorf war und wozu man das gebraucht hat. Statt dessen nur noch Menschen, die wenn du nach ihrem Lebenssinn fragst, werden sie antworten: Fernreisen machen. Ins Urlaubsparadies kommen. Nicht nach dem Tod wollen die ins Paradies, sondern schon vor dem Tod, und zwar möglichst dreimal pro Jahr. Menschen, denen es das Höchste sein wird, daß sie am Ende ihres Lebens auf möglichst viele Bonusmeilen bei ihrer Fluggesellschaft zurückblicken können. Nach ihrem Tod werden die Neueuropäer im Internet weiterleben. Grabstellen wird es keine mehr geben. An Allerheiligen kannst du dich vor deinen Computerbildschirm setzen, eine, wenn du das noch unbedingt brauchst, angezündete Grableuchte danebenstellen und dann öffnest du das Fenster … nein, das Window zur Ewigkeit. Eternity dot com! Und deine Lieben werden winken und zu dir sprechen.«
»Interessant«, hickste Multerer. Und »was Sie nicht sagen« Hlavatschek.

* * *

GLEICH WÜRDEN SIE DA SEIN. Noch einmal hügelauf hügelab, dann in die ungeteerte Fahrstraße hinein und durch Pfützen hindurch bis hin an jene vergitterte Einfahrt, deren Maschenzaun von einer Gespinsthaftigkeit war, als hätte ihn nicht die Drahtfabrik aus dem Nachbarort geknüpft, sondern die Gartenkreuzspinne, die sich eben an einem Faden von dem verrosteten Eisenrohrrahmen des Tores abseilte. Der Maschenzaun war schon an mehreren Stellen gerissen, sehr zum Nutzen einer herumstreunenden getigerten Katze, die anscheinend den herannahenden Benz schon von weitem am Geräusch erkannt hatte. Jedenfalls kam sie aus dem umzäunten Gelände durch eines der Durchschlupflöcher im Zaun heraus auf den Feldweg gesprungen. Die Bacherin, die ausgestiegen war, um die Eisenkette mit dem Vorhängeschloß vom Tor zu lösen, begrüßte die Katze und nahm sie beim Einsteigen mit ins Auto. Schnurrend sprang sie auf Franziskas Schoß, um dort sogleich ihren Milchtritt auszuprobieren. Alle drei zusammen rollten sie die wenigen Meter bis zur ehemaligen Sprengmeisterhütte. Nachdem die Bacherin den Motor abgestellt hatte – jetzt schnurrte nur mehr die Katze –, atmete sie einmal tief durch und stellte fest: »Angekommen!«

»Und wo sind wir hier?«

»Daheim!«

Hatte sie das nicht schon heute morgen als Losung ausgegeben? Wo fahren wir hin, wir alle? Natürlich immer nach Hause. (Und was war mit denen, die nicht wußten, wo ihr Daheim war?)

»Hier wohnst du?«

»Ja. Hier wohn' und hier arbeite ich.«

Etwas ungläubig fragte Franziska nach: »In der Hütte?«

»Schau's dir an!«

Die Bacherin zog den Zündschlüssel ab und stieg aus. Beugte sich noch einmal zurück ins Auto, fischte ihre Tasche vom Rücksitz und ging um das Auto herum. Sie drückte Franziska, die ebenfalls ausgestiegen war, den Zündschlüssel in ihre Hand und schloß sie ihr zur Faust. »Und morgen fährst du weiter. Und zwar alleine. Ich bleib hier.«

»Ja, aber … mit *dem* Wagen?!« wehrte Franziska ab.

»Du kannst auch den Laster nehmen, wenn dir der besser gefällt!« Mit einer Kopfbewegung wies die Bacherin in Richtung eines uralten klapprigen Lkws. Der Laster hatte zum verrosteten Inventar des aufgelassenen Steinbruchs gehört, damals, als die Bildhauerin ihn Multerer abgekauft hatte. Eigentlich gehörte der eher in ein Museum über die Geschichte der Granitindustrie, wie es drüben in Bayern eins gab, aber noch mußte er der Bacherin unverzichtbare Dienste leisten.
»Aber wohin soll ich denn fahren?« wehrte sich Franziska noch immer.
Die Bacherin fand diese Frage lächerlich. »Seit Brudern hast du mir ununterbrochen nur von ihm erzählt. Und da fragst du noch wohin?«
»Aber ich weiß ja doch gar nicht, wo er ist.«
»Ist das ein Grund, gar nicht erst aufzubrechen? Ich glaube nicht. – Und überhaupt: Sonst findest du doch auch alles. Hast du mir nicht erzählt von diesen Grabungen auf der Altmühlalb? Was habt ihr da alles gefunden? Den Schneidezahn von was für einer Wühlmaus?«
»Nordische Wühlmaus. Und Knöchelchen von Halsbandlemmingen. Die sind wichtig für die Klimabestimmung. Weil wo die vorkommen, war's mal bitterkalt.«
»Also bitte! Dann wirst du doch noch einen ganzen Kerl mit allen Armen und Beinen dran finden, wenn du sogar das Wirbelknöchelchen von einer zig zehntausend Jahre alten Maus nicht übersiehst. – Jetzt komm erst einmal in die Hütte. Wir werden schon einen Plan aushecken. Jetzt, wo es dunkel wird, hat es eh keinen Sinn loszufahren.«
Schüttelbrot und ein Keil harter Bergkäse, ein Scherzl Schwarzgeräuchertes und in Olivenöl eingelegte getrocknete Tomaten, das war alles, was sich nach so langer Abwesenheit der Bacherin auf die Schnelle finden und auftischen ließ. Und

natürlich ihr Selbstgebrannter, den sie aus einer etikettlosen Flasche ausschenkte, der durfte ebenso wenig fehlen wie das Glas sauer eingeweckter Pilze, das Franziska genauso zweiflerisch anschaute wie schon Lober. Der war ja vor einem ganz ähnlichen Mahl an genau demselben Tisch mit der rauhen Holzplatte gesessen, wie lange das auch immer her sein mochte. Und der birnene Schnaps hatte seine Wirkung ebenso entfaltet wie das Pilzeallerlei, von dem nur ein einziger Mensch wußte, was es an Allerlei genau enthielt, und dieser eine Mensch war die Bacherin. Und die wußte auch, was bei wem welche Wirkung hatte und bei wem vielleicht nicht Hopfen und Malz, aber doch die spurenkleinen Beimischungen von Böhmischem Kahlkopf und Kubanischem Träuschling verloren waren und absolut vergebliche Müh.
Franziska aß von allem mit großem Appetit. Wie lange hatte sie schon nichts mehr zu sich genommen? Seit dem Brenner? Auch in Raimunds Jausenstation war sie nicht dazugekommen, eine Kleinigkeit zu bestellen. Und in Jiřís Leichenwagen hatte sie erst recht keinen Hunger verspürt. Sie schüttelte lachend den Kopf.
»Was ist?« fragte die Bacherin.
»Ach, mir ist nur grad eingefallen, wo ich heute – oder war's gestern? – früh noch war. Und wer vor allem! Und wo ich seither überall herumgekommen bin. Und mit wem vor allem!«
Franziska nippte sogar vom Birnenbrand, den ihr die Bacherin in einem großzügig eingeschenkten Wasserglas hingestellt hatte. Eigentlich gehörten so scharfe Schnäpse nicht unbedingt zu dem, was Franziska normalerweise trank. Aber er schmeckte ihr. Sie nippte gleich noch einmal.
»Und jetzt überleg mal«, forderte die Bacherin sie auf. »Wo zieht es dich hin?«
»Wenn ich das wüßte.«

»Zu ihm?«
»Nein!« Franziska bockte. Und zum Beweis ihrer Entschlossenheit griff sie schon wieder zum Wasserglas. Nahm einen großen Schluck. Hustete und sagte mit verrutschter Stimme: »Der glaubt wohl, ich renn ihm ein Leben lang hinterher!«
»Und selbst wenn: Was wäre daran verkehrt?«
»Alles!« war Franziskas prompte Antwort. Die ihr aber keiner glauben würde. Nicht mal sie sich selbst. Hätte sie sonst kleinlaut die Frage hinterher geschoben: »Du meinst also wirklich, ich soll mir morgen früh deinen transsylvanischen Benz ausleihen, über die Grenze fahren – wie weit ist die eigentlich von hier?«
»Gleich überm Berg!«
»... und ihn in Bayern suchen. Warum? Nenn mir einen Grund, warum ich das tun sollte?«
Die Bacherin mußte schmunzeln. »Nur einen?«
»Was?«
»Ach, ich wundere mich nur, wie schnell du zufriedenzustellen bist. Nur einen Grund. Also, hör her!«

* * *

VANČURA WAR MIT IN LENKAS BÜRO gegangen und hatte dort eine Weile mit ihr geplaudert. Die beiden waren sich einig: Ihr Plan, den sie gemeinsam in den letzten Wochen ausgeheckt hatten, machte den Eindruck, bestens und ganz entsprechend ihrer Annahmen aufzugehen. Zwei-, dreimal die Woche würde Vančura Bohumila hier herauf auf den Berg bringen. Unten in Hlavanice im Heim würde man ihnen ja nicht unbedingt auf die Nase binden müssen, wohin diese kleinen Fluchten führten. Bohumila hätte endlich wieder eine Aufgabe, und ihr Vorhaben, sich mittels gigantischer Kuchenportionen und ungeheurer Braunbierseen einer selbstmörderischen Überzuckerung entgegenzumästen, würde sie sicher bald vergessen und aufgeben. Auf der anderen Seite hätte das Haus endlich eine erfahrene Köchin (noch dazu eine, die nichts kostete), und ganz nebenbei und mit der Zeit würden die Bewohner, die Bohumila selbstverständlich hilfreich an den Herd zur Seite gestellt bekommen würde, sich einiges abschauen und dazulernen, so daß sie irgendwann die Sache respektive den Kochlöffel selber in die Hand nehmen könnten. Denn ein wenn auch vielleicht utopisches Ziel von Lenka war es, hier heroben auf dem Berg schlußendlich völlig autark zu werden. Und wenn man eines Tages gar nichts mehr »von denen da drunten« brauchen würde, würden sie den Berg und sein Heim vielleicht irgendwann ganz vergessen und das wäre sicher das allerbeste. Denn alles, was von unten kam, an behördlichen, polizeilichen und gerichtlichen Interventionen, stellte sich ja doch immer nur als Maßnahmen heraus, mit denen man Lenkas Schützlinge, wie sie fand, nichts als schikanieren, erniedrigen und letzten Endes loswerden wollte. Was war das erst neulich wieder für eine infame Idee gewesen, die ihr ein Asylverfahrensbeamter mit triumphalem Grinsen präsentiert hatte: Man werde den Brüdern, den angeblich warmen, die hier unterzuschlüpfen versuchten, indem sie als Grund der Verfolgung in ihren Heimatländern Homosexualität angeben würden – »gay!« sei das Zauberwort, immer riefen sie nur »gay!« –, schon auf die Schliche kommen. Man werde hier im Heim einen kleinen Filmvorführraum einrichten, darin die Herren Asylbeantrager mit ihren – so der Beamte – stets ja ungeheuren Negergemächten an neu entwickelte Apparate anschließen, und dann werde man ihnen die entsprechenden Sauereien vorspielen, natürlich nur solche mit ausschließlich Männern, und dann werde man ja sehen, ob es zu den entsprechenden Ausschlägen komme, so ein Erektometer lasse sich nämlich nicht so leicht täuschen. Und wehe nicht, dann stehe die Rückführungsmaschine am Flughafen in Prag schon bereit.

Lenka konnte sich noch immer ungeheuer über diese Infamie erregen, die sie nur eine unter vielen nannte. Und sie würde Vančura noch stundenlang weitere auftischen, wenn er sich ihr jetzt nicht mehr oder weniger elegant entzog. Er stand einfach auf und sagte: »Ich geh mal nachschauen, wie die Küchensache mittlerweile steht.« Lenka sah ihn zwar etwas verdutzt an, ließ ihn aber doch gehen. Es wartete ja auch jede Menge Büroarbeit auf sie.

Schon im Flur auf dem Weg zur Küche hörte Vančura ein beständiges generalbaßhaftes Tönen tiefer Töpfe mit einem darüberliegenden lebhaften Stimmen- und Tellerglissando, und als er die Tür öffnete, schallte ihm das wuchtige Tutti einer in voller Aktion steckenden Großküche entgegen … irgendwo schlugen sogar zwei Topfdeckel wie Becken gegeneinander. Bloß: Wo war die Dirigentin? Vančura ließ seinen Blick durch die Küche schweifen und entdeckte Bohumila, wo er sie nie vermutet hätte: ganz im Eck auf einem Schemel sitzend, halb verdeckt von einem Küchenschrank. Vančura erschrak. Wieviele Jahrzehnte hatte er Bohumila in der Küche der *Grünen Jungfer* das Regiment führen sehen? Und den Ausschank erledigen in der Wirtsstube? Aber eines war ihm überhaupt nie untergekommen: daß er Bohumila sich hätte hinsetzen sehen. Dabei war es wie bei allen Wirtsleuten natürlich auch bei ihr so gewesen, daß der Arbeitstag schnell einmal sechzehn Stunden beieinander hatte. Immer war sie die erste, die in der Frühe die Wirtsstube sauber machte, und immer auch die letzte, die hinterm Zapfhahn stehend wartete, bis auch der allerletzte Gast noch ausgetrunken hatte und durch die Tür hinaus in die Nacht gewankt war. Hinterm Zapfhahn *stehend,* das eben war es, und auch in der Küche

immer nur *stehend,* ja im Grunde hin- und herwirbelnd, wie sonst hätte sie die diversen über den Herd verteilten Töpfe unter Kontrolle haben können. Und dann mußte wieder in den Keller gelaufen werden, um etwas vom dort lagernden Gemüse zu holen, und Fleischstücke aus der Kühlkammer, und schnell war noch eine Prise Gewürz in jenen Topf zu werfen und zwei Fingerspitzen Salz in diesen Knödelteig. Wie hätte man dabei auch nur eine halbe Minute sitzen können? Das war undenkbar. Es war im Grunde wie bei einem umgekehrten Reise-nach-Jerusalem-Spiel: Wer am Schluß saß und *nicht* stand, der hatte verloren. So war es. Und deshalb war Vančura so erschüttert zu sehen: Bohumila saß. Schnell drängelte er sich durch all die kochenden und köchelnden Frauen und Kinder hindurch zu ihr in die Küchenecke: »Bohumila, was ist mit Ihnen?«
»Ach, nichts, ich hab nur etwas ausruhen müssen. Außerdem ist es hier drinnen so furchtbar heiß.« Vančura begriff. Es mußte ihr wirklich schlecht gehen, denn je heißer, dampfender und schwitzender es in der *Grünen Jungfer* gewesen war, desto wohler hatte sie sich immer in ihrem Küchenelement gefühlt. Er faßte sie unterm Arm. »Komm, wir gehen etwas hinaus an die frische Luft.« Bohumila sah ihn verstört an. Ließ sich aber mitziehen. Und sagte im Hinausgehen: »Sie haben eben ›du‹ zu mir gesagt!«

* * *

ERNA MULTERER WUSSTE auch nicht genau warum, aber auf irgendeine Art und Weise empfand sie mütterliche Gefühle für Lober. Vor allem, was er ihr die Fahrt über durchs Waldviertel hinunter an die Donau erzählt hatte von seinem Wunsch, aufs Land zu ziehen, möglichst in ein altes Haus im Bayerwald, das fand sie rührend. Vielleicht rühr-

te sie aber auch nur, daß er *ihr* das alles erzählte. Wer war sie denn schon, daß sie so viel Vertrautheit verdiente? Eine x-beliebige potentielle Kundin, vor deren Haustür Lober in den vergangenen Jahren mit schöner Regelmäßigkeit aufgetaucht war, den Musterkoffer in der Hand. Es waren immer nette Gespräche gewesen, die sie über die Haustürschwelle hinweg geführt hatten, und das, obwohl sie ihm nicht einmal etwas abgekauft hatte, sie besaß nämlich überhaupt keine *Nachschaff*-Geräte. Und trotzdem kam er jedes Jahr wieder. Eigentlich hätte er sich das einmal merken und die Vergeblichkeit seiner Überredungsversuche einsehen können, aber nein, kaum war das Frühjahr angebrochen, schon tauchte er wieder auf. Direkt ein wenig frech war das, wie er da jedes Mal vor ihr stand, wenn sie die Haustür öffnete, und ohne ein *Grüß Gott* lächelnd sagte: »Da wär ich wieder!« – Auch wenn es lächerlich war und Erna Multerer das wußte, so ein klein wenig spielen durfte man ja vielleicht doch mit der Vorstellung, es sei sie, ihre Person!, derenthalben Lober immer wieder vor der Türe stand.
Noch dazu wo Wutzelshofen doch sicherlich weit abseits seiner ursprünglich geplanten Vertreterroute lag. Wutzelshofen lag überhaupt abseits jeder nur erdenklichen Route. Wenn alle Wege nach Rom führten, wie es heißt, dann galt für Wutzelshofen: An Wutzelshofen führen alle Wege vorbei. Nur Lober fand immer wieder hierher. Die letzten paar Male hatte sie ihn sogar ins Haus hereingebeten und zu einer Tasse Kaffee eingeladen. Sie hatten geplaudert und geplaudert und dabei die Zeit vergessen. Was dieser Mann alles zu erzählen wußte, war erstaunlich, wie die Multererin fand. So ein Vertreterjob brachte einen halt doch weit herum und ließ einen in so manches kuriose Leben hineinschauen. Und wie er davon erzählen konnte, direkt raffiniert. Das ganz Derbe und Unappetitliche deutete er nur soweit an, daß die für

unangenehme Empfindungen zuständigen Gehirnnerven soweit gekitzelt waren, daß man einfach weiter zuhören mußte. Im nächsten Augenblick war eh wieder mit Wunderlichem, Außergewöhnlichem, ja Faszinierendem zu rechnen. Bestes Beispiel war diese eigenartige Frau, von der er einmal erzählte, die in einem komplett versifften Försterhaus wohnte, allein irgendwo an einem Waldrand. Schon als die Person ihm – unter einem riesigen Hirschgeweih – die Haustür öffnete, erlebte Lober Eigenartiges, denn die nicht ganz frisch gekleidete Hausherrin hatte im Gesicht einen kompletten Damenvollbart. Andere wären auf und davon gelaufen, Lober aber erschlich sich selbst zu diesem wunderlichen Haushalt, den er mit wenigen signifikanten Spotlights anschaulich zu schildern wußte, Zugang. Und, so war nun mal seine Art, auch diese Frau konnte nicht anders, als sich Lober erstaunlich schnell und im Grunde unbegreiflich weitreichend zu öffnen. Jedenfalls erzählte sie ihm, daß sie die Urenkelin eines bedeutenden Glashüttenbesitzers sei, und wie zum Beweis dieser Behauptung präsentierte sie ihm schließlich ihren von unglaublichem Moder und Unrat gerahmten Schatz, nämlich eine das gesamte obere Stockwerk des schon ziemlich muffig riechenden Försterhauses ausfüllende Sammlung von Ziergläsern, die von historischen Rubinpokalen bis zu avantgardistischsten Studioglaskostbarkeiten reichte.
Ja, solches und manch anderes hatte ihr der »Staubsaugervertreter« bei einer Tasse Kaffee an der Küchentheke verraten. Das wenn sie ihren Freundinnen vom Volkshochschul-Kurs erzählen würde! Vorsichtshalber hatte sie lieber nichts dergleichen getan, obwohl sie deren Gesichter voll peinlichen Entsetzens und unverhohlenen Neids nur zu gern gesehen hätte. Und dann erst noch das, was sie gerade eben erlebte. Das war noch unerzählbarer. Das würde ihr keine dieser Freundinnen je glauben. Nämlich daß sie Lober ausgerech-

net an einem Ort wie diesem Brudern wiederbegegnet war, Inbegriff der Abgelegenheit und auf keiner Landkarte eingezeichnet. Und wie er da plötzlich vor ihr gestanden war, in was für einem Aufzug, er, der ewige Anzugträger. Im laubfrosch-grünen Pullover und in Halbschuhen, die aussahen, als hätte Lober mit ihnen tagelang in einer Baugrube gearbeitet. Vielleicht hatte er es sogar getan. Von einem Hausierer der Firma *Nachschaff* jedenfalls hatte er gar nichts mehr an sich. Von einem Bau- oder auch Landarbeiter aber alles, insbesondere von einem übers Land wandernden Saisonarbeiter, wie es sie schon gar nicht mehr gab, wie sie früher aber in den Regionen der Böhmischen Masse zuhauf unterwegs gewesen waren. Seine frühere Existenz mußte er irgendwo unterwegs verloren haben. Denn daß er von einer weiten Reise heimkehrte, soviel hatte die Multererin seinen Erzählungen entnommen. Jetzt wollte er nur mehr nach Hause. Und das, ohne genau zu wissen, wo dieses Zuhause überhaupt sein könnte. Komisch, Erna Multerer fühlte sich, sie wußte auch nicht warum, aufgerufen, dieses Zuhause zusammen mit Lober zu suchen. Sie hatte ihn in ihr Auto gepackt und war losgefahren. Was anfänglich nur nach einer kleinen Spritztour ausgesehen hatte, um die Zeit zu überbrücken, die Zacharias noch für seine Verhandlungen mit Hlavatschek brauchen würde, wurde unversehens zu etwas Längerem. Zu einer Heimreise vielleicht.

»Aber Ihr Mann«, machte sich Lober jetzt plötzlich Sorgen, »was wird denn aus ihm? Den haben wir ganz vergessen. Der sitzt jetzt in Brudern fest … und noch dazu ohne Auto.«

»Und wenn schon! Wie oft hat mich der sitzenlassen. Der findet schon wieder heim. Da mach ich mir keine Sorgen.«

Sorgen machte sie sich viel eher um Lober, was dem direkt etwas unangenehm war. Hatte er irgendwelchen Anlaß gegeben, daß sie sich auf einmal so an ihn ranschmiß? Ihm war

nichts bewußt. Egal. Lober sah das Positive. Und das war, daß er über Erna Multerer vielleicht tatsächlich seinen Zielen etwas näher kam. Als Bauunternehmersgattin war sie geradezu prädestiniert, jemandem ein Dach über dem Kopf zu verschaffen. Es mußte ja nicht gleich ein neu gebautes Dach sein. Irgendein altes, beinahe schon löchriges täte es auch. Beziehungsweise: So ein heruntergekommenes und nur auf ihn und seine Renovierungssehnsucht wartendes Keuschlerhaus, das war, wenn sie's recht verstand, genau das, was er suchte.
»Ich weiß vielleicht eine Liegenschaft für Sie«, hatte die Multererin gesagt, und daß sie ausgerechnet das schöne Wort *Liegenschaft* benutzte, zeigte ihm, daß sie ihn verstand. »Mitten im Bayerischen Wald. Mein Mann und ich, wir kommen ja so allerhand herum. Und wissen Sie: Wer einen Neubau bezieht, der läßt ja doch meist irgendein altes Bauernhaus leer zurück.«
Lober hatte das selbst oft genug erlebt und gesehen: ein Kleinhäusleranwesen, das sich über Nacht in den Schatten eines unförmigen Mehrfamilienhauses zu ducken hatte. Ihm war das immer vorgekommen wie ein Bild von allgemeiner Symbolik: Hier das Alte, längst Verlassene, nur mehr windschief und mit gekrümmtem Firstbalken Dastehende und daneben das neu Apricotfarbene, mittelmeerländisch Nachgemachte und vor allem von einem jungen Familienglück Kündende, das sich bei so viel Sonnenterrassenherrlichkeit gefälligst unverzüglich einzustellen hatte. Ihn deprimierte das. Nein, in einem solchen Austragshäusl im Schlagschatten einer lebenden Baumarktprospektidylle hatte Lober nicht die geringste Lust zu wohnen.
»Lieb wäre mir, wenn es irgendwo einsam am Waldrand stünde, das Haus«, sagte er zur Multererin, die wissend lächelte: »Vertrauen Sie mir nur. Ich hab das Richtige für Sie, glauben Sie mir. Steht schon wieviel Jahre leer. Der Eigentümer ist

ein etwas schrulliger Mensch. Er wird Ihnen gefallen. Und vor allem: Sie ihm! Bisher wollte er sein Haus nie hergeben zum Vermieten. Bei Ihnen wird er die Ausnahme machen. Ich bin mir sicher. Wir fahren jetzt gleich zu ihm hin.«

»Aber es wird doch schon dunkel.«

»Na und? Haben Sie das noch nie erlebt? Man betritt das erste Mal *sein* Haus, in dem man in Zukunft wohnen wird. Es ist Nacht, dunkel, der Strom abgestellt, gerade daß man sich noch mit dem Licht einer Kerze zurechtfinden kann. Und dann am nächsten Morgen weckt einen die aufgehende Sonne, man schaut sich um, sieht durchs Fenster hinaus in den Garten, der völlig verwildert ist, das Gras in der Wiese steht hüfthoch, nach und nach erkennt man Einzelheiten, draußen und im Haus, durch das man zu streifen beginnt. Und man weiß: Da werde ich jetzt leben. Das ist jetzt mein Heim. Ein Heim, in dem noch nichts ist, wie es sein soll. Nur unansehnliche Reste von einem ausgezogenen fremden Leben. Haben Sie das schon einmal erlebt? – Es ist ein überwältigendes Gefühl.«

Nein, so etwas hatte Lober noch nicht erlebt. Aber die Multererin anscheinend. Und das überraschte Lober. Er hätte gedacht, sie und ihr Mann, die seien halt Spezialisten fürs Abreißen und Neubauen. Und jetzt stellte sich heraus: Die Liebe zum Alten, die kannten sie auch. Wahrscheinlich kannten die viele. Und trauten ihr bloß nicht.

* * *

›**WAS WAR DENN DAS JETZT GEWESEN?**‹ fragte sich Raimund, schwankend zwischen Belustigung und ungläubigem Kopfschütteln, während er hinter seiner Theke stand und mit einem Geschirrtuch Trinkgläser blank polierte. Dieses Tür auf, Tür zu, Auftritt, Abgang, und dazwischen einmal gut das anwesende Personal durchgemischt; was am heutigen Nachmittag in seiner Jausenstation stattgefunden hatte, amüsierte ihn noch immer. Als letztes waren gerade eben Jiří und die Französin aufgebrochen. Natürlich hatte er ihr, ganz tschechischer Gentleman, den Rollkoffer abgenommen und ihn zu seinem Leichenwagen gebracht. Er würde, nahm sich Raimund vor, unbedingt bei Jiří auf den Busch klopfen müssen, wenn er wieder hier auftauchte, wie das mit der Französin weitergegangen sei. Vielleicht war ja da ein Gschichtl entstanden. Wenigstens als Zuhörer einer hoffentlich möglichst detailgenauen Nacherzählung hätte Raimund gerne davon profitiert.

Und er mit seiner Jausenstation unter dem Lindenbaum war das Vermittlungsinstitut all dieser neuen Paarungen gewesen. Vielleicht ja auch bei Walter und dieser Franziska? Obwohl: Die war anscheinend auf der Suche nach einem anderen. Jedenfalls: An Tagen wie diesem spürte Raimund eine ihn tief durchwärmende Zufriedenheit. Er hatte getan, was man mit einer so bescheidenen Jausenstation wie seiner nur tun konnte. Das machte ihn fast ein klein bißchen glücklich. Hatte er also nach so vielen beruflichen Versuchen, Umwegen und Abirrungen doch noch das für ihn Richtige gefunden? Seine Jausenstation war zwar nur ein Betonkubus, an der Spitze des Zeltdaches mit einer Metallöse, in die ein entsprechend großer Baukran nur seinen Haken einzuhängen brauchte und schon war sie hochgehoben, auf einen Sattelschlepper gesetzt und weggebracht, aber dennoch: Für Raimund war dieses Provisorium so etwas geworden wie seine Heimat. Hier an der Straße hinter Brudern stehen zu dürfen, so nah der Grenze, und den anderen beim Vorbeiziehen auf ihrer Lebensreise zuzuschauen, das war ihm mittlerweile zum Liebsten geworden. Er war doch selber lange genug unterwegs gewesen, um von etwaigen Sehnsüchten nach einem Leben des Herumzigeunerns geheilt zu sein. Erst als Fernfahrer, der wöchentlich die Strecke Wien–Istanbul hinter sich zu bringen hatte, dann als Matrose auf einem Donau-Lastkahn, der bis hinunter ans Schwarze Meer und wieder zurück ins Hafengelände der VOEST bei Linz pendelte. In den neunziger Jahren waren dann die Vereinigten Österreichischen Eisen- und Stahlwerke zerschlagen worden – was sich nie jemand hätte vorstellen können, Staatsbetrieb, der sie ja gewesen waren. Nicht nur ganz Linz, sondern auch noch das halbe Waldviertel hatte doch von dem Unternehmen gelebt. Und dann die Krise. Raimund hatte sie sich bis zum Schluß nicht erklären können. Von der Logik her hätte doch die Öffnung der Grenzen nach Osten hin das genaue Gegenteil bewirken müssen. Normalerweise hätte es unglaublich viel aufzubauen geben müssen, mit bewährtem Stahl aus Linz. Wo man auch hinkam, in den ehemaligen Ostblockländern, nichts als verrottetes altes Gelump, von Säure zerfressene, rostbraune Industrieanlagen. Aber nein, das Geschäft schienen irgendwelche anderen dubiosen Firmen zu machen, ob aus der Ukraine, China oder wer weiß woher. Überhaupt dieses China! Hatte es nicht schon die heimische Granitindustrie auf dem Gewissen? Egal! Raimund hatte sich jedenfalls etwas Neues suchen müssen.

Und fand es, indem er als Roadie bei einer Waldviertler Rockjazzband anheuerte, Walter hatte ihm den Kontakt verschafft. Die »Soulful Blowing Trolls« waren eine vorwiegend als Blechbläser auftretende Kapelle … Raimund sagte zum Spaß immer, nach dem schweren Stahl der VOEST habe es unbedingt das schwere Blech dieser Band sein müssen, denn ohne Metall in der Luft könne er einfach nicht leben. Das war eine wilde Zeit gewesen, vor allem als sich die Band mit drei Musikern vom Balkan verstärkte, Blechbläser der wunderbarsten Sorte. Sie spielten alle auf verbeulten, zerschrammten und mit Patina überzogenen Instrumenten und brachten der Band ein neues, irrwitziges Tempo bei, das dennoch von einem unglaublichen Seelenschmelz war, hinter dessen Geheimnis Raimund, der ja jedes Konzert, nachdem seine Aufbauarbeit erledigt war, mit anhörte, bis zuletzt nicht gekommen war. Mit dieser Band war er dann vor allem im Tourbus, zu dessen Fahrer er delegiert wurde, durch Osteuropa unterwegs gewesen, Slatko, Bogdan und Ibrahim, die neuen Bandmitglieder, sorgten für die entsprechenden Kontakte. Und dann gab es natürlich noch die Konzerte kreuz und quer durch Österreich und die Schweiz, die immer als umjubelte Heimspiele zu betrachten waren.

Und trotzdem stieg Raimund eines Tages aus. Als er nämlich davon hörte, daß die Jausenstation vom Schalenstein zum Verkauf stehe. Der Schalenstein liegt etwas weiter im Osten, dort wo schon das Weinviertel beginnt. Manche sagen auch Opferstein zu dem mit einer schalenförmigen Vertiefung versehenen Felsblock, aber ganz bestimmt nicht deshalb, weil in direkter Nähe zu diesem Ort unmittelbar vor Ende des Krieges im Frühjahr '45 einundzwanzig Deserteure der reichsdeutschen Wehrmacht erschossen worden sind. Die Bezeichnung Opferstein hängt mit der hier angenommenen heidnischen Kultstätte zusammen. Wie vielen Plätzen der Böhmischen Masse wurde auch diesem Ort später eine christliche, genauer marianische Bedeutung übergestülpt. Die sich in der Schale des Felsblockes sammelnde Feuchtigkeit wird seither als »Marienwasser« verehrt und bewallfahrtet, dem Wässerchen wird Wunderkraft zugesprochen, die sich allerdings das eine Mal, wo sie tatsächlich hätte wirken können, nicht bewahrheitete, nämlich als es darum ging, die teils noch im Bubenalter steckenden Wehrmachtsdeserteure zu erretten, die buchstäblich wenige Stunden vor Kriegsende hier hingerichtet wurden.

Raimund war selbst als Kind ein-, zweimal am Schalenstein gewesen, der ein beliebtes Ziel für Schul- und Pfarrgemeindeausflüge war. Schon damals hatte der Imbiß-Betonwürfel geöffnet, und Raimund hatte sich dort, wie alle anderen Kinder auch, ein Tschapperlwasser gekauft. Deshalb erinnerte er sich auch sofort und wußte, von was die Rede war, als er hörte, die Jausenstation vom Schalenstein stehe zum Verkauf. Allerdings soweit in den Osten zu ziehen, das war von vornherein für ihn nicht in Frage gekommen. Ihm war gleich klar, er würde, falls er den Kaufzuschlag bekäme, den Betonkubus von einem kräftigen Baukran bei seiner Öse packen und ihn hier nach Brudern kommen lassen, um ihn an der Straße zur Grenze aufzustellen, wo mit dem stetig dahinrollenden kleinen Grenzverkehr zwar in nicht gar so großer Münze, aber dennoch verläßlich zu rechnen war. Vielleicht spürte Raimund, dieser Ort rund um den Schalenstein sei, trotz der Tausenden Wallfahrer jedes Jahr, die den Platz auf einer Anhöhe mit herrlichem Blick bis nach Zlín (der Tomaš-Bat'a-Stadt) zu einem marianischen Rummelplatz machten, in einem ausgesprochen schlechten Kraftfeld gelegen. (Im Waldviertel hat man für solche negativen Strahlungen ein Gespür.) Und das nicht nur der Deserteure, sondern auch der ermordeten jüdischen Zwangsarbeiter aus Ungarn wegen, die man hier ganz in der Nähe in einem Lager zusammengepfercht hatte. Viele von ihnen hatten dort ihr Leben gelassen und waren in Massengräbern verschwunden. Die Gebeine, die man an dem Ort der Erschießung später exhumierte und in einen nahen Soldatenfriedhof überführte, lagen dort, Gipfel der Verhöhnung, unter einer Gedenkinschrift, die davon kündete, »die hier gefallenen Soldaten wurden 1978 umgebettet« … aber sie waren ja gar nicht *gefallen,* sondern von einem bis zur allerletzten Kriegsstunde fanatisch jeden Deserteur verfolgenden Feldgericht füsiliert worden.

Raimund hatte also den Betonwürfel genommen und ihn versetzen lassen. Der Schalenstein war jetzt ohne Jausenstation, was den marianischen Wallfahrtsrummel nicht im mindesten beeinträchtigte, dafür gab es aber nun entlang der Straße von Brudern zur Grenze eine Einkehrmöglichkeit. Und die Durchreisenden dankten es Raimund auch, indem sie bei ihm Station machten, manchmal so zahlreich, daß sie in seinem drei mal drei Meter Betonwürfel beengt standen wie die Wallfahrer in der kleinen Schalensteiner Feldkapelle am 15. August, dem Tag von Mariä Himmelfahrt. (Statt in Weihrauchnebeln standen sie hier jedoch im Dampf zahlreicher Tschiks, es hatte den Anschein, als ob sich bei Raimund ausschließlich Raucher träfen.) Sie waren mittlerweile eine ganz eigene Familie, fand Raimund, eine mit und im Würfel bunt zusammengerüttelte Familie. Und auch wenn er von vielen nicht einmal den Namen wußte, so waren sie doch Familienmitglieder. Die tschechischen Saisonarbeiter, die – zumindest sommers über – jeden Abend nach Hause über die Grenze fuhren, vorher aber noch schnell einen kleinen Braunen brauchten, gehörten ebenso dazu wie die Waldarbeiter und Tagestouristen, die einsamen Herren, die unruhig entlang der Grenze durch die Parkbuchten streiften, und manchmal sogar die Kaugummi kauenden zwei minderjährigen Mädchen, die genau in diesen Parkbuchten aufgelesen und halbe Stunden später wieder abgeladen wurden. Sie traten immer nur als Pärchen auf, stiegen auch meist als Pärchen in die neben ihnen mit laufendem Motor anhaltenden Autos ein, stiegen die halben Stunden später auch wieder als Pärchen aus und kontrollierten daraufhin entweder sofort den Inhalt ihrer schreiend neonbunten Handtäschchen oder aber reckten dem davonjagenden und Splittsteinchen aufwirbelnden Wagen den ausgestreckten Mittelfinger hinterher, paarweise auch das, selbstverständlich. Als Pärchen betraten sie auch die Jausenstation, die sie, vor allem jetzt im bevorstehenden Herbst, gerne als Wärmestube nutzten, zumal Raimund ihnen, ohne viel zu fragen, das hinstellte, was ihnen das liebste war: ein Glas Cola und zum schnellen, unauffälligen Daruntermischen eines der kleinen Fläschchen Wodka, von denen beim Bezahlen dann noch einmal je zwei in die schreiend neonfarbenen Handtäschchen glitten. Raimund berechnete jeder von ihnen immer nur eines … mit anderen Worten: sie taten ihm leid. Sie von ihrem Los zu befreien, zum Beispiel durch einen Wink an die Bruderner Kieberei, traute er sich nicht. Erstens war unklar, ob die Wacheln überhaupt etwas unternehmen konnten gegen das gesetzlose Treiben, das sich immer nur drüberhalb der Grenze abspielte. Und zweitens war das Pärchen einmal von ihren beiden Strizzis abgeholt worden, nicht sehr freundlich, mußte man sagen, und die Art und Weise, wie die beiden Peitscherlbuben aufgetreten waren, ließ es Raimund ratsam erscheinen, sich auf keinen Fall mit ihnen anzulegen. Er würde ja seinen Würschtelwürfel noch gerne ein paar Jahre weiter betreiben, und das bei leidlicher Gesundheit.

Mittlerweile waren alle Gläser blank poliert. Nicht nur einmal, zweimal war jedes einzelne durch Raimunds Hand gegangen. Jetzt haftete bestimmt an keinem Glasrand mehr auch nur die kleinste Spur Lippenstift. Raimund sah auf die Uhr und entschied, für heute Schluß zu machen. Seine Hilde, die längst von der Arbeit in der Christbaumfabrik daheim war, würde auch schon warten. Er ließ die Rollbalken vor der Durchreiche herunter, riegelte die Tür ab, schwenkte das zusätzlich sichernde Eisengitter davor und schloß es mit gleich drei Vorhängeschlössern ab.

Die wenigen hundert Meter bis zum Ortseingang von Brudern ging er auf der Straße. Er sah hinauf zum Himmel. Der Abendstern war schon zu sehen, so hell wie selten, kam es Raimund vor. Daß der Tag noch so wolkenlos enden würde, war nach der dicken Nebelsuppe am Morgen nicht zu erwarten gewesen. Ein leichter, aber beständiger Windhauch hatte allen Dunst davongetragen. Und er wehte noch immer. Aus Richtung Osten. Kühl und erfrischend. Und rührte die Baumwipfel rechts und links der Straße. Es war ein eigenartiges Rauschen und Tönen. Raimund blieb stehen. Etwas zwang ihn zu lauschen. War es ein neuer Ton? Irgendwo im Osten fuhr jetzt Jiří mit der Französin in Richtung einer Welt, die dieser völlig neu war und – man glaubt es kaum – sie gefiel ihr sogar. Auf einer Bergkuppe, einen Steinwurf weit entfernt vom Asylantenheim, saß ein Paar auf der Bank und half sich gegenseitig bei den letzten, so schweren Sätzen seiner *Hlavanicer Lebensgespräche*. In einem Vierseithof in Brudern erfanden sie ein neues Europa aus dem Geiste Walthers von der Vogelweide. Im Steinbruch der Bacherin würde noch lange das Licht in der Sprengmeisterhütte brennen. Und Erna Multerer erreichte zusammen mit Lober ein Dorf im Bayerischen Wald, an dessen Ortsrand ein Mann lebte, der war vor langer Zeit einmal ein Stotterer gewesen, erst ein Schweiger und Garnichtssager, dann ein Stotterer und heute, wenn er den Mund aufmachte, was eher selten geschah, sprach er klar, zusammenhängend und immer ein wenig ungewöhnlich. – – Durchweht und durchhaucht von all dem und doch ohne etwas davon gewahr zu werden ging Raimund nichtsahnend nach Hause. Wie wir alle. Wir alle sind immer nur nichtsahnend auf dem Weg nach Hause.

* * *

SOGAR BOHUMILA KAM JETZT DAS »DU« über die Lippen. Dokterchen war abgelegt. Sie sagte, »laß uns da hinsetzen, Ladislav«, als sie durch die quietschende Klemmtür des Asylantenheims hinaus ins Freie traten und eine Bank entdeckten, die etwas abseits vom Haus stand, auf einer kleinen Erhöhung des Plateaus, einem gewaltigen Granitfindling, aus dessen dickem Moosteppich kleine Fichten und Tannen wuchsen. Von dieser Bank aus, bemerkten die beiden, als sie sich niedersetzten, strich der Blick gerade so eben über die Wipfel jener Bäume hinweg, die den Saum der Plateaulichtung bildeten. Man sah weit ins böhmische Land hinein, über sanft gewellte Hügelrücken hinweg.

»Ladislav …?«

»Ja?«

»Weißt du eigentlich, daß ich in meinem ganzen Leben noch nie von hier weggekommen bin?«

»Nicht mal in Prag bei deiner Tochter warst du?«

Bohumila schüttelte den Kopf.

»Ich hab ja noch nicht einmal die Moldau gesehen, unsere Moldau. Immer nur die Pivoňka. Weiter als mit dir bin ich nie herausgekommen aus Hlavanice. Ohne dich und dein Moped wüßte ich nicht einmal, wie's hinterm Ortsschild aussieht. Mit achtzehn hat mich der Katlec geheiratet. Ich ihn ja nicht.« Sie überlegte. »Oder vielleicht ein klein bißchen. Jedenfalls: Danach gab's nur mehr die *Jungfer.* Weißt du, was mir neulich klar geworden ist: Ich werde als alte Jungfer eingegraben werden …«

»No, no, no: Das kann kaum wahr sein, wenn ich da an deine wirklich ansehnliche Tochter denk'!«

»Doch, doch, alte Jungfer, nie von der Welt berührt.«

»Jetzt hör aber auf! Und vom Eingraben reden wir schon zweimal nicht.«

Sie lächelte, zitternd und schwach.

»Ach, Ladislav, daß du immer nie etwas merkst.« Sie schwieg einen Moment, schien noch einmal alle Kräfte zu sammeln. »Weißt du, was bitter ist? Daß bei dieser Reise keiner da ist, der sich mit mir in die letzte Kurve legen wird. Wenigstens beim Kurvenfahren waren wir immer ein herrliches Paar, stimmt's, Ladislav? Solange du am Lenker gesessen bist, hatte ich nie Angst. Aber was wird jetzt sein?«

»Ich bin's doch auch noch nie gefahren ... diese letzte Strecke.« Etwas Dümmeres fiel Vančura als Antwort nicht ein. Er legte den Arm um ihre Schulter, ein bißchen in Schräglage konnte sie nun doch gehen. Sie lehnte sich an seine Brust.

»Weißt du noch, unsere *Hlavanicer Lebensgespräche.* Ohne die hätt' ich überhaupt nie etwas von der Welt erfahren. Was du alles gewußt hast! Ach, Ladislav, erzähl mir noch ein bißchen.«

»Was soll ich denn erzählen?«

Bohumila richtete sich auf. Lange ruhte ihr Blick auf den Waldhügeln. »Erzähl mir was von unserem Böhmerwald.« Sie sank wieder zurück an Vančuras Brust. Und schloß die Augen.

»Früher sollen hier Elche gelebt haben, die hatten keine Kniegelenke und konnten deshalb auch nicht in die Knie gehen.«

»Genau wie ich«, murmelte Bohumila und ein Lächeln stand auf ihrem Gesicht.

»Die mußten im Stehen schlafen.«

»Ich auch. Ich bin mein ganzes Leben lang gestanden, in der Küche und hinter der Theke. Du, ich freu mich ja so aufs Niederlegen.«

»Zur Nacht haben sich diese längst ausgestorbenen Böhmerwaldelche gegen Bäume gelehnt, und dann haben sie das Schnarchen angefangen, leise und sanft. Ihr Schnarchen klang symphonisch. Smetana hat es einmal zufällig gehört und anschließend die ›Moldau‹ komponiert. Will man übrigens die ›Moldau‹ richtig hören, muß sie unbedingt auf böhmischen Streichinstrumenten gespielt werden. Böhmerwaldgeigen und

Böhmerwaldcelli sind ganz etwas Besonderes. Das liegt am Holz. Wahrscheinlich weil die Bäume, die dieses Holz liefern, mit ihren Wurzeln bis ins Mesozoikum und Paläozoikum hinunterreichen und den Geist all der Seeungeheuer, Schnecken und Muscheln aufsaugen. Wußtest du, Bohumila, daß hier einmal ein Meer war, die Tethyssee?«

Bohumila antwortete nicht. Sie schaukelte auf den Wellen von Vančuras auf- und abgehender Brust.

»Deshalb klingen die aus böhmischem Holz gemachten Instrumente immer nach Meer-Musik, hörst du. Ur-Meer-Gesang. Und weißt du, warum die Böhmen manchmal so ein goldiges Herz haben? – Weil sie auf Goldadern leben. Und weißt du, warum sie manchmal rabenschwarze Gedanken haben und vergiftete Gehirne und ihnen nichts anderes einfällt, als ihre Mitmenschen mit einer jahrtausendelang strahlenden Bosheit umzubringen? – Weil sie auf Adern aus Pechblende leben, ich weiß es, ich hab mit Kumpels gesprochen, die man in Příbram in die Stollen gejagt hat. – – Hörst du, Bohumila?«

Sie gab keine Antwort. Doch Vančura hörte nicht auf, sie weiter zu fragen: »Weißt du, warum wir Böhmerwaldler manchmal so leicht zerbrechen? – Weil wir viel zu lang mit dem Glas beieinander waren. Und weißt du, warum wir manchmal so hartherzig sind? – Weil der Granit auf den Charakter abfärbt. Und weißt du, warum wir so einen Humor haben? – Weil man ganz sicher ausläuft und an Austrocknung stirbt, wenn man immer nur heult.«

Und während Vančura dies sagte, liefen ihm die Tränen über die Backen. Und er fing an zu zittern und es schüttelte ihn und er schüttelte ihren schweren reglosen Körper gleich mit, was aber auch nicht mehr half. Bohumila wollte nicht mehr aufwachen, wachte nicht mehr auf.

* * *

»**DEN HERRN HÖLZL KENN' ICH** ja schon seit Jahren. Seit er eben diesen Studium-Generale-Kurs an der Volkshochschule in Freyung leitet. Wir sagen *Studium Generale,* so wie wir ja auch *Professor* zu dem Herrn Hölzl sagen.« Erna Multerer tat etwas verlegen, aber das war nur gespielt. Im Grunde war sie stolz. »Beides stimmt natürlich nicht. Er ist gar kein Professor und sein Kurs nennt sich laut Ausschreibung ›Wissen der Zeit‹. Es gibt ja kaum ein Fachgebiet, in dem der Herr Hölzl nicht Bescheid weiß. Wir dürfen auch immer unsere Wünsche anmelden. Wir sind bis auf eine Ausnahme nur Damen im Kurs. Und uns schlägt er natürlich keine Bitte ab, das würde ein Gentleman wie er niemals tun. ›Nächste Stunde die Kunst der Medici bitte‹, den Wunsch erfüllt er uns genauso wie wenn wir sagen, ›jetzt erklären Sie uns doch mal, was diese In-vitro-Fertilisation genau ist‹. Er hat es uns ja nicht einmal abgeschlagen, uns alle zu sich nach Hause einzuladen, nachdem wir des öfteren durchblicken haben lassen, daß wir halt zu gerne wüßten, wie er so lebt. Und daher kann ich Ihnen sagen: Der Herr Hölzl wohnt schon seit Jahren als ein Einschichtiger in Keilersbach. Dabei ist er so eine kultivierte, angenehme Person. Warum der keine findet und von was er letzten Endes genau lebt? … Man hat es noch nicht ganz zweifelsfrei erfragt. Dieser eine Kurs an der Volkshochschule kann es nicht sein. Die Bezahlung ist ja lachhaft. Das macht er wahrscheinlich rein aus Passion. Ich könnte mir vorstellen, daß so jemand wie er eine nicht zu zügelnde pädagogische Leidenschaft hat. Aber davon leben …? Wir wissen es einfach nicht. Obwohl man es nicht nur in Keilersbach ganz gerne genau wissen würde. Ich hoffe, das macht Ihnen nichts aus, daß man in Keilersbach alles immer genau wissen will. Ansonsten: sehr hilfsbereite Menschen dort. Wie es halt so ist auf dem Land. Immer noch. Obwohl sich ja so vieles ändert. Schauen Sie, jetzt wohnt sogar schon so jemand wie unser Herr Hölzl auf dem Land. Früher: undenkbar!«

Erna Multerer hatte die ganze Fahrt über Lober darauf vorbereitet, an wessen Haustüre sie nun gleich läuten würden. »Gebürtig ist er ja aus der Landeshauptstadt. Die Liegenschaften in Keilersbach stammen aus einer Erbschaft. Da hat irgendeine Vorfahrin des Herrn Hölzl … ich glaub, es war die Großmutter … nach der Holledau eingeheiratet. Zu einem großen Hopfenbauern. Naja, welcher Bauer in der Holledau ist kein Großer? Mit dem Hopfen läßt sich ein Vermögen verdienen. Das Gold der Holledau. Wahrscheinlich wird die Großmutter als Hopfenzupferin auf den Hof gekommen sein. Das ist ja bekannt: Die Bayerwaldler und die Böhmen sind jedes Jahr im Frühherbst als Saisonarbeiter in die Holledau gezogen. Wer halt entbehrlich war, daheim am Hof. Aber viele Kinder haben sie ja im Bayerwald schon immer gehabt. Wenig zu essen und eine Herd' Kinder, wie man so sagt. Das Haus, aus dem die Großmutter herausstammt, ist winzig. Sie werden es ja sehen. Früher sollen da zwölf Personen drin gewohnt haben. Jetzt steht es schon wer weiß wie lang leer. Warum die Liegenschaft ausgerechnet an den Herrn Hölzl fiel und ob er die anderen Erbberechtigten, die es sicherlich gab, allesamt ausbezahlt hat und vor allem: von was?, das hat man noch nicht so genau erfragt in Keilersbach. Er redet halt auch wenig, man könnte beinahe sagen, ein richtiger Schweiger, unser Herr Hölzl. Er selber wohnt im Nachbarhaus, nicht weit entfernt. Aber doch so weit, daß Sie auf alle Fälle Ihre einsam dastehende Liegenschaft hätten. So wie Sie sich das wünschen, hab ich recht, Herr Lober?«

(Warum und wie konnte sie nur seine Träume lesen, und vor allem: weshalb nur half sie ihm so freimütig, sie wahr zu machen?) »Trotzdem muß Ihnen klar sein: der Vermieter, er wohnt gleich daneben. Das kann Vor- und Nachteile haben. Ich jedenfalls sage Ihnen: Mit dem Herrn Hölzl werden Sie sich blendend verstehen. Da bin ich mir sicher. Warum er nicht selber in dem Haus wohnt, sondern in dem daneben, und ob auch diese Liegenschaft zur Erbmasse gehört hat … naja, was geht's uns an? Wir interessieren uns nur fürs Ziegeltrum-Haus, hab ich recht, Herr Lober?«

»Ziegeltrum?«

»Ja, das ist der Hausname. Kein Mensch weiß, woher der kommt. Das weiß man ja bei Hausnamen nie. Jedenfalls seit Generationen waren das die Leute vom Ziegeltrum-Hof. Zuletzt arg heruntergekommen. Der Herr Hölzl hat dann bei uns angefragt, also im Geschäft von meinem Mann, ob wir nicht ein paar Renovierungsmaßnahmen erledigen können, als Baufirma. Normalerweise mag das mein Mann gar nicht, dieses nutzlose Herumbasteln und Herumbatzen an alter Bausubstanz. Hier einen Eimer Mörtel anrühren, da etwas Fugenmasse. Er ist doch kein Konditor, sagt mein Mann normalerweise immer, wenn einer mit so etwas daherkommt. Und: Geld in alte Bausubstanz stecken, da können Sie es genauso gut gleich in den Ofen werfen. Ein neuer Rohbau dagegen, ich bitt' Sie, das ist heutzutage eine Angelegenheit von vier Wochen. So ein Neubau ist in Null Komma nichts hochgezogen, in der Zeit stehen Sie noch immer vor dem Altbau und überlegen, wie Sie den Schwamm aus den Kellermauern herausbringen. Auf jeden Fall: Bei jedem anderen hätte mein Mann in so einem Fall gesagt, ›passen Sie auf, da stellen wir Ihnen den Liebherr hin …‹«

»Den *Was* bitte?«

»Den Liebherr? … Tieflöffelbagger … und in zwei Stunden hat Ihnen der das ganze Gelump zusammengekratzt und auf einen Dreiachser geladen. Aber in dem Fall hat er gestutzt, mein Zacharias. Und wissen Sie auch, warum? – Nur wegen des Hausnamens: Ziegeltrum.«

»So?«

»Ja. Er selber hat ja einen Spitznamen. Der Ziaglzach. Vonwegen seinem Vornamen: Zacharias. Das hat ihn stutzen lassen, dieser Gleichklang: Ziaglzach Ziegeltrum. Nur deswegen hat er nicht gleich den Liebherr ausrücken lassen.«

»Verstehe.«

»Er hat sich die ganze Ahnengalerie von dem Ziegeltrum-Haus erzählen lassen. Da ist ja der Herr Hölzl firm, was das Geschichtliche betrifft. Obwohl er ansonsten eher wenig redet. Mein Mann meint ja, der sei so eine Art Forscher ... Pivatgelehrter und Forscher. Trifft man das richtige Thema, wird er gesprächig und hört nicht mehr auf. Das Haus von oben bis unten voller Bücher. Vielleicht ist das ja auch der Grund, wieso er nicht ins Ziegeltrum-Haus gezogen ist. Weil gerade Wände finden Sie da eher nicht. Aber so, wie ich Sie einschätze, lieber Herr Lober, macht Ihnen das sicherlich nichts aus. Etwas unebene Wände sind ja auch viel gemütlicher, stimmt's oder hab ich recht? Sie sind halt nicht ganz trocken, die Wände, obwohl mein Mann ja sagt, sie hätten ums ganze Haus herum aufgegraben, Drainage und Teeranstrich an den Kellermauern erneuert. Von den Kosten her natürlich ein Wahnsinn, ein halber Neubau beinahe schon, aber bitte, wenn man es sich leisten kann, daß man nicht rechnen muß. Bei uns ist der Kunde noch der König. Und wenn es der Herr Hölzl partout so wünscht! Er wird Ihnen das alles sicher noch genauer erzählen können.«

Ob der Herr Hölzl dazu überhaupt Lust hatte, wurde er gar nicht erst gefragt. Unangemeldet standen die Multererin und Lober plötzlich vor seiner Tür. Doch aufs Überrumpeln verstand sich die Bauunternehmersgattin ja. Sie fiel buchstäblich mit der Tür ins Haus, die Hölzl lediglich einen Spaltbreit zu

öffnen gewagt hatte, indem sie sie nämlich bis zur Flurwand hin aufdrückte. »Herr Hölzl, ich grüße Sie, schauen Sie, wen ich Ihnen da bringe, den überaus ruhigen, seriösen Herrn Lober, ohne Kinder, Hund und überdies Nichtraucher, die meiste Zeit sowieso außer Haus, weil im Außendienst beschäftigt … daß ich nichts Falsches sage: Es stimmt doch, daß Sie nicht rauchen? Ist ja auch gar nicht gesund.«
»Aber ich werde doch … aber ich will doch …«, versuchte Lober vergeblich, eine kurze Erklärung dazwischenzuschieben. Erna Multerer faßte ihn nur kurz am Arm und wandte sich weiter an Hölzl, »der Herr Lober wäre genau der Richtige für Ihr Ziegeltrum-Haus, Sie suchen doch schon lange einen Mieter, hab ich recht? Hier wäre er!«
Doch weder hatte Hölzl etwas von einem Mieter, nach dem er suche, verlauten lassen, noch war ihm je bewußt gewesen, daß die Firma Hoch- und Tiefbau Multerer auch Maklergeschäfte managte. Lober war bei Hölzl abgeladen und die Mission der Multererin damit auch schon erledigt. »Für alles Weitere lasse ich die Herren jetzt alleine«, sagte sie, stieg in ihr Auto und fuhr, ohne große Verabschiedung, davon. Hölzl war genauso perplex wie Lober. Was blieb ihm also anderes übrig, als zu sagen: »Jetzt kommen Sie erst einmal herein.«
Hölzl führte Lober ins Haus. Ihm fiel auf, daß der Fremde erstaunlich ruhig blieb, obwohl ihm doch eigentlich klar sein mußte, daß er jetzt um diese Tageszeit von Keilersbach nicht mehr wegkommen und folglich hier übernachten würde müssen. Anscheinend hatte er es überhaupt nicht eilig. Im Gegenteil: Er begann eine so ruhige, nachfragende und dabei auch genau hinhorchende Unterhaltung, daß sich Hölzl dachte, ›na, so was, da ist einer mal wirklich ein Zuhörer‹. Und ehe er sich's versah, war er mit Lober in ein Gespräch geraten, in dem er – auf eine für ihn selbst verwunderliche Weise – vertraulich wurde, wie er es noch mit keinem Keilers-

bacher in all den Jahren, die er hier lebte, je geworden war. Schließlich fragte er sich weit nach Mitternacht selber, ›wie hat dich jetzt dieser Fremde nur dermaßen ins Erzählen gebracht?‹.

Aber auch Lober öffnete sich, wie er es von sich kaum für möglich gehalten hätte. Er erzählte dem Fremden, in dessen Haus er mit so verblüffender Selbstverständlichkeit aufgenommen wurde, die Geschichte seiner Verwandlung und womit sie begonnen hatte. Wenn er es nämlich recht überlegte, dann war es dieses eine bestimmte Hörbuch gewesen, das ihm Franzka vor seiner letzten Tour zugesteckt hatte, *Der Waldgänger und andere Stücke. Die schönsten Stellen aus Adalbert Stifters Werken,* das dafür gesorgt hatte, daß Lobers Lebenszug aus seinen ausgefahrenen Gleisen herausgesprungen war. Und wohin ihn das letzten Endes alles geführt hatte! In Gegenden, von denen Lober nach wie vor nicht sagen hätte können, wo die eigentlich lagen und wie weit die von hier entfernt waren.

Hölzl hörte dem allen aufmerksam zu. Vieles verstand er nicht, eines aber doch: Daß Stifter an all dem schuld sein mußte. »Das glaube ich gern«, sagte er und wie um das zu unterstreichen, nahm er Lober am Arm und führte ihn zu einer bestimmten Ecke seiner – wie Lober schnell feststellte – immensen Bibliothek. Nämlich in seine sogenannte *Böhmerwaldecke.* Wie nicht anders zu erwarten, stand dort eine ganze Abteilung nur mit Büchern von Stifter, zwei Regalmeter machte sie aus. Hölzl sagte nichts, deutete nur mit der Hand auf seine Sammlung, so als wolle er damit erklären: Wie Sie sehen, ich verstehe Sie. Was er tatsächlich sagte war: »Sie können sich gerne etwas ausleihen, nachdem Ihnen Ihr Stifter-Buch, wie Sie erzählt haben, in den Wirren dieser wirklich seltsamen Reise«, »durch ein wirklich seltsames Land«, fügte Lober eilig hinzu, »nachdem Ihnen das also abhanden gekommen ist.« So kann man auch eine Freundschaft anbieten. Und die Frage nach der Überlassung des Ziegeltrum-Hauses zur Miete war damit im Grunde auch schon beantwortet. Lober spürte es. Deshalb traute er sich auch fragen: »Hätten Sie vielleicht ein paar Decken und einen Schlafsack? Ich würde nämlich … ich würde gerne heute Nacht schon … drüben …«

Eigentlich hätte Hölzl vorgehabt, seinen Gast, jetzt, da es schon weit nach Mitternacht war, zum Übernachten im eigenen Haus einzuladen. Aber er sah ein, daß das nutzlos sein würde. Und er verstand es ja auch. Da hatte jemand eine genaue Vorstellung davon, wie er den nächsten Morgen erleben wollte. Das einzige, was Hölzl einzuwenden hatte, war: »Aber Sie werden doch nicht auf dem eiskalten Fußboden schlafen wollen? Warten Sie, ich gebe Ihnen mein Feldbett … und einen Schlafsack hole ich auch noch.« Und schon verschwand er. Lober hörte den Hausherrn im Obergeschoß herumrumoren. Er sah sich die Rücken der Stifterbücher an. Las die Titel. Der hier paßte. Von der Jahreszeit her. Bißchen dick vielleicht, aber Lober würde ja Zeit haben. Er fing an zu blättern, las erst da, dann dort eine Stelle an. Der Hausherr kam zurück und sah, daß der Gast seiner Einladung gefolgt war und sich aus der Stifterbibliothek bedient hatte. »Ah, gleich das Hauptwerk, da haben Sie recht! – Wenn Sie vielleicht das Bett nehmen. Und hier habe ich auch noch eine Taschenlampe. Drüben ist nämlich der Strom abgeschaltet.«

Zusammen gingen sie hinaus in die Nacht. Den Weg hinüber zum Ziegeltrum-Haus beleuchtete der schmale Lichtkegel der Taschenlampe. Im Haus half Hölzl noch, das Bett für seinen neuen Mieter aufzustellen, dann wünschte er eine gute Nacht und ging zurück. Er knipste das Licht in seiner Bibliothek aus, ging noch einmal ans Fenster und beobachtete, wie drüben der Schein der Taschenlampe über kahle

Wände wanderte. Schließlich blieb ein zaghafter Schimmer ruhig stehen, der Lichtkegel mußte nach unten gerichtet sein. ›Er liest noch‹, dachte Hölzl und ging nun ebenfalls zu Bett.

Lober richtete die Taschenlampe auf das Buch. Es war unbequem, so eingemümmelt in den Schlafsack noch lesen zu wollen. Morgen würde er anfangen. Aber wenigstens einen Blick an den Schluß des Buches wollte er noch werfen. Die Marotte hatte er von Franzka. Die las auch bei jedem neuen Buch, selbst bei Krimis, immer erst die letzten Seiten. Manchmal hatte er es ihr nachgetan, wenn sie ihm ein Buch hingehalten und ihn dafür zu interessieren versucht hatte. Nur all das Davorstehende auch noch zu lesen, dazu hatte er sich bislang selten aufraffen können. – Franzka, wo sie wohl war? Was sie gerade tat? – – Diesmal würde er es wagen. Ein ganzes Buch. Gleich morgen würde er beginnen. Aber wenigstens jetzt, einen Blick noch … Die Augendeckel fielen ihm fast schon zu. Welches ist die letzte Seite … ach ja, hier! Fahrig suchte sein Blick nach einem Absatz, an dem er sich festhalten konnte. Der da war kurz. Er las: »So rückte nun die Zeit in ihr altes Recht, und ein einfaches, gleichmäßiges Leben ging Woche nach Woche dahin …«

* * *

»ABER DAS KANN ICH DOCH NICHT ANNEHMEN.«
»Kannst du schon!«
»Und wenn du den Benz doch brauchst … die nächsten Tage?«
»Ich brauch ihn nicht! Du kannst ihn dir ohne Bedenken ausleihen. Die nächsten Wochen gibt's für mich nur die Arbeit hier im Steinbruch. Hlavatscheks Auftrag … der Stein für sein Begegnungszentrum.«

Und nur mehr auf den wollte sich die Bacherin nun konzentrieren. Vielleicht daß sie deshalb ihren Gast mit solcher Bestimmtheit zum Aufbruch drängte und regelrecht zur Tür der Sprengmeisterhütte hinausschob. »Schau, was für ein herrlicher Morgen. Etwas nebelig vielleicht noch, aber das wird schon.« Die Bacherin kannte sich aus mit solchen Septembertagen. Noch war die Sonne nicht mehr als eine matte Lampe hinter einer Milchglasscheibe. Aber das würde sich im Laufe des Vormittags schnell ändern. Und überhaupt: War ein bißchen Nebel nicht ideal, um im Ungefähren zu stochern und am Ende doch fündig zu werden? »Du steigst jetzt in den Benz, fährst los und suchst ihn!« sagte die Bacherin resolut, und es war nicht klar, ob sie damit der entschlußschwachen Franziska helfen wollte oder doch nur sich selber.
»Ja, aber dein Wagen?« fielen Franziska sofort neue Einwände ein. »Wie soll denn der wieder zu dir zurückkommen? Und ich weiß doch auch gar nicht, wo ich beginnen soll mit dem Suchen, er kann überall sein.«
»Der Benz wird ihn schon finden! Laß ihn einfach rollen.«
Sie standen jetzt vor dem Wagen. Die Bacherin öffnete die Fahrertüre, Franziska blieb nichts anderes übrig, als einzusteigen. Den Autoschlüssel hatte sie schon gestern abend bekommen. Sie steckte ihn ins Zündschloß, blickte hilfesuchend in den Fußraum, ob dort auch wirklich drei Pedale waren, und griff dann mehrfach ins Leere rechts neben sich, weil was da fehlte, war ein Schaltknüppel. Die Bacherin schubste sie an. »Lenkradschaltung. Hast du schnell raus.« Sie schlug die Türe zu und rief: »Grüß ihn von mir, wenn du ihn gefunden hast.«
Und in der Tat stellte Franziska schon nach wenigen Kilometern fest: Mit dem Wagen ließ sich formidabel schalten und walten. Nur zu schnell durfte man nicht werden. Aber das hatte sie sich ja schon am Vortag von der Bacherin abge-

schaut: Der Benz war im Grunde wie ein schwerer Schoner zu schippern, seine Geschwindigkeit oder vielleicht besser Schleichigkeit gab man am zweckmäßigsten in Schiffsknoten an und nicht in Ka-em-ha. Mit so ungefähr fünfundzwanzig schaukelte Franziska den sanften Wellengang der Bayerwaldhügelketten hinauf und hinunter.

Was jetzt noch fehlte, war die passende Musik. Der Wagen hatte ein Uralt-Kassettendeck. Franziska drückte den »Play«-Knopf. Und wer legte da auch gleich los? Janis! *Oh Lord, won't you buy me …* Die hatte Lober immer gemocht – vielleicht steckte das Tape ja noch wegen ihm im Player. Alle Männer mochten Janis, kam es Franziska vor. Weil die so hemmungslos kreischen konnte. Sie dagegen genierte sich fast ein wenig, allein schon beim Zuhören. Sie betätigte die Auswurftaste, beugte sich hinüber zum Handschuhfach. Vielleicht waren da ja noch mehr Musikkassetten? Sie fingerte herum, bei dem gemächlichen Tempo, mit dem sie dahinchauffierte, ging das. Tatsächlich fand sie eine weitere Kassette. Natürlich landete sie wieder mitten in einem angefangenen Song. Doch es dauerte keine drei Sekunden, und sie wußte, wer da sang. Was zu erraten keine Kunst war, bei der Reibeisenstimme. Hätte es noch Zweifel gegeben, das mitten im Lied zu hörende Hühnergegacker und Hahnengeschrei, das Geschepper alter, gußeiserner Bratpfannen und das Glockenläuten irgendeiner Landbaptistenkirche hätte für letzte Klarheit gesorgt: Eine solch verhaute, Eselsschreien ähnliche Musik traute sich nur einer zu machen. Da waren sich Franziska und Lober ausnahmsweise einig gewesen. Und einmal waren sie dem Jahrmarktschreier und Geisterbahngespenst sogar zu einem seiner seltenen Mitteleuropa-Konzerte hinterhergefahren, nach Stockholm, und diese Reise, so war den beiden vorgekommen, war der beste Film von Wim Wenders gewesen, den dieser nur leider vergessen hatte, tatsächlich auch zu drehen. – Ach ja, der Tom … wie war doch gerade seine Botschaft aus dem Autolautsprecher gewesen? *You gotta come on up to the house …*

* * *

ES WAR GENAU DER MORGEN, den sich Lober gewünscht hatte. Er wurde tatsächlich von einem Hahnenschrei geweckt. Die Sonne stand schon hoch überm Horizont. Lober hatte ungewöhnlich lange geschlafen. Und ungewöhnlich gut. Jetzt aber sprang er beschwingt aus dem Bett. Wobei das Bett eine Feldpritsche war und das Geknuddel des Schlafsackes um seine Beine das Springen eher zu einem Stolpern und Fallen machte. Er purzelte wie ein Tollpatsch in den Tag. Was würde dem nun noch anderes übrigbleiben, als ein geglückter zu werden.
Lober ging durch das leerstehende Haus. Vor jedem Fenster hielt er inne und prüfte den Blick hinaus ins Freie. Auf der einen Seite, Richtung Südwesten, ging er unverstellt ins Weite und folgte den sanft abfallenden Hügelketten. Dort ging es hinunter ins Donautal. Auf der gegenüberliegenden Hausseite, aus Richtung Nordosten, rückte der Waldsaum nahe ans Grundstück heran. Man sah ins Unterholz hinein. Er würde vom Zimmer aus sehen können, sobald die Schwammerl aus dem Boden schossen. Wobei er sich noch überhaupt keine Gedanken darüber machte, wie die Einrichtung zu verteilen sei. Ein Schlafzimmer … ja, sicher, aber würde er auch ein Büro brauchen, ein Arbeitszimmer? Oder vielleicht eines nur zum Lesen? Ja, er und Franzka würden ein Lesezimmer einrichten, da war er sich sicher. Nur wie lange es noch dauerte, bis sie bei ihm sein würde, das wußte er nicht. Lober entdeckte einen Weberknecht auf der kahlen Wand, der aufgeregt mal nach hier, mal nach da krab-

belte, um unvermittelt innezuhalten und auf seinen langen Beinen nachzuwippen. »He, Weberkerl, wo bleibt sie?« fragte Lober und nahm es ihm nicht einmal übel, daß auch er keine Antwort wußte.

Wo die Küche sein würde, war klar. Dort, wo jetzt schon der alte Wamslerherd stand. ›Für den wirst du Holz machen müssen‹, dachte Lober, und: ›Auch nicht schlecht!‹ Er öffnete die Schürklappe und sah ein Spinnennetz vor das schwarze Loch gespannt. Ein altes, emailliertes Waschbecken hing an der Wand. Lober drehte den Hahn auf. Nichts. Nicht ein Tropfen. Das Wasser war noch abgesperrt. Draußen sprang ein Kater auf das Brett des Küchenfensters, machte sich ganz flach, ging in Lauerstellung und sah ins Haus herein. Ob hier endlich einmal jemand Lust hätte einzuziehen. Jemand, von dem zu erwarten war, daß er einem in Zukunft das Fenster einen Spalt breit öffnen würde. Vielleicht fiele ja sogar etwas Freßbares von den hoffentlich dort bald wieder klappernden Tellern ab. Früher, als hier noch Bauersleute gelebt hatten, war es so gewesen. Und vielleicht hatten sich ja Erzählungen von diesen goldenen Zeiten von Katzengeneration zu Katzengeneration weitervererbt.

Lober streifte Hemd und Hose über und ging zur Haustüre, öffnete sie. Auf der Schwelle stand eine alte, rot-braune Milchkanne, die Lober sogleich an früher erinnerte, als er genau mit einer solchen Kanne immer zum Milchholen gegangen war. Und zwar in den Laden der Frau Kleiber, in den ihn auch einmal die Maurer und Zimmerleute zum Brotzeitholen geschickt hatten, als er tage- und wochenlang dem Geschehen auf deren Baustelle in der Nachbarschaft zugeschaut hatte. Frau Kleiber hatte die Milch in die von ihm mitgebrachte Kanne in einem breiten Strahl hineinschießen lassen, indem sie auf ihrer Ladentheke an einer Vorrichtung einen Hebel, der nach oben wegstand, langsam zu sich hergezogen hatte. Milchpumpe der frühen Kindheit! – Lober nahm die Kanne, öffnete den Deckel, innen war sie emailliert in einem weiß-schwarz-gesprenkelten Muster und halbhoch gefüllt mit Milch. Jetzt brauchte er nur noch etwas zum Essen. Er blickte auf, sah sich um und entdeckte den zum Grundstück gehörenden alten Apfelbaum. Barfuß ging er durch die taunaße Wiese, um sich zwei von den Äpfeln zu holen, die dick und rotbackig an den Ästen hingen. Ganze Körbe voll hätte man aufklauben können, so zahlreich lagen die heruntergefallenen im Gras.

Lober ging zurück zum Haus und entdeckte erst jetzt die verwitterte Bank, die gleich neben der Haustüre unter dem Küchenfenster stand. Für ein Frühstück im Freien war es eigentlich zu kühl, Lober setzte sich aber dennoch. Er genoß diesen ersten Herbsthauch des Jahres und biß in den Apfel. Der Kater, der vorhin noch auf dem Fensterbrett gesessen war und beim Heraustreten Lobers sofort die Flucht ums Hauseck herum angetreten hatte, schlich näher heran. Lober nahm den Deckel der Kanne ab, drehte ihn um, goß etwas Milch hinein und legte ihn als Trinkschale neben sich auf die Bank. Er nahm sich vor, nicht nach dem Kater zu schauen, um ihn nicht zu erschrecken, sondern richtete seinen Blick auf die von der Vormittagssonne beschienene Hügelkette im Westen. Ein Bulldog mit Mähbalken zog eine Zeile den Hang entlang.

Es dauerte nicht lange und das Schlabbergeräusch verriet, daß der Kater neben Lober auf der Bank Platz genommen hatte und ebenfalls sein Frühstück einnahm. Nachdem er fertig war, richtete er sich aus seiner geduckten Haltung auf, wischte sich zwei-, dreimal mit der Zunge über die langen Schnurrhaare, setzte sich auf die Hinterläufe und schaute genauso unverwandt auf die Landschaft wie Lober. Der vermied weiterhin, das Tier anzusehen. »Was meinst du, auf welchen Namen magst du hören? Oder magst du gar nicht hören? Auch recht.«

Lober verschaffte sich weiteren Überblick. Das Haus von Hölzl lag südlich, vielleicht dreihundert Meter entfernt. Vom Ziegeltrum-Haus bis zur Gemeindestraße führte ein ungepflasterter Fahrweg, zwei von Autoreifen festgefahrene Lehmrillen, dazwischen ein Wiesenstreifen, die Grashalme standen kniehoch und verrieten, daß hier lange niemand mehr bis ans Haus herangefahren war. Keine Bewohner, kein Liefer- und kein Postauto. Wozu auch? Um Postkarten für den Stubentiger abzugeben, der anscheinend der einzige gewesen war, der all die Zeit über die Stellung gehalten hatte? Stellung für wen? Für Lober? Nur für Lober? Er hörte ein Fahrzeug näherkommen. Hier hört man aber auch alles, dachte Lober. Was für eine hellhörige Gegend. Auch den Bulldog mit dem Mähbalken an dem weit hinten am Horizont liegenden Hügelhang hörte man bis hierher. Nur daß das tukkernde Geräusch des Motors um eine Winzigkeit zeitversetzt war zu dem in Stößen hervorpuffenden schwarzen Qualm aus dem Auspuffrohr. Doch das Fahrgeräusch, das Lober jetzt zusätzlich vernahm, kam von näher her. Gleich würde ein Fahrzeug zwischen den etwas weiter unten gelegenen Häusern des Dorfes um die Ecke kommen müssen. Und es kam. In bonbon-farbenem Rosa. Lober stutzte und starrte auf den Pkw, der die sanfte Steigung heraufkroch. Er sprang von seiner Hausbank auf. Er lief den Fahrweg hinunter zur Gemeindestraße. Zweifellos kam da eine Madonna auf ihn zu, eine air-gebrushte, mindestens so süßlich-naiv gemalte, wie sie hier in der ein oder anderen Wegkapelle stets von Frischblumen umkränzt zu sehen war. Lober riß die Arme in die Höhe und ruderte mit ihnen wie wild, aber stumm. Wenige Meter von ihm entfernt fuhr der Wagen an der Zufahrt zum Ziegeltrum-Haus einfach vorbei. Dschingis

Khan drohte von der Beifahrertür herunter. Lober sah hinterher, immer noch stumm. Dann leuchteten die Bremslichter auf. Der Benz blieb stehen. Unter knirschendem Protest des Getriebes wurde der Rückwärtsgang eingelegt. Der Wagen setzte zurück. Lober lief die letzten paar Meter bis zur Straße hinunter. Genau vor seinen Barfüßen hielt der Benz. Auf der gegenüberliegenden Seite stieg jemand aus, drehte sich zu ihm her. Franzka lächelte ihn über das Autodach an. Was Lober nicht einmal wunderte. Weil heute war auch schon alles von einer seltsamen Zufälligkeit. Denn hörte er nicht Mister Reibeisenstimme just in diesem Moment aus dem Inneren des Wagens zum Geklimper eines schrecklich verstimmten Barpianos krächzen: *The ocean is blue / As blue as your eyes …* Und dabei hatte Franzka unbestritten braune Augen.

* * *

JEDENFALLS: KEIN WUNDERN MEHR. Aber auch kein Nachtarocken, kein »wo warst du so lange?«, kein »warum hast du?«, »warum bist du?«, kein Erklär- und Verteidigedich, kein Look-back-in-anger. »Komm!« sagte Lober, stieg zu Franzka in den Wagen und dirigierte sie den Fahrweg hinauf zum Haus. Franzka stellte den Motor ab, der Kassetten-Player spielte trotzdem weiter. Und so setzten sie sich auf die Hausbank und lauschten Toms Katzenmusik, die durch die offenen Autofenster tönte. *What makes a house grand / Ain't the roof or the doors / If there's love in the house / It's a palace for sure.*

»Hier hat wohl lang keiner gewohnt?« fragte Franzka.

»Ja. Das war das House where nobody lives.«

Sie ließen eine Weile den Blick über die Hügelketten schweifen, über das Land, das immer noch seltsam war, allerdings anders seltsam, jetzt.

»Wird Zeit, daß sich das ändert. Daß hier wieder jemand wohnt. Oder, was meinst du?«
Statt einer Antwort nahm Lober Franzka bei der Hand und führte sie durch die niedrige Haustüre – auf der Schwelle mußten sie den Kopf einziehen. Drinnen lauschten sie als erstes auf das Knarzen der Fußbodenbretter, während sie von Zimmer zu Zimmer gingen. Viel würde dieses Haus noch zu erzählen haben. Doch davon später mehr. In der Küche überreichte eine Feldmaus als Begrüßungsgeschenk eine mit beiden Vorderpfoten festgehaltene Buchecker, die sie aber sofort fallen ließ, ehe sie die Fußbodenleiste entlang rannte und in einem Loch im Zimmereck verschwand. Franzka hob die Buchecker auf und legte sie auf den Feuerring der Herdplatte.
Sie setzten sich auf das Feldbett, tranken Milch aus der Kanne, die Lober mit ins Haus genommen hatte. Dann stand Franzka auf und öffnete das Fenster. Ein angenehm kühler Windhauch wehte ins Zimmer herein. Sie sah hinaus in den Garten.

Die Lyrikzitate auf den Seiten 155 und 156 wurden Gedichten des kärntnerischen Mundartdichters Bernhard C. Bünker (1948–2010) entnommen. Ich danke Herrn Dr. Michael Bünker für die freundliche Abdruckgenehmigung.